Enigmas

Jessica Verday

Enigmas

Terceiro volume da Trilogia das Sombras

Tradução
Fal Azevedo

Título original
THE HIDDEN

Este livro é uma obra de ficção. Referências a acontecimentos históricos, pessoas reais ou localidades foram usadas de forma fictícia. Outros nomes, personagens, lugares e incidentes são produtos da imaginação da autora, e qualquer semelhança com fatos reais, localidades ou pessoas, vivas ou não, é mera coincidência.

Copyright © 2011 *by* Jessica Miller

Todos os direitos reservados, incluindo o de
reprodução no todo ou em parte sob qualquer forma.

Edição brasileira publicada mediante acordo com LennartSanneAgency AB

Direitos para a língua portuguesa reservados
com exclusividade para o Brasil à
EDITORA ROCCO LTDA.
Av. Presidente Wilson, 231 – 8º andar
20030-021 – Rio de Janeiro – RJ
Tel.: (21) 3525-2000 – Fax: (21) 3525-2001
rocco@rocco.com.br | www.rocco.com.br

Printed in Brazil/Impresso no Brasil

preparação de originais
FRIDA LANDSBERG

CIP-Brasil. Catalogação na fonte.
Sindicato Nacional dos Editores de Livros, RJ

Verday, Jessica
V591e   Enigmas / Jessica Verday; [tradução de Fal Azevedo]. – Rio de Janeiro : Rocco Jovens Leitores, 2013.
(Trilogia das sombras ; v. 3)

Tradução de: The hidden
ISBN 978-85-7980-146-4

1. Literatura infantojuvenil. I. Azevedo, Fal, 1974-. II. Título. III. Série.

12-8323   CDD – 028.5
                                                       CDU – 087.5

O texto deste livro obedece às normas do
Acordo Ortográfico da Língua Portuguesa.

Para Lee. Você sabe por quê.

Prefácio

Meu nome é Abbey. E estou apaixonada por um fantasma.

Capítulo Um

Quebrada

"Se apenas conseguisse alcançar aquela ponte", pensou Ichabod, "estaria salvo."
— *A lenda do cavaleiro sem cabeça*, de Washington Irving

Tudo o que eu podia ouvir era o meu coração batendo. E tudo o que podia ver eram os Retornados da Morte olhando para mim. Ao me deparar com os olhos sem cor de Kame, não parava de pensar: *Isto não pode estar acontecendo. Isto não é real.* Aconteceria *deste* jeito?

– Vai acontecer agora? – perguntei a Kame. – Você está aqui para me ajudar a... morrer?

Ele não respondeu à minha pergunta.

– Ela está bem? – sussurrou Cacey. – Não parece nada bem.

Tomada pela histeria, baixei a cabeça para me ver. O sangue cobria meus joelhos em linhas escuras e irregulares, meu braço estava queimado no ponto em que

Vincent tentara arrancá-lo da articulação. Meu quarto estava destruído.

– Não pareço bem? – perguntei. – Não *pareço bem?* – Depois virei o rosto enquanto as lágrimas encharcavam meu rosto. *É isso. Sophie, Kame, Uri e Cacey vieram me buscar. Para me ajudar na travessia.*

Nunca mais veria meus pais. Ou Ben. Nunca teria minha loja de perfumes, nem me formaria no colégio. Nunca compraria uma casa e teria um cachorro.

Sempre quis um cachorro.

Mas isso não importava mais. Meu tempo se esgotara. Além do mais, Kristen já estava morta, e *eu* era a razão disso. Pelo menos conseguiria ficar com Caspian.

– Caspian... – disse eu desesperada, tentando me aprumar. – Caspian!

O chão estava coberto de cacos de vidro e pedaços de madeira quebrada, restos do meu armário de perfumes, mas eu não me importava. Vincent arremessara Caspian contra os móveis. Machucara-o. E ele precisava de mim.

Tentei engatinhar, chegar até ele, mas braços fortes me detiveram. Uma onda de náusea tomou conta de mim, e o quarto girou loucamente. Minhas mãos estavam escorregadias de tentar agarrar o chão. Pequenas poças de sangue cercavam-me em linhas irregulares e em forma de semicírculo, formando uma versão macabra de uma pintura de criança.

– Calma, calma – disse Kame, a voz suave e melodiosa, como uma lufada de ar da primavera depois que uma janela fechada por muito tempo era reaberta –, vamos cuidar de você, Abbey.

Ele olhou para minhas mãos e joelhos, moveu minha cabeça de um lado para outro com delicadeza, procurando outros ferimentos. Ao meu lado, Cacey soprava as velas que Vincent acendera, antes de reuni-las em uma pequena pilha. Uri e Sophie removiam as flores da cama e as atiravam numa lata de lixo.

– Caspian! – disse eu, ao ver sua forma inerte ao lado da lareira. – Por favor... verifique Caspian...

Cacey ajoelhou-se ao lado dele e levantou uma de suas pálpebras.

– Esse é o problema com Sombras – reclamou ela. – Deveria sentir o pulso? Ele já está *morto*.

– Cacey! – repreendeu Uri, parando de fazer um nó no saco de lixo para olhar para mim. – Onde está seu tato? Ela já sofreu bastante.

– Desculpe-me, desculpe-me. Só estou dizendo. – Observando o outro olho, ela deu uma chacoalhada nele. – Acho que ele ainda está por aqui.

– Vá procurar um estojo de primeiros socorros no banheiro – instruiu Kame a Cacey. – Sophie, ache um telefone. Ligue para a emergência. Precisamos terminar de limpar isso e levá-la ao hospital antes...

A porta bateu e ecoou abaixo de nós, e a voz da minha mãe subiu.

– Abbey? Você já está em casa? Recebemos um recado estranho dizendo que havia uma reunião de emergência do conselho da cidade, e...

Conforme subia as escadas, a voz dela se aproximava e movia-se em direção ao meu quarto.

– Legal, droga! – exclamou Cacey. – Os pais. O que devemos fazer com eles?

Kame entrou em ação, instruindo Uri a jogar o saco de lixo pela janela, e então me levantou, sem nem um segundo de hesitação. Sophie pegou o telefone e ligou para a emergência e, a seguir, disse em voz alta:

– Estou tão feliz porque cheguei aqui a tempo! Apenas aguente, Abbey. Espere um pouco. A ajuda já vem.

Minha mãe irrompeu no quarto, o pânico dominando seu rosto.

– O que *aconteceu*? – gritou ao ver o sangue e os cacos de vidro. – Abbey!

Correu para mim, tentando me libertar dos braços de Kame.

– O que há de errado? O que *aconteceu*? – perguntou repetidas vezes.

Eu não podia responder.

– Ela está bem – disse Kame calmamente, olhando-a nos olhos. – Abbey ficará bem e tudo voltará ao normal em breve. – Seu tom era apaziguador.

Mamãe assentiu, mas a preocupação continuou em seu rosto.

A distância, eu podia ouvir as sirenes. Soavam estranhas. A um só tempo altas e estridentes, e depois mais baixas e quase sem som. As palavras de Kame começaram a diminuir e a sumir, com a voz de minha mãe ao fundo.

– ... paramédicos chegando? Eu... eu não compreendo. Por que teria... Poderia ter sido morta!... Graças a Deus vocês estavam...

Minha cabeça estava esquisita. A língua inchada. Tentei dizer alguma coisa. Tentei dizer, mas não saiu. Manchas escuras invadiram meu campo de visão e meu peito se apertou. *Achei que estava...*

Mas até mesmo esse pensamento se afastou. Então fiz a única coisa que poderia fazer.

Fechei os olhos e dormi.

Na vez seguinte em que abri meus olhos, vi uma cadeira de plástico azul na qual Cacey estava despencada, dormindo. Olhei para baixo e havia um tubo saindo da minha mão. Eu estava deitada numa cama de hospital.

Minha garganta doía ferozmente, e tentei limpá-la.

– Cace – crocitei. – Cac... ey... água...

Ela se virou e depois se sentou. Completamente alerta.

– Ah. Você acordou.

– Água?

Tentei encontrar um copo ou uma jarra, mas as únicas coisas ao meu lado eram o controle remoto da televisão e uma pequena tigela.

Cacey se aproximou e pegou a tigela.

– Aqui. Lascas de gelo. Não querem que você beba água ainda. Tem a ver com algum exame que querem fazer.

Suguei uma lasca de gelo avidamente, e o alívio que o pedacinho espalhou pela minha garganta foi uma bênção. Ela me serviu mais quatro pedaços antes de retirar a tigela.

Deitei minha cabeça no travesseiro e tentei me lembrar do que acontecera, enquanto Cacey voltava para o seu assento.

— Como está se sentindo? — perguntou. — Você ficou inconsciente um tempo.

De repente tudo voltou.

Vincent no meu quarto, deitado na cama, cercado por pétalas de rosa. Quebrando meu armário de perfumes e ferindo meu braço. O vidro...

O sangue...

Olhei para os lençóis e depois para a máquina que apitava ao meu lado.

— Há quanto tempo estou aqui?

— Há algumas horas. Eles vão liberá-la amanhã. — Ela pegou uma lata de Coca-Cola do chão, perto da cadeira, e bebeu um longo gole. — Eles não queriam que você passasse a noite aqui, mas sua mãe os obrigou. Foi muito impressionante. Ela e seu pai entraram e saíram o tempo todo.

Olhei para a lata de Coca.

— Disse a eles que somos amigas do curso de verão. Sua mãe caiu direitinho. Bem, depois que ela se acalmou, quer dizer. Ficou chorando e gritando. Eu... — Cacey finalmente percebeu que eu estava de olho na sua bebida. — O quê? Quer um pouco?

Inclinou a lata de novo e bebeu até a última gota.

– Desculpa, acabou – disse, sorrindo com uma pontinha de crueldade. – Então, como eu dizia... desde que você veio parar aqui, Kame e Sophie inventaram essa história escabrosa sobre um intruso invadindo sua casa. Você *não* conseguiu dar uma boa olhada nele, a propósito.

Ela esperou meu aceno de cabeça confirmando, antes de continuar:

– Então ele invadiu sua casa, quebrou todas as suas coisas procurando por drogas ou coisas para roubar ou algo assim, e quando você o interrompeu ele partiu para a agressão, antes de sumir. Nós chegamos e salvamos o dia.

Fez outra pausa e eu captei tudo. Então, ela me fez repetir novamente:

– Intruso. Não dar uma boa olhada. Quebrar e pegar. Vocês salvaram o dia.

Cacey assentiu, parecendo satisfeita.

– Isso explica tudo. – Inclinou-se para a frente. – Ah, e tem mais essa, Uri e eu somos "estagiários" para Kame e Sophie. Foi assim que nos conhecemos. Você precisa saber disso também.

Minha cabeça estava começando a doer. Normalmente a voz de Cacey era suave e reconfortante, mas agora estava me dando nos nervos. E ela possuía o estranho hábito de não piscar. Era como encarar os olhos de um peixe. Aproximou-se e me olhou enquanto dizia:

– Lembre-se do que eu disse, Abbey. Vai se lembrar, não vai?

Uma sensação esquisita arrepiou minha nuca, e de repente me senti muito mais calma. E mais feliz. Ela estava certa. Tudo acontecera exatamente da maneira que dissera.

— Agora me conte — disse eu tocando meus cachos fofos e bagunçados —, numa escala de um a dez, como estou? Muito ruim?

Ela inclinou a cabeça para um lado e me olhou de cima a baixo.

— Você é um cinco redondo. Talvez cinco e meio. Já vi piores. Mas já vi melhores, também.

Eu ri. O som veio áspero da garganta, então tentei de novo. Saiu engraçado e agudo. Abri minha boca para dizer alguma coisa e senti um cheiro de folhas queimadas.

— O que é...

A pergunta morreu na minha garganta quando Cacey me olhou de um jeito estranho.

— O que é o quê?

Eu farejei novamente. Mas o odor havia desaparecido.

— Nada. Pensei que eu tivesse sentido o cheiro de... nada.

Ela se inclinou e afofou meu travesseiro, depois puxou mais os lençóis.

— Vou assistir a um pouco de televisão. Seus pais devem voltar logo.

As palavras dela fizeram alguma coisa disparar em meu cérebro.

— Caspian — disse eu —, e Caspian?

– Ah, finalmente se lembrou do seu namoradinho, é? Sabe, para quem está destinado a ficar junto para sempre e tudo o mais, você demorou muito para perguntar a respeito...

– Cacey. Por favor – disse, suavemente. – Preciso vê-lo.

Ela suspirou.

– Ele está seguro agora, com Nikolas e Katy. Deve ficar por lá até que possamos descobrir o que Vincent quer.

– Por favor! – Minhas pálpebras estavam caindo, e ela começou a sumir diante dos meus olhos. O sono se impunha, pesado e forte. – Eu realmente preciso...

– Eu sei, eu sei. Você precisa dele. Blá-blá-blá.

Eu precisava que ela me ajudasse.

– Preciso ter certeza de que ele está... bem... Diga a ele que eu...

A última coisa que ouvi antes de divagar em meu sono foi:

– Eu sei. Direi. Direi a ele que você o ama.

Havia palavras. Doces palavras. Palavras que eu não compreendia, mas sabia que seguiria para qualquer lugar, porque ele as dizia.

– Astrid.

Virei minha cabeça para acompanhar a voz, mas mantive os olhos fechados, apenas para o caso de não ser verdade. Caso fosse um sonho. As palavras voltaram, entremeadas com algumas que eu reconhecia.

– Astrid, você pode me ouvir? *Tu sei una stella... la mia stella.* Você é minha estrela, Abbey.

Abri os olhos, lentamente. Seu rosto entrou em foco. Lágrimas encheram meus olhos e minha garganta ardeu.

– Estou tão feliz em ver você. Pensei que tivesse...

Ele balançou a cabeça e olhou para a porta atrás dele.

– Estou bem e você está bem, nos falamos mais tarde. Apenas concentre-se em ficar boa. Você vai para casa amanhã, não vai?

Fiz que sim com a cabeça.

– Durma um pouco. Estarei bem aqui quando você acordar. Mas, lembre-se, outras pessoas estarão aqui também. Não fale comigo se alguma delas estiver no quarto.

Fiz que sim novamente e fechei meus olhos. Um arrepio percorreu meu corpo quando ele falou no meu ouvido:

– Amo você, Astrid.

– Também amo você – murmurei. – Caspian...

Abri minha mão esquerda sobre as cobertas, com a palma para cima, e adormeci com a sensação de um leve toque em meu braço.

Quando acordei na manhã seguinte, Caspian estava exatamente onde disse que estaria, sentado na cadeira do outro lado da cama. Mas Cacey sumira. Sorri com gratidão, feliz porque ele estava comigo e eu não precisaria ficar sozinha quando dois policiais entraram para me interrogar sobre a "invasão". Simplesmente repeti o que Cacey me dissera. Assim que ficou óbvio que minhas respostas não iriam mudar, decidiram partir.

– Caso se lembre de mais alguma coisa, ligue para nós – disse um deles. Tirou um cartão de visitas do bolso e o entregou a mim.

– Ligarei – prometi.

O policial que havia me dado seu cartão também apertou minha mão antes de deixarem o quarto. Um instante depois, um enorme buquê de balões atravessara a porta com dificuldade, sendo carregado por minha mãe. Meu pai vinha atrás dela com um punhado de flores.

– Oi, querida! Como está se sentindo? – Acenou em direção à porta. – Como foi a conversa com os policiais?

Pousando os balões na cama vazia ao meu lado, inclinou-se, afastando uma mecha de cabelo e beijando meu rosto.

– Tudo bem – retruquei. – Na verdade, não me lembro de muita coisa.

Mamãe lançou um olhar para papai e se ocupou em reacomodar os balões. Papai colocou as flores que trouxera na mesa de cabeceira e se aproximou pelo outro lado.

– Ei, meu amor. É bom ter um bebê de novo.

Sorri para ele.

– Bom ver você também, papai.

Movi os cotovelos sob as cobertas para me sentar. De repente, notei os buquês de flores que enchiam a mesa diante da enorme janela. Margaridas, cravos, lírios, rosas... até mesmo um bonsai.

— Isso é tudo para mim? – perguntei, atônita diante da quantidade.

— Com certeza – disse mamãe, orgulhosamente. Flanava sobre algumas margaridas rosa em um vaso de bolinhas. – Estas são dos Maxwells. – Lírios brancos eram as próximas. – E estas da sra. Walker, a bibliotecária. – Mexeu na haste de um cravo. – As notícias sobre o que aconteceu espalharam-se rapidamente... – Ela se deteve e mordeu o lábio.

— De quem veio o bonsai? – perguntei, mudando de assunto.

Caspian sorrateiramente saiu do caminho de mamãe assim que ela chegou mais perto. Lancei-lhe um rápido sorriso.

Mamãe pegou o cartão.

— Ah! É do Ben. Não foi gentil da parte dele?

Tive que conter uma gargalhada diante do tom de "casamenteira" em sua voz. Ela não fazia ideia de que Ben estava apaixonado pela minha melhor amiga morta e de que eu amava um fantasma. Meus olhos encontraram os de Caspian. Ele me deu um olhar exasperado e rapidamente ergui uma sobrancelha.

— Foi, mamãe – disse. – Foi muito... gentil.

— Vamos nos divertir muito lidando com eles a caminho de casa – disse Caspian assim que mamãe e papai deixaram o quarto novamente.

— *Vamos?* Você está planejando pegar uma carona conosco?

– Enquanto Vincent continuar por lá, considere-me pele de coelho.

– Pele de coelho? E por acaso eu *sei* o que é isso?

– Desculpe. Termo obscuro de artista.

A emoção correu em minhas veias com a ideia de tê-lo tão próximo.

– Que tal eu chamar você de Hortelino?

Ele bufou.

– Acho que é melhor do que Gasparzinho.

– Ei! Mas eu gosto...

Uma batida soou na moldura da porta e imediatamente fiquei em silêncio. Um segundo depois uma enfermeira enfiou a cabeça para dentro.

– Você tem uma visita. Querendo companhia?

Provavelmente é o tio Bob.

– Claro. Pode entrar.

A enfermeira desapareceu. E Ben entrou.

– Oi, Abbey. Como vai?

Trazia um ramalhete de flores consigo e seu cabelo castanho encaracolado estava bagunçado. Seu rosto denunciava o nervosismo que sentia.

– Estou bem. – Olhei para o tubo de soro ainda no meu braço. – Bem, tão bem quanto é possível, presa aqui.

A enfermeira espiou de novo.

– Espero que possa confiar em vocês dois sozinhos. Ela precisa descansar, rapaz – disse, dirigindo um olhar frio para Ben.

– Ah, mas nós não somos... – eu disse ao mesmo tempo em que Ben dizia. – Não sou...

– Sei. – Ela olhou de um para outro. – Isso é o que todo mundo diz.

Revirei os olhos para Ben quando ela saiu e ele deu uma risada.

– Esquisita.

– Pois é.

Ele mudou o apoio de um pé para o outro e depois às pressas colocou as flores na beirada da cama.

– Obrigada – agradeci. – E por ter vindo me ver. – Meus olhos pousaram no bonsai. – E obrigada pelo outro presente também.

Ele seguiu meu olhar.

– É da fazenda do meu pai. Ele acabou de comprar novas sementes. Deve florir.

Dava para sentir que Caspian estava se segurando *muito* para não olhar para Ben, o que fez com que eu quisesse provocá-lo.

– Por que você não se senta? – perguntei, apontando para o assento vago ao lado de Caspian.

Ben se sentou. Vigiando a porta, desabafou:

– Tenho horror a hospitais.

Caspian lentamente se afastou dele e disse:

– Eles estão começando a me deixar realmente desconfortável também.

Tentei não rir e apenas respondi:

– Você devia experimentar ficar deste lado.

A expressão de Ben subitamente mudou de nervosismo para raiva.

— Não *acredito* que alguém tenha invadido sua casa, Abbey. Eu deveria ter entrado com você. Ter me certificado de que estava tudo bem antes de sair correndo daquele jeito.

— Não teria feito nenhuma diferença – disse Caspian a Ben, mesmo sabendo que suas palavras não seriam ouvidas. Em seguida, voltou-se para mim e disse: – Nem adianta dizer o que Vincent teria feito com ele.

Acenei solenemente, mas falei para Ben:

— Não foi culpa sua. Você não poderia ter adivinhado o que ia acontecer.

— Mas eu me sinto tão mal. E agora esse cara louco por aí, que a machucou, e se eu pudesse pelo menos detê-lo, você não estaria aqui.

— Não havia nada que você pudesse ter feito – disse a ele. – Não é culpa sua. Fim de papo.

— Tem certeza?

— Tenho, sim. Agora, podemos falar sobre outra coisa? Como o que pode acontecer se acabarmos sendo parceiros na feira de ciências de novo este ano?

Ben riu.

— Estou contando com isso, Browning. Aliás, acho que vou dar uns vinte ao sr. Knickerbocker para garantir que isso aconteça. Já que você caiu fora no ano passado, precisa compensar.

A enfermeira bateu à porta novamente, depois entrou.

— Seus pais estão a caminho, querida. Você vai ter alta.

Ben ficou em pé.

– Vejo você na escola, combinado? – disse a ele.
– Isso. Vamos nos formar esse ano, *baby*!

Ele saiu um pouco antes de mamãe voltar, mas pude ver o brilho nos olhos dela mesmo estando a meio caminho do quarto.

– Ben veio visitá-la? – perguntou ela.

Assenti.

– Que bom, muito gentil da parte dele.

Capítulo Dois

GRUDADO FEITO COLA

... pois está em tais pequenos e isolados vales, encontrados aqui e acolá abraçados ao grande estado de Nova York...
— *A lenda do cavaleiro sem cabeça*

Papai dirigiu a trinta quilômetros por hora abaixo do limite de velocidade no caminho para casa e ficou constantemente olhando para trás para me ver pelo espelho retrovisor. Estava me enlouquecendo.

— Tudo bem, papai — falei do banco traseiro. — Você *pode* dirigir de verdade, sabia?

Ele me olhou com preocupação pelo espelho novamente.

— Eu sei, querida, mas só quero ter certeza de que eu não estou chacoalhando você.

Suspirei.

— Estou bem, papai. Dirigir para casa no limite mínimo de velocidade para que possamos chegar em uma hora decente não vai me matar.

Seu rosto empalideceu.

— Desculpe-me — falei. — Escolhi mal as palavras.

Caspian estava perto de mim, e encostei a cabeça no assento. *Isso vai ser pior do que quando cheguei em casa vinda do dr. Pendleton. Pelo menos naquela ocasião todo mundo pensou que eu estivesse maluca.* Agora estavam me tratando como se eu fosse um cristal.

Papai virou em uma estrada secundária e nossa casa apareceu. Uma faixa gigantesca que dizia BEM-VINDA AO LAR, ABBEY! pendia sobre a porta da frente.

— Ai, caramba — murmurei.

— Hora da festa — disse Caspian. — Espero que tenham guardado aquelas coisas de assoprar que fazem barulho.

O comentário dele me fez rir e eu precisei disfarçar com uma tosse falsa. Papai parou e mamãe abriu a porta para mim.

— Deixe-me ajudá-la — insistiu ela. — Você ainda poderia estar tonta e nem mesmo saber até ficar em pé.

Os médicos precisaram colocar meu braço em uma tipoia por causa da torção. Como eu não estava acostumada a não poder usar a mão, coloquei meu braço livre em volta do pescoço dela e Caspian deslizou atrás de mim.

— Estou tão feliz por você estar em casa — disse mamãe, guiando-me para dentro da casa. — Vou tirar alguns dias de licença do trabalho para poder ficar aqui com você.

Eu queria argumentar que tinha dezessete anos, não cinco, mas não tive coragem.

– Talvez eu devesse ir até o meu quarto e descansar um pouco – sugeri.

Ela balançou a cabeça e depois me acompanhou escada acima. Caspian nos seguiu.

Assim que entramos no meu quarto, reparei que estava diferente. Sumiram os perfumes derramados e os frascos de vidro vazios que Vincent Drake espalhara pelo chão, ainda que houvesse um ligeiro odor persistente no ar. Mamãe provavelmente espirrara algum tipo de produto de limpeza, porque também havia um perfume cítrico presente – o inconfundível odor de lustra-móveis –, mas que não disfarçou a memória da destruição completamente. Uma poltrona lateral cor de vinho ocupava o canto que fora do meu armário de perfumes. Eu a reconheci como remanescente do sótão.

As rosas vermelhas que Vincent havia colocado espalhadas por todo o quarto foram recolhidas por Uri e Sophie, mas tudo o que eu precisava fazer era fechar meus olhos para vê-las novamente. E para ver Vincent deitado em minha cama, em trajes de funeral, seu cabelo louro-claro como o de Caspian, até mesmo pela faixa negra...

Mamãe colocou a mão no meu ombro.

– Está tudo bem? – perguntou. – Você não precisa dormir aqui se não quiser. Posso arrumar o quarto de visitas.

– Tudo bem, mamãe. Ficarei bem. – Fui até a minha cama e me sentei. Não queria que a memória de Vincent me afastasse daqui. *Este é o meu quarto. Não o dele.*

Mamãe chegou mais perto, também, e arrumou os travesseiros, empilhando-os. Depois, ela virou a beirada das cobertas, dobrando-as e desdobrando-as novamente.

Peguei sua mão e a contive.

– Estou *bem*, mamãe. – Forcei um sorriso corajoso. Ela não fazia a menor ideia do que realmente acontecera aqui, e eu não iria esclarecê-la.

– Posso pegar alguma coisa para você? – ofereceu ela. – Alguma coisa de que precise?

– Nada. Mas obrigada por oferecer.

Ela me olhou por um longo tempo sem dizer nada, seus olhos arregalados e um pouco fixos. Depois, inclinou-se e me beijou na testa antes de se levantar.

– Tente dormir um pouco. Eu acordo você quando o jantar estiver pronto.

– Tudo bem, mamãe.

Mantive o sorriso no rosto até que ela deixasse o quarto, depois tombei sobre a cama e soltei um pequeno suspiro. Meu braço doía e ergui a tipoia com um ligeiro aceno triste para Caspian. Ele se sentou ao meu lado.

– Eu me machuquei de verdade – disse.

– Estou vendo. Parece que você vai precisar de uma ajudinha extra.

– Conhece algum interessado?

– Ao seu lado, feito cola. – Ele sorriu para mim, mas seus olhos estavam tristes.

Eu queria tirar a tristeza que estava ali. Fazê-la desaparecer e nunca mais voltar.

– O que eu disse a Ben vale *em dobro* para você, viu? Não é culpa sua.

Ele passou a mão pelo cabelo e desviou o olhar.

– Eu sei, mas, *ao contrário* de Ben, *é* meu trabalho proteger você. Ou pelo menos... fazer o melhor que eu puder. Não acredito que deixei aquilo acontecer. – Ele batia o punho de uma das mãos contra a palma da outra enquanto falava: – Vincent a atacou, e agora você está aqui, assim, e eu...

– Grudado feito cola?

– Isso mesmo – disse ele suavemente, encontrando meu olhar. – Grudado feito cola.

– Para a sua sorte, eu gosto de cola.

Chutei minhas sandálias e abri o zíper do meu agasalho de capuz. Foi difícil puxar minha mão machucada pela manga, mas, uma vez fora, fui capaz de arrancar o restante da blusa que faltava e atirá-la no chão.

Caspian se abaixou e a recolheu. Depois foi até a porta do armário e a pendurou na maçaneta.

– Está bom aqui?

– Está. Você será útil por perto. Pode arrumar *todas* as minhas roupas.

Ele fez uma curta reverência, depois voltou para a cama e se esticou ao meu lado.

– Se arrumação de roupas é o que *milady* quer, então arrumação de roupas é o que ela terá.

Ao virar-se para me encarar, sua faixa negra de cabelo encobriu um olho. Meu coração estremeceu.

— Essa é a imagem da felicidade doméstica — disse eu. — Adicione um grande leque e uma bebida exótica e terá a fantasia de toda garota.

— Felicidade doméstica, é? Quer brincar de casinha comigo, Abbey?

Senti minhas faces se aquecendo.

— Eu, bem... Você entende. Servo. Fantasia. Esse tipo de coisa.

— Certo. Certo. A fantasia de toda garota. Mas eu estou interessado na fantasia de uma só garota. — Ele se inclinou para a frente. — *A sua*.

Recordei nossa recente estada no hotel em West Virginia. Onde compartilhamos uma cama... e uma toalha. Então, algo mais me ocorreu.

— Ei, quem arrumava as roupas na sua casa? — perguntei suavemente.

O rosto dele ficou sério e ele desviou o olhar.

— Nós íamos até a lavanderia. Havia uma moça lá que as lavava para nós. Ela acabou me ensinando como fazer. E até escreveu em uma folha dicas para que eu não esquecesse. Só foi preciso alguns montes de calções tingidos de rosa e uma máquina de lavar transbordando, mas depois ensinei ao papai.

Observei o rosto dele enquanto falava, e mais uma vez fiquei impressionada com sua beleza. E por algo mais... Por saber que ele era tão, tão *meu*.

— Então você cuidava de toda a sua roupa? O que mais você fazia?

– Levantava sozinho para ir à escola e fazia meus próprios lanches.

Imaginei uma versão mais jovem de Caspian tentando arrumar sanduíches de manteiga de amendoim e geleia todas as manhãs, e meu coração ficou triste. Mamãe *sempre* fizera meus lanches para mim quando eu era pequena. Ela até mesmo aceitava pedidos especiais, como quando eu quis maionese por três meses inteiros.

– Eu teria feito lanches para você – falei suavemente.

Ele foi apertar minha mão, mas recuou quando lembrou que não podia.

– Eu sei, Abbey – disse ele, então. – Eu sei.

Ficamos ali em silêncio até que eu finalmente disse:

– Sabe qual vai ser a melhor coisa de ter você aqui comigo?

– Ter um escravo à sua disposição?

– Nada disso. Mas quase. – Movi minha mão que estava livre para perto da mão dele até que uma leve comichão me percorreu e olhei para as constelações que cobriam o teto do meu quarto. – A melhor coisa é ter companhia para olhar as estrelas.

Algumas horas mais tarde, mamãe me chamou para jantar, enquanto Caspian ficou no meu quarto. O tempo todo em que comemos, fiquei pensando sobre como seria tê-lo lá sem que meus pais percebessem. *Precisarei ser cuidadosa. Tenho que prestar atenção para não deixar escapar nada na frente deles, para que não me ouçam conversando com ele.*

– Você está terrivelmente quieta aí – disse papai. – Em que você está pensando?

– Estava pensando que deveríamos ter um sistema de alarme.

Ok, isso não era realmente no que eu estava pensando, mas parecia bom.

Mamãe e papai trocaram olhares desconfortáveis.

– Sua mãe e eu chamamos uma pessoa para vir esta semana conversar sobre nossas opções – retorquiu papai.

Espetei um pedaço de brócolis e continuei comendo.

– Tudo bem.

Os dois apenas olharam para mim, perplexos.

– Então... você concorda com isso? – perguntou papai.

– Concordo. Por que não concordaria?

– Bem, não queremos que você fique incomodada com a ideia de precisar de alguém para se sentir segura aqui.

Baixei meu garfo.

– Papai, uma pessoa invadiu nossa casa. Acho que um sistema de alarme seria bom.

Mamãe pôs a mão sobre a mesa com um grande estrondo.

– Basta! Chega desta conversa! Não quero discutir isso novamente.

– Acho que nós *todos* deveríamos discutir isso – disse papai.

– Claro. É apenas um sistema de alarme, mamãe. Nada de mais...

O rosto de mamãe expressava seu choque.

– *Eu* não quero discutir isso. Nós sempre vivemos nesta cidade e nada assim *jamais* nos aconteceu. Não quero pensar que estamos colocando um sistema de alarme em nossa casa porque há um maluco à solta invadindo as casas e machucando os filhos das pessoas e... e...

A voz dela ia ficando mais alta a cada palavra até que ela estava praticamente gritando.

Depois se calou.

– Não posso mais lidar com isso. Preciso de uma pílula.

Subitamente, ela deixou a sala, e esperei por algum tipo de explicação de papai.

Mas ele não deu nenhuma.

– O que foi *isso* tudo? – provoquei-o. – "Preciso de uma pílula"?

– Sua mãe está apenas chateada com tudo o que aconteceu. O médico prescreveu alguns comprimidos para acalmar os nervos dela.

– Acalmar os nervos *dela*? Você acha que ela é quem foi atacada.

Papai respirou bem fundo.

– Não quis dizer exatamente isso. É que...

Ele balançou a cabeça.

– Sei o que você quis dizer. Mas será difícil por um tempo. Todos nós precisamos... nos adaptar. Sua mãe e eu amamos muito você, Abbey.

– Eu sei, papai. Acho que eu só preciso de um tempo para me adaptar também. – Tempo para me adaptar ao fato de que eles não sabiam o que tinha acontecido, e eu jamais poderia lhes contar.

Meu brócolis tinha esfriado, mas não tive vontade de requentá-lo. Empurrando meu prato, manobrei minha tipoia por baixo da mesa e me levantei. Fui em direção às escadas, mas logo parei.

– Ei, papai? O que você e mamãe fariam se eu tivesse morrido? Ou se eu já estivesse morta e vocês tivessem vindo para casa e me encontrado?

Toda a emoção transparecia no rosto dele.

– Mas que tipo de pergunta é essa?

– Só uma pergunta.

– Pode ser "só uma pergunta", mas certamente não é algo com que você deva se preocupar. – Ele acariciou meu braço. – Você tem uma longa vida pela frente.

Quando voltei ao meu quarto, Caspian estava deitado na cama, olhando para as estrelas.

– Sabe que elas ficam muito melhores no escuro? – perguntei.

– Sei. Mas eu estava esperando você. – Ele se apoiou sobre um braço, e eu me sentei ao seu lado. – Como foram as coisas lá embaixo? Ouvi gritos.

Suspirei.

– Sim. Foi mamãe. Ela está surtando porque eles chamaram um especialista em segurança para instalar um alarme.

– E ela não quer?

– Ah, ela quer. Ou não. Ou não quer querer... eu não sei. É uma confusão. Ela é confusa. Não que isso vá impedir Vincent se ele vier aqui novamente, de qualquer modo, mas eles não sabem disso. Acho que ela só está louca com o fato de que sente que precisa instalar um.

Dei de ombros. Ou tentei. A tipoia no meu braço estava apertada e doendo.

– Mal posso esperar para tirar essa coisa estúpida – disse, erguendo-a.

– Ah, pobrezinha. Não posso nem massageá-la ou coisa assim.

Dei um falso suspiro, mas meu braço estava realmente doendo agora.

– Você pode pegar aquele frasco de pílulas na escrivaninha? – pedi a ele. – O maior, com uma tampa amarela.

Ele obedeceu e deixou-o cair ao meu lado em cima das cobertas. Abri a tampa e peguei o copo com água sobre a minha mesa de cabeceira. Depois de engolir dois comprimidos, fechei o frasco e o rolei sobre as cobertas, de volta para ele.

Caspian o ergueu e colocou-o de volta na escrivaninha. Depois caminhou até o armário. No momento seguinte, um cobertor estava ao meu lado. Olhei para ele com surpresa.

– Imaginei que você iria querê-lo – disse ele.

E imaginou certo. Eu já estava colocando-o sobre mim e me acomodando sob ele. Ele sentou-se a meu lado sem dizer uma palavra.

– Posso lhe perguntar uma coisa? – falei. – Sôbre... Vincent?

– O que você quer saber?

– Depois que fui para o hospital, o que aconteceu?

Ele pareceu estar pensando no assunto. Depois, disse:

– A última coisa da qual me lembro foi ver você em seu quarto. Tudo em que eu podia pensar era tirá-la daqui. Depois, há apenas um branco. Quando acordei, estava com Nikolas e Katy. Na casa deles. – Ele baixou sua cabeça até bem perto do meu ouvido. – Eu disse que precisava encontrar você. Sophie e Kame estavam lá, e me contaram o que havia acontecido. Depois, eles me levaram até o hospital.

– Eles lhe disseram por que Vincent veio atrás de mim? – perguntei.

– Como assim?

– Ele veio atrás de mim porque pegou a garota errada – disse, com tristeza. – Ele pensou que Kristen era eu. Eu sou a razão para ela estar morta, Caspian.

– Isso não é verdade – disse ele. – *Não* é sua culpa. Você não é a razão pela qual ela está morta. *Ele* é. Não pegue essa responsabilidade para você.

– Mas se eu apenas soubesse... teria feito algo para avisá-la...

– Avisá-la como? Você poderia não ter feito nenhuma diferença, e se tivesse... – Ele parou.

– Você sabe que vai ter que falar a respeito disso mais cedo ou mais tarde – disse eu. – A razão pela qual os Retornados da Morte estão aqui. Porque eu vou m...

— Não diga isso, Abbey — implorou ele. — Por favor, não. Não posso nem pensar nisso. Em você... Simplesmente não posso.

— Todo mundo tem que morrer algum dia.

— E você acha que não sei disso? — Ele esticou a mão e atravessou a minha. — Sei melhor do que ninguém.

Ele se afastou de mim, obviamente aborrecido.

— Desculpe-me — falei. — Não fique bravo.

— Desculpe-me também. Não queria que isso tivesse acontecido assim. É que eu apenas... Apenas não sou capaz de imaginá-la morta, Astrid. — Caspian segurou as duas mãos juntas e as esticou.

— Não falarei disso novamente — prometi, desesperada para melhorar as coisas. — Juro.

Ele exalou um fraco suspiro e fechou os olhos, inclinando sua cabeça em direção à minha. Estaríamos nos tocando... se fosse possível.

Fechei meus olhos também. O analgésico estava me deixando sonolenta.

— Você vai ficar? — perguntei, afundando nas cobertas, mais próxima dele e ainda assim tão distante. — Fique comigo.

— Para sempre — sussurrou ele. — Vou ficar para sempre.

Capítulo Três

CANTOS RETOS E ÂNGULOS RUINS

Desta forma as questões se prolongaram por algum tempo...
— *A lenda do cavaleiro sem cabeça*

Quando acordei na manhã seguinte, reparei em duas coisas. A primeira, que minha tipoia estava presa embaixo de mim em um ângulo impossível, e a segunda, que havia um cara muito gato na minha cama.

Ignorando a sensação de peso morto que eu sabia que poderia levar a agulhadas e pontadas quando meu braço preso acordasse, fiquei imóvel ali deitada, apreciando a vista diante de mim. Caspian estava de lado, um braço jogado acima de sua cabeça, a camiseta ligeiramente torcida de forma que eu podia quase ver a pele nua debaixo de seu jeans.

Meus olhos percorreram o caminho da listra de cabelo negro que lhe caía sobre o rosto. Depois seu nariz, seus lábios... lábios que eu gostaria de beijar novamente. *Quantos dias faltam até 1º de novembro?*

Quantos dias até o dia do aniversário de sua morte, quando podemos nos tocar?

Duas semanas até as aulas começarem, e depois trinta e um dias em outubro...

Muito tempo. Tempo *demais*.

Baixei meu olhar. Até a pele dele. Eu não conseguia me conter. Não conseguia segurar meu desejo de alcançá-lo para tentar sentir aquele pedaço dele que eu tanto queria. Nunca percebi, nunca *sonhei*, que um relacionamento sem algo tão simples como o toque poderia ser tão difícil.

Os olhos de Caspian piscaram e se abriram, e percebi que ele sentira o mesmo arrepio que eu.

– Oi – disse eu, suavemente.

Ele apenas olhou para mim. Então, um lento sorriso tomou seu rosto.

– Você estava me paquerando?

– Fazendo um desenho mental – disse eu, com um sorriso divertido no rosto. – Lembrando-me daquela noite no Natal passado, quando você tirou seu suéter e me mostrou suas tatuagens.

Com um único e rápido movimento, ele segurou e ergueu a camiseta. Ele a tirou e minha pulsação acelerou rapidamente.

– Assim está melhor? – perguntou.

– Muito. – Suspirei.

Meu coração batia como um tambor em meus ouvidos, e o ar ao nosso redor ficou pesado e denso. Eu não conseguia parar de encará-lo. Não conseguia parar de olhar para sua pele. Tão diferente da minha, e ainda assim a mesma. Era fascinante. Pequenas protuberâncias e sulcos compunham as cavidades da clavícula, enquanto a carne macia e experiente se esticava até embaixo...

Ele olhou para mim e ergueu as sobrancelhas.

– Você vai retribuir o favor?

– Não. – Engoli em seco.

– Não? Isso não é nem um pouco justo.

– Ah, sim. É sim. Sou a única machucada aqui, então você tem que me agradar um pouquinho.

Caspian concordou.

– Tudo bem. Já está mimada o suficiente?

Balancei negativamente minha cabeça.

Ele se virou e esticou sua barriga, braços cruzados diante de si, as costas totalmente expostas. As bordas e as linhas das tatuagens sobre as omoplatas um pouco borradas. A cadeia interligada de pequenos círculos e triângulos negros corriam umas dentro das outras. Percebi que eu estava olhando fixamente. E, possivelmente, babando.

Mudei de lugar e tirei meu braço debaixo de mim, de forma que fiquei de lado, cara a cara com ele.

– Você não está... Eu não posso nem... Você não se incomoda por não podermos nos tocar? – perguntei desesperadamente.

– Todos os dias.

Seu tom era suave. Simples. Mas um mundo totalmente diferente estava por trás daquelas palavras. O mundo *dele*. Um mundo do qual eu não podia fazer parte. Não ainda, pelo menos. Estávamos a quilômetros de distância.

– Em que você estava pensando quando fez suas tatuagens? – Mudei de assunto para algo mais fácil. Algo que tivesse respostas. – Qual foi a sua inspiração?

Ele se moveu também.

– O sinal de pare, do lado de fora da minha antiga casa, era grafitado. Alguém pintou grandes círculos nele. Depois mais alguém sobrepôs um triângulo. Não era o mesmo padrão que está em mim agora, eles eram dois desenhos distintos, mas minha mente os juntou desse jeito esquisito.

– Isso é legal.

– Pode parecer meio hippie – disse ele –, mas, quando vi os círculos, senti essa... conexão. Com a Terra. Ou a Mãe Natureza. Ou o que quer que seja "isso". Sempre tive a sensação de estar conectado a alguma coisa. Ou a alguém.

– Talvez fosse eu. – Os olhos dele fitaram os meus, e eu daria *qualquer* coisa para ser capaz de alcançá-lo e tocá-lo. – Estamos conectados. Talvez nós...

– Bom dia, querida! – chamou mamãe do lado de fora da porta.

Ela veio segurando um cesto de roupa suja, e eu me ergui um pouco na cama. Eu nunca escutava ela subindo as escadas.

Meu olhar correu para Caspian. Mesmo *sabendo* que ela não poderia ver o menino seminu, sem camisa, sobre a cama, ainda tive um instante de pânico.

– Ei, mamãe – falei, sem graça.

Ela atravessou o quarto e abriu as cortinas.

– O que você quer para o café da manhã hoje?

– Eu, hum, não estou com muita fome.

– Mas você precisa comer. Não quer que eu faça panquecas de chocolate? – Ela foi até o armário, abrindo gavetas e tirando meias.

– Quero. Ótimo. Bom. Parece perfeito. Vou me vest...

– Ou *waffles* belgas? Você adora.

– É, mamãe. Tudo bem. – Desejei mentalmente que ela saísse do quarto. – Desço assim que me trocar.

Ela saiu do *closet* e me lançou um sorriso.

– Eu estava pensando que, talvez, depois do café, pudéssemos fazer um dia de filmes. Aluguei uma porção.

Fiquei de pé e abri a porta do banheiro, na esperança de que ela entendesse a mensagem de que eu gostaria de entrar ali.

– Tudo bem. Mas primeiro os *waffles*, combinado?

Parecendo animada demais, ela disse:

– Você manda. – E saiu porta afora.

O fôlego que eu nem percebera que estava prendendo me escapou, e virei-me para Caspian. Ele procurou sob o lençol e colocou sua camiseta. Fiquei triste por ver sua pele nua sendo coberta.

– Bem, ótimo – disse eu. – Agora preciso tomar o café da manhã. Quer me acompanhar?

– Eu aceitaria, mas, uma vez que ela não pode me ver *e* eu não vou comer, acho que vou ficar aqui esperando.

– E me soprou um beijo enquanto eu andava até o banheiro, e retribuía o favor.

Já estava lamentando a falta de senso de oportunidade de mamãe, e só pensando em ser rápida para voltar logo para ele.

Meia hora depois, entrei na cozinha e olhei para o prato onde dez *waffles* formavam uma pilha alta, imaginando como mamãe fizera tantos e tão rapidamente. Em seguida, sentei-me à mesa.

– Você fez alguns para os vizinhos também?
Sorrindo, ela os trouxe até mim.
– Só quis garantir que você tivesse o suficiente.

Cuidadosamente puxei dois *waffles* para o meu prato. Mamãe se aproximou com um suco de maçã *e* outro de laranja, e colocou ambos bem ao meu lado. Depois pôs alguns *waffles* no próprio prato e sentou-se.

– Nós deveríamos fazer as mãos e os pés outra vez quando você tirar a tipoia – disse ela, fazendo pausas entre as dentadas. – Acho que dessa vez quero usar vermelho nas unhas dos pés.

– Vermelho-claro? Ou vermelho-escuro?
– Acho que vermelho-escuro. Talvez marrom.

Olhei para baixo e empurrei o *waffle* pelo meu prato. *O caixão de Kristen era vermelho-escuro...* Então eu disse:

– Ei, mamãe, se alguém fosse gastar um dinheirão, mas fosse uma compra para você, você decidiria os detalhes?

– Não sei se entendi. Como um carro?
– Isso. Como um carro. Se alguém comprasse um carro, mas na verdade fosse *para* você, você poderia tomar a decisão sobre os detalhes? Como de que cor ele viria pintado?

Mamãe riu.

– Isso é alguma dica de presente para a formatura, Abbey?

Mexi no meu *waffle* novamente. Eu não estava certa sobre como dizer o que eu queria. Afinal de contas, como exatamente você soltaria *vou morrer em breve, e eu gostaria de garantir que meu caixão fosse vermelho* sem parecer uma pessoa maluca?

– Qual a sua flor favorita? – perguntei, em vez disso.

– Lírios de um dia. Brancos. Sei que são típicos da Páscoa, mas acho eles muito bonitos.

Não seria exatamente a minha primeira escolha, mas não era de todo mau.

– E qual a sua música de igreja favorita? Como um hinário?

Mamãe se inclinou para trás e pensou a respeito por um minuto.

– Acho que eu escolheria *Oh, When the Saints Go Marching In*.

– Sério? Eu não teria pensado exatamente nessa. *Oh, When the Saints Go Marching In* é meio animada para um funeral.

– Um funer...? – Mamãe me encarou. – O que você acabou de dizer?

– Funerais têm canções e flores. Eu só queria saber de quais você gosta.

– Por que você está falando nisso, Abigail? – A voz da mamãe tinha uma nota aguda e histérica novamente.

– Bem, como Kristen morreu muito jovem, isso me fez perceber que tudo pode acontecer. Para o meu funeral, quero um caixão vermelho. Como o dela. Lírios brancos vão servir. Não ligo mesmo para eles. Mas escolha uma canção melhor que *Oh, When the Saints Go Marching In*, combinado?

Seu garfo caiu no chão. Afastando a cadeira, mamãe se levantou abruptamente.

– Isso não tem graça. A conversa acabou. Não estou com ânimo para assistir a nenhum filme hoje. Você vai ter que achar outra coisa com que se ocupar.

Ela deixou a cozinha sem dizer mais nenhuma palavra, mas seus passos eram bravos enquanto ela marchava até a sala de estar.

Olhei para o meu prato. Por que de repente todos à minha volta estavam tão sensíveis a respeito da morte?

Subi as escadas novamente até Caspian e me joguei de volta na cama. Resmungando, eu disse:

– Você tem tanta sorte de não ter mais uma mãe com quem lidar.

Ele não respondeu.

Olhei para cima, já arrependida de minhas palavras. Ele estava sentado diante da minha escrivaninha, as mãos unidas.

– Perdão. Eu não queria... – Suspirei alto. – Continuo fazendo isso. Continuo dizendo as coisas erradas. Não sei o que é, mas é como se eu fosse feita de cantos retos e ângulos ruins.

Ele se aproximou e alcançou meu rosto. Sentei-me imóvel, incerta se ele de fato iria tentar me tocar ou manteria algum espaço entre nós dois. Senti a ligeira comichão em meu rosto e me virei em direção a ele.

– Primeiro de novembro já chegou? – sussurrei.

Caspian balançou a cabeça e pronunciou um silencioso *não*. Mas ele segurou suas mãos ali um pouquinho mais.

– Apenas deixe que ela supere tudo isso, Abbey, está bem? Dê-lhe algum tempo. E espaço. Ela vai precisar disso.

– Eu sei, eu sei. Quando você ficou tão esperto?

– Eu sempre fui esperto. Espere, você gosta de caras espertos?

– *Com certeza* gosto de caras espertos.

Sorri para ele, depois desviei o olhar. Eu não sabia quanto tempo mais aguentaria essa falta de contato. Parecia haver um muro invisível entre nós cada vez que nos aproximávamos, e eu não podia destruí-lo. Fiquei de pé e fui até a janela.

A janela por onde Vincent Drake escapara.

Tracei uma linha no vidro. Isso fez um barulhinho suave de esfregação enquanto meu dedo descia. Uma trilha invisível deixada para trás.

— Você não acha que é um pouco confuso que os Retornados da Morte queiram me ver morta, enquanto Vincent me quer viva? – divaguei, mantendo a ponta dos dedos na placa de vidro.

Caspian veio atrás de mim.

— O que você disse?

— Vincent não quer me matar. De fato, ele até me disse para não fazer nada estúpido.

— O que ele *quer*, então? – perguntou.

— A mim. Viva. Por quê? Eu não sei.

Olhei pela janela, perdida em pensamentos. Não conseguia evitar que a cena com Vincent se repetisse várias vezes em minha mente. Se eu tivesse feito apenas algo diferente... me defendido de algum jeito, ou feito com que ele pagasse pelo que havia feito a Kristen... Se apenas pudesse fazer tudo desaparecer...

Eu me virei, e meus olhos pousaram em um antigo caderno de anotações sobre perfume, juntando poeira no canto da minha escrivaninha. Eu nem mesmo podia me distrair com algum projeto; todo o meu material de perfumaria estava dentro do armário que Vincent destruíra.

— Quisera ter algo novo em que trabalhar – falei. – Talvez seja a hora de levar mamãe para umas comprinhas de alguns materiais de perfumaria. Passar algum tempo juntas. Isso deveria deixá-la feliz. – Passei sobre a cadeira e descansei minha tipoia na escrivaninha.

— Você sempre pode aprender a desenhar – retorquiu ele.

– Posso? Conhece alguém que poderia me ensinar?

– Para falar a verdade, eu sei. – Ele pegou seu bloco de desenho e um carvão, e em seguida sentou-se na cama. – Vem aqui.

Rapidamente abandonando a escrivaninha, fui me sentar ao lado dele. Caspian começou com uma nova folha e apontou para ela.

– Desenhe uma árvore – instruiu.

– Não posso. Isso não vai adiantar. Eu mal consigo segurar um lápis, quanto mais desenhar qualquer coisa.

– E daí? Apenas tente.

Suspirei, então peguei o carvão cuidadosamente. Deixou manchas pretas nos meus dedos. Conjurando todas as coisas que havia aprendido no jardim de infância com o professor de artes, sobre formas básicas e "se fundir ao objeto", tentei esboçar o mais simples contorno de uma árvore.

Parecia um rabisco.

Minha mão tremia enquanto eu tentava suavizá-lo, tentava pressionar o carvão com mais força e fazer os galhos tomarem forma, o tronco aparecer, as raízes se expandirem.

Ainda parecia um rabisco. Só que... pior.

– É, não sei nada.

Caspian olhou para ele.

– Não é verdade.

– Consegui umas manchas pretas. Não dá nem para me animar. – Virei a folha de lado e a estudei, largando o carvão. – Ei, se você olhar deste jeito, parece um pouco a mão gigante de um monstro ou coisa parecida.

Ele riu.

– Vamos ver o que podemos fazer com isso. – Pegando o carvão novamente, ele o colocou sobre a folha e começou a fazer traços rápidos e curtos. A magia negra parecia fluir de suas mãos e pousar direto no papel. Longas e suaves linhas estavam próximas, e eu podia ver algo tomando forma.

– É uma floresta?

Ele assentiu e continuou trabalhando, transformando minhas patéticas e finas tentativas de árvore em um toco escuro e retorcido. O fundo apareceu junto, e árvores começaram a surgir, juntando-se em torno das bordas em uma dança selvagem de abandono. Algumas das árvores eram pontiagudas, tinham ramos bifurcados, um aviso severo para prestar atenção ao que elas tinham a dizer – enquanto outras apontavam caprichosamente para cá e para lá, os espinhos arqueados e as raízes fluindo no tempo de uma batida inaudível.

– Isso é incrível – murmurei. – Você está tornando tudo isso muito real. Posso ver a história ali.

Ele continuou trabalhando, suavizando e sombreando, até que as bordas estivessem perfeitas. Linhas definidas onde precisavam de definição e suaves onde precisavam ser suavizadas. Eu não falei, mal respirava, temendo interrompê-lo.

Finalmente, terminou.

Quando ele olhou para mim, seus olhos estavam brilhando alegremente. Arrumou a mecha de cabelo que caíra sobre um olho, deixando uma mancha de carvão em sua testa. Fui tomada por uma imensa gratidão por ter essa chance, esse momento perfeito, testemunhar sua felicidade.

Sua paixão.

– Como devemos chamá-lo? – perguntou.

Sem hesitação as palavras voaram de minha boca:

– Dança da floresta.

– Perfeito. – Ele rabiscou o nome na margem do papel e depois arrancou a folha do bloco, colocando-a sobre as cobertas ao meu lado. – Para você. Viu que boa equipe formamos?

Bufei.

– É, é claro. Sem a minha árvore horrorosa você *nem* teria conseguido fazer esse desenho maravilhoso.

– Eu não teria nada que me servisse de começo – corrigiu ele. – Então, não teria conseguido criar isso.

E começou outra parte enquanto falávamos, esta agora um simples rio. Foi concluída rapidamente e ele virou a página novamente. Na próxima um jardim ganhou vida, e ele o encheu de flores.

Eu poderia ficar assistindo a ele desenhar por toda a manhã, mas finalmente ele quebrou o silêncio.

– Você não está completamente sem suprimentos de perfumaria, caso queira criar algo.

– Estou, sim. Vincent quebrou tudo.

– E a sua maleta de suprimentos?

Minha maleta? Levantei-me e fui conferir sob a escrivaninha.

– Ainda está aqui! Você tem razão! Posso fazer alguma coisa com o material que tenho aqui.

Apoiei-a sobre a mesa e abri as travas. Fiquei deliciada enquanto passava a mão machucada sobre as várias fileiras de garrafinhas de vidro brilhante cor de âmbar. Escolhi o óleo essencial de baunilha, essência de manteiga, óleo essencial de manjericão e musgo de carvalho absoluto, para começar. Em seguida, puxei um bocado de pipetas de transferência e um copo misturador e me sentei.

Depois de pegar um frasco de óleo de jojoba, pinguei vinte gotas no copo misturador e abri o bloco de anotações mais próximo para anotar que óleos eu estava usando.

– Sabia que a arte da perfumaria remonta a tempos ancestrais? – disse a Caspian. – A referência a perfumes também é comumente encontrada na Bíblia. Cipreste, sândalo, mirra, incenso, canela e óleos essenciais de bálsamo foram utilizados na preparação de óleos de unção e foram queimados como incenso em ofertas de sacrifício. – Medi cuidadosamente dez gotas de óleo de manjericão e misturei ao óleo de jojoba. Cinco gotas de musgo de carvalho vieram depois. E, a seguir, cinco gotas de baunilha.

Caspian observava por sobre meu ombro.

– Havia uma porção de perfumes no *Titanic* – disse eu. – Adolphe Saalfeld foi um perfumista que viveu na Inglaterra, mas queria vender seus aromas nos Estados Unidos. Assim, comprou uma passagem no navio e levou consigo sessenta e cinco tubos de ensaio com essências concentradas de perfume. Sobreviveu ao naufrágio, mas deixou os perfumes para trás. Quando fizeram aquela grande descoberta do local do acidente há alguns anos, encontraram suas amostras de perfume e as trouxeram para a superfície. Quase todas haviam sido perfeitamente preservadas, e eles foram capazes de recriá-las.

Usando uma das pipetas de transferência, agitei a mistura desajeitadamente, estranhando trabalhar de tipoia, e cobri com a tampa.

– Você pode imaginar isso? Ser capaz de recriar um perfume que ficou por tanto tempo enterrado nas profundezas do oceano? Deus, que achado. – Abri o frasco alguns segundos depois e inalei profundamente.

Ele observou tomado de extasiada fascinação enquanto eu continuava escrevendo e misturando, adicionando mais gotas disso e daquilo, cobrindo novamente e cheirando.

– Precisa de uma nota mais amadeirada – resmunguei para mim mesma depois da quinta tentativa. – Alguma coisa... – Procurei na maleta, olhando o que eu deixara. Encontrando o óleo de bálsamo, peguei o frasco. – Como *isto*.

Caspian leu o rótulo.

– Isso não é uma árvore de Natal?

Balancei a cabeça.

– Mas você está pensando em bálsamo de abeto. Esse é o tipo que cheira a pinheiros pontudos. Este é o bálsamo do arbusto de bálsamo. Cheira a tempero. Um pouquinho como canela. A menos que envelheça. Então, cheira a baunilha. – Adicionei algumas gotas e fiz uma anotação. – Algumas pessoas acreditavam que o bálsamo era colhido por um grupo de pessoas chamado de

Essênios, que viveram no Egito e eram conhecidos por suas práticas de cura utilizando óleos essenciais. Eles viviam onde existiam arbustos de bálsamo e se tornaram produtores dele, coletando-o para vender e usando-o para manter seu modo de vida.

Ele colocou a mão junto da minha na escrivaninha, e parei, olhando para cima.

– Você é maravilhosa – disse ele carinhosamente. – Inteligente, bonita e talentosa. Onde aprendeu tudo isso?

Fiquei envergonhada e desviei o rosto.

– Pesquisei a maioria dessas coisas. Sou apenas uma imbecil qualquer que precisa arrumar outro hobby.

– Não, nada disso. Você é... – Subitamente ele parou e olhou para a porta. Como se tivesse escutado algo que eu não ouvira.

Em seguida, eu também ouvi.

Alguém estava bem diante do meu quarto.

Veio uma batida tímida, e a porta se abriu. Eu me inclinei para trás, preparando-me para dizer alguma coisa para a mamãe, e então vi Beth, da escola.

Aqui.

Na minha casa.

De shortinho e biquíni.

– Oi, Abbey – disse ela alegremente, toda sorrisos.

A pele dela brilhava como se tivesse acabado de ser pintada à perfeição, e o bronzeado à mostra entre seu top de traje de banho e o short me deixou consciente demais do fato de não haver passado meu verão exatamente como *ela* passara.

– Eu liguei muito antes, você sabe.

Caspian se moveu em direção ao armário. Observei-o indo, tentando não reparar se *ele* estava olhando o shortinho.

– Oi, Beth – falei devagar, ficando em pé. – Isso é... inesperado.

Ela vagou até a cama e sentou-se ao lado da pilha de desenhos. Virando as folhas até a primeira, fixou-se no jardim florido.

– É, estou a caminho da casa de praia da família e achei que talvez você quisesse vir junto. – O olhar dela fitava a minha tipoia e depois desviava para o vazio. – Eu, hum, soube de todo o lance do hospital. Foi muito ruim?

– Está tudo bem. Isto é apenas um exagero, de verdade. O doutor insistiu.

– Detesto quando os médicos fazem todas essas baboseiras apenas para lhe dizer que você está bem. Minha mãe trabalha para uma companhia de seguros, e posso jurar, as coisas que ela diz que os hospitais podem se safar...

Seus dedos traçavam caminhos aleatórios pela folha à sua frente. Percebi que ela queria me perguntar mais a respeito do ataque, e resmunguei interiormente diante desse pensamento. Beth era muito bacana, e eu gostava dela, gostava mesmo, mas não estava nem um pouco a fim de passar por aquilo de novo.

– Obrigada pelo convite – agradeci, levando a conversa para outro rumo. – Eu gostaria de poder ir, mas... – Segurei a tipoia para me justificar.

Beth baixou o olhar novamente. Ela encontrara o desenho da floresta.

– Ei. – Ela endireitou-se. – Ei, Abbey, isto está muito bom. Eu não sabia que você era uma artista.

– E não sou. Não fiz isso. Quero dizer, eles não são meus. São de outra pessoa.

Beth sorriu. Resmunguei em silêncio de novo porque conhecia aquele sorriso. E não era um que eu gostaria de ver.

– Ahhhh – disse ela. – Alguém fez os desenhos para você? Com quem você está saindo, menina?

– Ninguém – disse distraidamente, tentando rir daquilo tudo. *Tecnicamente, não era verdade. Mas era mais fácil do que a resposta verdadeira...* – Ei, o que aconteceu ao Lewis? Vocês ainda estão juntos?

– Eca, não. – Ela soprou a franja do rosto com desgosto. – Ficou sério demais para mim. Ele fazia planos para o nosso futuro, discutia o que deveríamos fazer na faculdade... E aí começou a falar em morarmos juntos, tipo, na metade do caminho do curso caso nós fôssemos para faculdades diferentes, assim poderíamos nos ver além dos fins de semana. *Falando sério?* Quer dizer, cara, você é uma ótima transa e tal, mas eu preciso de alguma variedade.

– Hum, é. Entendo totalmente. – *Não, não entendo. Vou ficar com meu namorado por toda a eternidade. Isso se chama comprometimento.*

Tentei me esforçar *muito* para não olhar para Caspian, mas não consegui evitar uma olhadinha rápida. O rosto dele estava inexpressivo, impossível de ler. Não dava para dizer se estava assim de propósito ou se realmente não tinha nenhum interesse no que Beth estava dizendo.

Ou vestindo.

– E aí, como ele reagiu?

– Ficou de coração partido, é claro – disse Beth, atraindo minha atenção de volta a ela. Beth foi até a minha escrivaninha e pegou o frasco de óleo de musgo de carvalho. O rosto dela se enrugou enquanto inalava. – Eca. Nojento. Cheira a plantas mortas ou coisa do tipo.

Eu ri e tirei-o das mãos dela.

– Aqui. – Entreguei a baunilha a ela. – Tente este aqui.

Seu rosto se acendeu com um sorriso prazeroso enquanto inalava.

– Mmmmm. Você pode me fazer um perfume assim?

E bem assim, meus pensamentos estavam girando. Já trabalhando. *Eu poderia adicionar baunilha de Madagascar, com apenas uma nota de creme de manteiga, e um pouco de açúcar mascavo para temperá-lo.*

– Posso. Claro. Sem problemas.

Subitamente, ela me abraçou.

– Venha para a praia comigo – pediu ela antes de se afastar. – Vamos achar alguns salva-vidas bonitões e ficar bêbadas sob o luar à meia-noite. Não importa o que Lewis diga. Sou *jovem*. Preciso viver. Olhe para você, certo? Você não tem um namoradinho de escola pendurado no seu pescoço como uma corrente, e está ótima.

Eu nem mesmo sabia o que dizer.

– Eu... Beth... eu... – Balancei minha cabeça.

– *Pooor favor!* Vamos lá, Abbey. É apenas por um dia. Venha ficar comigo por *um dia*. É tudo o que eu peço.

O problema era que, em um mundo normal, era algo que eu concordaria em fazer. Mas agora que Vincent estava aqui, e também os Retornados da Morte, eu não sabia o que dizer a Caspian... e *mamãe*. Além do mais, como podia fingir que estava solteira? Não pareceria correto flertar com algum bonitão. Eu tinha meu *próprio* bonitão bem aqui.

O único problema era que ninguém além de mim podia vê-lo.

– Não posso, Beth – disse com firmeza, sacudindo minha cabeça. – Fico me sentindo esquisita com essa tipoia, e não estou realmente a fim de encontrar alguns caras neste momento, depois de tudo o que aconteceu. Quem sabe da próxima vez?

Ela fez um beicinho para mim, mas pude notar que percebeu que eu estava falando sério.

– Tudo bem, então. Que seja. Só não vá mofar ficando escondida aqui, ok? Tome um pouco de ar.

– Pode deixar.

– E acho bom você me fazer um pouco daquele perfume de baunilha também.

Eu ri.

– Farei. Farei. Levo para você no primeiro dia de aula.

Beth me soprou um beijo enquanto saía pela porta.

– Certo. Até mais, *chica*. Estou indo encontrar uns bonitões de praia por minha conta.

Esperei até a barra ficar limpa e então sacudi minha cabeça enquanto fechava a porta atrás dela. Mas não pude evitar um sorriso que se espalhou pelo meu rosto.

– Ela parece bacana – disse Caspian, com um tom provocativo de voz. – Por que não contou a ela sobre mim?

– Ceeerto. O que eu deveria dizer? "Sim, claro, Beth. Irei com você. Só há um pequeno, um ligeiro probleminha. Olhe, eu não preciso achar um namorado porque já tenho um. Ele acabou de morrer e por isso está invisível."

Caspian riu, e escondi o rosto em minhas mãos. Por que a minha vida era tão complicada?

Capítulo Quatro

CONTROLE MENTAL

Tal é o conteúdo geral desta lendária superstição que tem fornecido material para muitas das histórias fantásticas.
— *A lenda do cavaleiro sem cabeça*

A última semana e meia passou rapidamente, e quando eu acabara de me acostumar à tipoia já estava na hora de tirá-la. Caspian foi comigo ao consultório médico, mas quando chegamos em casa é que veio a verdadeira surpresa do dia. Cacey e Uri estavam lá esperando por nós, diante de um carro parado em um canto da entrada de casa, assim que mamãe estacionou.

Ambos estavam vestindo calças cáqui e camisetas de uniforme – vestimentas semelhantes às que usavam quando vieram ao meu quarto logo após Vincent ter estado lá. Mas o cabelo louro de Cacey estava azul nas pontas.

– Surpresa! – exclamou Cacey quando mamãe desligou o carro. – Pensamos em vir visitá-la.

Mamãe, é claro, ficou entusiasmada ao ver meus novos amigos.

– Ora, olá! Que gentil da parte de vocês passarem por aqui. Não estão trabalhando hoje?

Cacey negou com um aceno de cabeça.

– Kame sugeriu que viéssemos conversar com Abbey para ver se ela quer participar do programa de estágio da imobiliária conosco. É uma experiência fantástica. Temos certeza de que ela se sairia muito bem. Não há nada mais valioso do que aprender a lição do trabalho duro!

Tentar manter uma expressão séria durante as mentiras de Cacey estava se tornando uma tarefa monumental. Estagiários na imobiliária... Sei. Por quanto tempo ela iria continuar com essa farsa? E não ajudou nem um pouco quando começou a piscar para Caspian.

Mamãe deve ter reparado o movimento, porque perguntou para Cacey:

– Está tudo bem com você?

– Acho que caiu alguma coisa no meu olho. – Cacey piscou novamente e depois sorriu descaradamente. – Então, você quer vir com a gente, Abbey? Estamos indo para o escritório agora, e você pode ver o que fazemos. Aprender mais sobre o programa. – Ela esticou a palavra "programa" em três longas sílabas.

Mamãe olhou-me de relance, e com o canto do olho eu vi Cacey acenar com a cabeça uma vez. Segui o exemplo.

– Vou...

O sorriso de mamãe não poderia ter ficado maior. Ela ficou claramente contente com a minha "iniciativa".

É mentira, eu quis dizer a ela. *Eles não são de fato estagiários e Kame e Sophie não são agentes imobiliários.*

Mas quanto menos ela soubesse, melhor.

– Nós a traremos de volta na hora do jantar, sra. Browning – disse Cacey, conduzindo-me até o assento traseiro do carro deles.

Uri disse algo a mamãe para distraí-la e Cacey gesticulou para que Caspian entrasse também. Ele deslizou para o meu lado e fechei a porta.

– Em que estamos nos metendo? – perguntou ele.

– Não tenho a *menor* ideia. Mas deve ser alguma coisa importante para eles terem vindo nos buscar dessa maneira.

Cacey se acomodou no assento do passageiro e baixou o espelho, conferindo seu cabelo de pontas azuis.

– Eu sei, eu sei – disse ela, quase para si mesma. – Essa do "valor do trabalho duro" foi demais. Ha! Mas fiquei tão envolvida com esse draminha. Simplesmente adorei.

– E qual o propósito dessa coisa toda de fingir ser uma estagiária? – perguntei. – E as roupas?

– Só encenação. É melhor para nós, nos encaixarmos quando podemos.

Ela sorriu para mim, e tive a clara impressão de ver um tubarão seguindo sua presa. Seus olhos claros e cinzentos estavam arregalados e concentrados. Um discreto odor de fumaça, ou folhas queimadas, invadira o carro, e depois desaparecera. Senti um arrepio percorrer meus braços.

– Alguém já lhe disse que você é um tanto assustadora? – disse eu, subitamente.

Ela caiu na gargalhada.

– Já. Eu sou. Obrigada por reparar. – Vaidosa, como se eu tivesse feito um elogio em vez de insultá-la, ela ajeitou o cabelo e mandou beijos para o espelho retrovisor.

Uri veio até o carro e entrou.

– Oi, Abbey. – Seu sorriso era sincero e amistoso, sua voz suave como chocolate. Ele bateu a porta. – Caspian.

Caspian acenou de volta, e imaginei se era só isso. Eles estariam aqui para me levar até a minha recompensa eterna no...

– Ei, isso é um Jetta? – perguntei.

– É. – Uri manteve os olhos no caminho e saiu da entrada de casa.

– Legal, não é? – perguntou Cacey. – Muito melhor do que alguns dos outros carros que tivemos. Você faz *alguma* ideia de quanto dura uma perua Volkswagen? Mesmo quando o assoalho está apodrecendo e o painel está caindo aos pedaços e a coisa toda cheira a uma classe de berçário de escola dominical? – estremeceu ela.

– Bem, não é nenhuma carruagem encantada – retorqui e sorri para Caspian.

Ele pareceu não entender.

Ou talvez tenha entendido, porque franziu a testa.

– Devemos ficar impressionados com a sua habilidade em se lembrar dos hinos da igreja? – perguntou Cacey. – Ah, sim, você conhece um, chamado *Amazing Grace*? – brincou.

O calor subiu até minhas orelhas.

– Não. Eu quis dizer "venha logo, carruagem encantada". Como a canção? Vocês não estão "vindo para me levar para casa" e tudo aquilo? Nós não estamos, sabem... *Indo*? Até meu próximo destino? Uma queda longa e uma curta parada?

Cacey riu, e o riso ecoou pelo carro como o agudo repicar de um sino.

– Não está exagerando no drama, Abbey? Estamos apenas indo almoçar.

Eu me recostei e olhei com melancolia pela janela, sentindo-me devidamente castigada. O asfalto da rodovia correu ao nosso encontro, e a pista única tornou-se dupla. Senti uma leve sensação de calor no meu joelho e baixei a cabeça. Caspian estava tentando empurrá-lo.

Ele me deu um sorriso simpático.

– Acho que foi muito inteligente. – Ele inclinou-se para sussurrar. – A coisa toda com a "carruagem encantada".

– Bonito *e* leal – sussurrei de volta. – Você é uma combinação mortal.

"Mortal"... Muito bem, Abbey.

Mas, se ele notou a minha péssima escolha de palavras, não foi adiante com elas.

– Ei, vocês dois – disse Cacey. – Agora não é hora de segredinhos. Querem compartilhar com o restante da classe?

– Não. – Cruzei os braços.

– Ótimo. É mal-educada, mas tudo bem.

Cacey estava *me* chamando de mal-educada? A mesma pessoa que bebeu todo o refrigerante na minha frente para não precisar dividir nem um pouco dele quando eu estava no hospital e praticamente morrendo de sede, e que tinha uma resposta sarcástica sempre que alguém lhe perguntava alguma coisa, estava *me* chamando de mal-educada?

Eu estava prestes a dizer isso a ela, quando de repente Caspian inclinou-se e disse em voz alta:

– Então, Uri, sobre aquela perua Volkswagen...

Instantaneamente a tensão dentro do carro se rompeu, e eu ri.

– Leal, bonito e *inteligente* – disse a ele –, mas você já sabia disso.

Uri sorriu e mudou de faixa.

– Era uma perua VW 1951, e era uma besta. Já estava indo para quarenta anos quando nós, hum, a adquirimos. Tinha uma história interessante.

– Era uma porcaria-móvel – disse Cacey. – Com bancos de couro sintético e carpete felpudo cor de laranja. Eu podia jurar que fora um carro de circo itinerante ou coisa assim.

– Você se lembra do rato mumificado? – perguntou Uri a ela.

– Lembro. Preso entre os assentos.

– *O quê?* Eca. Impossível – disse eu.

– É uma história verídica – respondeu Cacey. – Alguém realmente teve tempo de mumificar aquela coisa.

– Como você sabe? – interrompeu Caspian. – Não poderia ser apenas um rato morto há muito tempo?

Cacey cobriu a boca.

– Os lábios. Foram fechados e costurados.

– Meu Deus, Cacey! – Fiquei nauseada e queria vomitar diante do pensamento de ver algum pobre ratinho daquele jeito. – Isso é simplesmente insano.

– E por acaso ratos *têm* lábios? – ponderou Caspian. Uri riu e eles compartilharam um sorriso.

– Mudando de assunto – disse eu.

Mas Cacey obviamente não queria mudar de assunto.

– Seus dedinhos haviam sido afastados. Abertos, em vez de encurvados e fechados. – Ela imitou a forma com ambas as mãos. – E os olhos...

– Não vou conseguir almoçar – alertei-a.

– E também havia os dentes – disse ela.

– E por que eu ia *querer* saber dos dentes? – resmunguei, e imediatamente respondi a mim mesma. – Não. Não, eu não quero.

– ... em um chaveiro – completou Uri.

– Dentes de leite que haviam caído? – sugeriu Caspian. – Uma recordação de família?

– Molar – falaram Cacey e Uri ao mesmo tempo.

– Deve ter sido arrancado diretamente da boca de alguém com algo pontudo, pois as bordas estavam todas danificadas e irregulares – explicou Uri. – A perua veio de um ferro-velho em West Virginia. Lugar maluco. Quem sabe o que acontecia lá?

Cacey riu alegremente, e balancei a cabeça para ela. Ela me viu e parou, mas sorriu para Uri.

– Abbey acha que sou assustadora. Ela me disse isso assim que entrou no carro.

Algo se passou entre eles – mais do que um simples olhar – e tive a impressão de que eram palavras ditas em silêncio.

– Ela está certa – disse ele. E, em seguida, pôs uma das mãos sobre o joelho dela. – Você *é* assustadora.

Uri dirigiu as próximas palavras para mim e Caspian.

– Ela perde completamente a cabeça com essas coisas. Não sei por quê. – E balançou a cabeça perplexamente para ela, alguém que obviamente vinha suportando as peculiaridades de seu parceiro por um longo tempo e que não se importava de fazê-lo.

– Por que vocês não arrumaram um carro novo se aquele era tão horrível? – perguntei.

– Uh! Chegamos! – gritou Cacey. Um restaurante chamado Pimenta Rosa apareceu, e entramos no estacionamento. – Primeiro, vamos achar uma mesa. Depois contarei a vocês sobre o carro. Combinado?

Concordei, mas ela já estava saindo do carro.

– Espere eu estacionar primeiro – advertiu Uri.

Ela esperou. Quase.

Saí e mantive a porta aberta por tempo suficiente para que Caspian saísse também.

– Será que vai ser bom ficar aí dentro? – falei baixinho para Uri, apontando com a cabeça para Caspian e depois Cacey. – Quero dizer, todos nós?

– Vamos, sim – disse ele.

Cacey ouviu minha pergunta.

– Ele não come muito, não é? Porque vai ser constrangedor tentar explicar o pedido *dele*.

– Eu não... – disse Caspian.

– Eu sei! Eu sei! – Riu ela. – Só estou brincando. Relaxem. Vai ficar tudo bem. Vamos lá.

Olhei para Uri.

– *Vai* ficar tudo bem – disse ele de novo, conduzindo-nos à porta. – Ela vai se comportar.

Em dúvida, acompanhei-os enquanto Caspian subia atrás. Uma vez lá dentro, Cacey sinalizou para um garçom e ele nos conduziu imediatamente para uma grande mesa. O interior do restaurante era decorado em tons de rosa-pálido e cinza, com leves toques de preto. Dava uma suave impressão de anos 1920.

– Como você conseguiu ser atendida tão rápido? – perguntei a Cacey, acomodando-me ao lado do espaço onde Caspian estava.

– É o controle mental – disse ela distraidamente, debruçada sobre o cardápio. – Funciona sempre.

– Controle mental? – perguntei. – O que é isso?

Ela apontou para a extensa lista à sua frente.

– Escolha o que você quiser comer. Converse depois. Quando ele voltar, quero fazer nosso pedido. Estou *morrendo de fome.*

Examinei a lista. Parecia que o Pimenta Rosa servia estritamente comida vegetariana. Eu nunca estivera em um restaurante vegetariano.

– Onde está o café da manhã simples? – perguntei. – Isso deve ser seguro o bastante.

Cacey virou o cardápio e apontou a parte de trás.

— Acho que vou pedir o mexido de *tofu* — disse, depois de um minuto. — Espinafre, queijo de soja, aspargos e cogumelos *shitake* com batatas fritas não parece tão ruim.

— Nham! Eu vou de pamonha picante vegetariana. E quero uma Coca-Cola, assim, *já* — replicou Cacey. — O que você vai pedir, Uri?

— *Burrito de tofu.*

— Você não se importa se nós comermos na sua presença, não é? — perguntou Cacey a Caspian.

Ela não parecia se importar que as pessoas pudessem notar que estava falando com ele.

— Não que eu tenha alguma escolha, não é? — disse ele. — Fique à vontade.

O garçom passou por ali e pegou uma caneta e um bloco. Cacey recitou seu pedido, e eu podia ver que ele fora cativado por sua voz melódica, assim como eu, da primeira vez que conversara com ela. Ele teve dificuldade de prestar atenção ao que estava escrevendo enquanto Uri e eu dissemos a ele o que queríamos, e ele ficava olhando para aqueles olhos desbotados.

— Eu *adoraria* uma Coca-Cola para combinar com a minha refeição — disse Cacey, mantendo o contato visual. — Na verdade, todos nós.

Um estranho gosto metálico encheu minha boca, como torrada queimada, e alcancei o jarro de água gelada que estava sobre a mesa. Depois de me servir de um copo, bebi um pouco, rapidamente.

— Cuidarei disso — murmurou o garçom. — E farei o pedido agora mesmo.

– Obrigada! – disse Cacey enquanto ele se afastava.
– Ela é sempre assim? – perguntou Caspian a Uri.
– O tempo todo. Pior, quando realmente quer alguma coisa.
– Chega, para *você*. – Cacey apontou para Uri. – E você também, garoto morto. – Ela apontou para Caspian.
– Não faça isso – sussurrei.
– Fazer o quê?
Fiz um gesto vago com a minha mão.
– Apontar para Caspian. Atrair a atenção para ele. As pessoas podem ver.
Ela olhou ao nosso redor na sala meio vazia.
– Querida, essas pessoas aqui têm coisas melhores para fazer com seu tempo do que prestar atenção em nós. Eles estão muito ocupados discutindo o que vai acontecer quando forem para seus abrigos subterrâneos em casa, para se reunir e vencer a fome global e a paz mundial com abraços e ursinhos de pelúcia. Eles não dão a mínima para o que dizemos ou fazemos.
– *Você* está comendo aqui – disse eu. – Isso significa que você vai para o seu abrigo em casa e abraça ursinhos de pelúcia?
O sorriso dela se tornou ácido.
– Não abraço nada.
Depois ela piscou para mim, e eu ri.
– Tudo bem, tudo bem. Conte-me sobre o carro, então. Por que vocês simplesmente não arrumaram um novo se a perua era tão ruim?
Ela se recostou no assento.

— Hum, dã. Porque nós somos Retornados da Morte.

Ela deixou por isso mesmo, e juro por *Deus* que poderia tê-la estrangulado. Em vez disso, ergui uma sobrancelha.

— Truque legal — disse ela.

Esperei que continuasse, mas Cacey não foi adiante.

— E aí... você vai me dizer o verdadeiro motivo? — perguntei.

Ela apenas olhou fixamente para mim.

— Uri? — implorei, voltando-me para ele.

— Nós não poderíamos ter um carro novo porque aquele nos foi dado para usar durante nosso trabalho — explicou ele. — Você aceita o que pode ter.

— Então, espere — disse eu —, vocês receberam a perua ou a compraram?

Eles trocaram um olhar.

— Um pouco de ambos — disse Uri.

— Isso é por causa da coisa de controle mental?

Cacey assentiu, mas Uri franziu a testa.

— Como isso funciona? — perguntou Caspian.

— Como todas as coisas inteligentes e misteriosas que estão além do seu entendimento — disse Cacey. — Simplesmente *funciona*. Aceite. Vá em frente.

— Eu tenho isso? — insistiu ele. — Posso fazer o controle mental também?

De repente, o garçom apareceu, segurando três latas de Coca e três copos de gelo em uma bandeja. Ele pousou tudo sobre a mesa com um floreio, e Cacey sorriu para ele.

— Obrigada, meu senhor.

Ele gaguejou um "d-disponha" antes de fugir.

Cacey nem mesmo se dignou a usar seu copo e bebeu o refrigerante direto da lata.

– Deeee-licioso! – cantarolou ela depois de um minuto completo engolindo. – Esta é realmente a melhor coisa na Terra. Confie em mim. Já estive por aí.

Caspian tamborilou sobre a mesa.

– Cacey – disse ele –, controle mental? Eu. Posso. Fazer. Isso?

– Por que você não tenta? – provocou. – Vá em frente e faça um comigo, garotão.

Não pude conter o ronco do riso que me escapou. Honestamente, ela era muito ridícula às vezes.

Caspian olhou para ela.

Ela olhou de volta.

Ele franziu o rosto e apertou os olhos. Nada aconteceu. Finalmente, ele mexeu os dedos.

– Abracadabra? – disse ele.

– Não – respondeu Cacey. – Você não consegue.

Uri se inclinou para o lado e falou para Caspian:

– O que você estava tentando que ela fizesse?

– Eu estava tentando fazê-la nos dizer que é uma linda, linda princesa.

Eu gargalhei alto.

– *Isso* eu pagaria para ver.

– Ei! – disse Cacey.

– *Pagaria*. Uns cem tostões.

– Sou uma linda, linda princesa – disse Cacey automaticamente. – Pode pagar.

– Assim não vale. Você já nos contou que ele não tem o poder.

Uri, Caspian e eu caímos na gargalhada enquanto Cacey cruzava os braços e fingia estar toda brava.

– Deixa pra lá – disse a ela. – Siga adiante. – Ela mostrou a língua para mim e revirei os olhos. – Mas é sério. Há um motivo pelo qual Caspian não consegue fazer esse negócio de controle mental?

– É porque ele é um Sombra, não um Retornado da Morte – disse Cacey. – Ele não é como nós.

– Então só os Retornados da Morte podem fazer isso?

Ela confirmou com um aceno de cabeça.

– Desculpe-me. Não posso lhe dizer como tudo funciona. É assim que... funciona.

Olhei para Uri e abri minha boca para perguntar, mas ele balançou negativamente a cabeça também.

– Desculpe-me, garota. Ela tem razão nessa. Sem vantagens injustas.

– Mas essa coisa toda é como uma vantagem injusta – respondi. – Quantas pessoas sabem que vão morrer?

– Tecnicamente, todo mundo sabe que vai morrer – disse Cacey.

– Digo, quantas pessoas sabem que vão morrer *em breve*? Como em almoçar-com-as-pessoas-que-vão-levar-sua-alma-a-qualquer-minuto em breve.

Cacey e Uri compartilharam outro olhar, e depois Cacey deu de ombros. Eu estava prestes a perguntar de novo quando ela disse:

– Uh! Aí vem a comida!

O garçom saiu da cozinha com uma bandeja carregada e, ao chegar à nossa mesa, distribuiu os pratos. Meu mexido de *tofu* estava mesmo parecendo muito bom e cheirava deliciosamente. Senti-me mal por Caspian só poder ficar sentado ali nos observando comer, mas ele acenou para mim de forma tranquilizadora.

A comida, como se via, *estava* saborosa.

Cacey se precipitou para a sua pamonha enquanto Uri destruiu seu *burrito*.

– Uau – disse eu, apenas na metade do meu prato. – Vocês estavam com fome.

– Nós viemos apenas para apreciar a boa comida – retorquiu Uri.

Cacey suspirou de felicidade enquanto sorvia o último gole de sua Coca-Cola e alcançou a de Uri.

– Sleepy Hollow não tem *nenhum* lugar como este – disse Cacey. Ele pacientemente empurrou seu copo para ela.

Limpei os restos do meu prato enquanto eles resolviam encomendar algo para levar. Por fim, decidiram não levar nada, e o garçom voltou com a nossa conta. Felizmente, eu colocara algum dinheiro no bolso antes de sair para o médico naquela manhã, e puxei uma nota de dez do meu bolso.

– Não se preocupe com isso – disse Uri. – Nós resolvemos.

– Tudo bem. Não me importo. Sério, eu...

– Você pode me dar os dez se quiser, Abbey – interrompeu Cacey. – Mas eu guardaria se fosse você. Se Uri disse que vai resolver, ele vai resolver.

– Vocês têm certeza? – Baixei minha voz. – Não sabia que vocês tinham dinheiro.

Uri puxou uma carteira e abriu-a, mostrando rapidamente um bolo de dinheiro com centenas de dólares.

– Ah! – exclamei humildemente. – Desculpem-me.

– Nada de mais. – Ele deixou na mesa dinheiro suficiente para pagar a conta e saímos.

Subimos no carro e fomos embora.

Cacey conversou por todo o caminho até em casa sobre coisas esquisitas que eles acharam em seu circo móvel, mas eu não podia afastar o sentimento de que havia alguma pergunta importante que eu precisava fazer, ou alguma coisa que deveria saber responder.

Eu só não conseguia descobrir o que era.

Capítulo Cinco

Arrependimentos

… ele tinha várias formas de se tornar útil e agradável.
— *A lenda do cavaleiro sem cabeça*

Restavam poucos e preciosos dias das férias de verão, mas Caspian e eu nos acomodamos em uma rotina que consistia em aulas de desenho para mim, aulas de perfumaria para ele (bem, mais como *demonstrações* de perfumaria, onde eu criava aromas e ele me contava histórias de sua infância) e noites sob as estrelas. Era um ritmo de vida bem gostoso. Confortável e seguro.

O que mais me surpreendeu foram as pequenas coisas. Como quão estranho eu pensava que seria tê-lo por perto o tempo todo. Como seria desconfortável ao me despir toda noite ou usar o chuveiro todas as manhãs com ele no cômodo ao lado. Mas… não foi. Ele era um perfeito cavalheiro.

E um companheiro de quarto surpreendentemente bom.

– Você não precisa continuar fazendo isso, sabe? – falei, virando as cobertas para arrumar a cama certa noite, e encontrando um par de meias dobradas ao lado do meu travesseiro.

Eu *disse* a ele que não precisava, mas um arrepio de felicidade passou por mim porque ele o fizera.

– Seus pés ficam frios à noite. Você sempre se levanta para buscar outro par.

Ele trouxe mais um cobertor também e o colocou ao pé da cama.

– Você vai me deixar mimada – disse eu. – Mas, já que está de pé, poderia apagar a luz do teto? – Pulei na cama e puxei as cobertas sobre mim.

Ele fez o favor, e apagou a luz. Um segundo depois, a cama afundou ligeiramente quando ele veio se sentar ao meu lado.

– Ainda não sei como você pode ficar aqui comigo quando adormeço – murmurei, tentando me acomodar. – Não se cansa?

– O tempo passa rapidamente para mim, lembra?

Fechei os olhos e balancei a cabeça, aconchegando-me profundamente nos travesseiros.

– Se você tem certeza.

– Não quer que eu fique? Sempre posso ir...

– Não. – Bocejei. – Não vá. Eu gosto quando você fica comigo.

– Então, isso é o suficiente para mim – disse ele. – Bons sonhos, Astrid.

E isso foi a última coisa que ouvi ante de mergulhar no sonho.

À minha volta, vidro triturado e fragmentos afiados em minhas mãos. Eu estava no chão, ajoelhada entre os cacos e pedaços da minha vida. Sonhos dispersos me rodeavam.
– Preste atenção, Abbey. Isso pode simplesmente salvar sua vida. – Vincent Drake ria para mim, e eu me senti enjoada.
– Não... Não...
Ele agarrou meu braço e me colocou de pé. Meus joelhos ardiam enquanto lascas de vidro se alojavam cada vez mais profundamente em minha pele aberta.
Peguei um pedaço. Deslizei meus dedos em torno daquela ponta fria e afiada e segurei. Em seguida, arremessei.
Um jato de sangue espirrou do rosto de Vincent.
Olhei para minhas mãos cobertas de sangue. Sangue dele.
– Isso não é... – Derrubei o vidro no chão. – Não é como isso acontece. Não aconteceu assim. Não apunhalei você.
Meus olhos ficaram vermelhos e percebi que havia sangue pingando sobre eles. Quente e pegajoso, ardia enquanto eu tentava esfregá-lo.
– Não é assim que você gosta deles? – Uma voz suspirou em meu ouvido, e em seguida ele foi me empurrando em direção à cama. Horrorizada, tentei me levantar. Tentei ver.
A cama estava rodeada de flores. E velas.
Vincent apareceu diante de mim, uma rosa presa entre os dentes.
– Para você, uma dança! – Cruzou os braços à sua frente e chutou alto as pernas. À nossa volta, as chamas das velas

tremularam. Elas pareciam estranhas, e notei que eram espessas e pesadas. Antiquadas. E cobertas de teias de aranha.

O odor das flores apodrecidas me dominou. Isso é muito... Não posso respirar... Não posso... respirar...

O tempo todo, Vincent dançou. Movimentos loucos e aos solavancos a princípio, mas depois seu padrão mudou e ele agiu como uma marionete presa às cordas. Rígido e controlado.

— Quer puxar minhas cordas? — *zombou*. — Ah, espere. Esqueci. Você gosta dos mortos.

Ele se abaixou. Cabeça curvada, braços abertos. E esperou por meus aplausos.

— Isso não aconteceu! — *gritei dentro da minha cabeça*. — Nada disso aconteceu. Não foi assim!

Ele se aproximou. Entre os dentes, a rosa não era mais uma rosa, e olhei para ele antes de perceber o que era.

Um osso.

Vincent o brandiu como um troféu, e em seguida jogou-o fora.

— Exagerei? — *perguntou*. — Percebo que você não gostou da minha apresentação. Sem aplausos. Estou chateado por isso, Abbey.

Ele colocou a mão em minhas costas. Forçou-se em direção à cama novamente.

Suas feições mudaram. Os olhos tornaram-se enormes e negros, tanto quanto fundos, asas escuras brotaram de seus ombros e seus dentes ficaram compridos e afiados.

— E agora, a pièce de résistance — *gritou*.

Ele puxou as cobertas. As velas se avolumaram, as flores estavam sufocantes, e ali... havia um corpo...

* * *

Sentei-me na cama, meu sangue passava rápido por minhas veias e meu rosto estava coberto de suor. Meu coração estava batendo tão forte que parecia que ia saltar do peito. O relógio marcava 3h12 da madrugada, mas aquilo não poderia estar certo. Eu adormecera havia apenas alguns minutos.

Fiquei olhando para ele. Piscando. Tentando focalizá-lo, forçá-lo a fazer sentido.

– Abbey?

Ouvi a voz de Caspian, mas não podia vê-lo. Meus olhos não estavam ajustados ao escuro ainda, e tive a estranha sensação de que ele flutuava ao meu redor.

– Você está bem? – sussurrou ele.

Meu sonho voltou à tona, e de repente o quarto parecia menor. O ar mais fino. Meu peito se apertou dolorosamente, e tentei inspirar.

– Caspian? Onde você está?

Um leve arrepio roçou meu braço e em seguida desapareceu.

– Estou aqui – disse ele, suavemente. – Bem aqui. Foi apenas um sonho. Você está bem?

– Não sei... Fique comigo.

– Vou ficar. Estou aqui. – O luar inundou o quarto, e pude ver o olhar preocupado no rosto dele. – Sonhou com Vincent?

– Sonhei.

Caspian se levantou e acendeu um abajur. Senti-me melhor no instante em que as sombras deram lugar ao quarto inundado de luz.

Minha camiseta estava grudenta, e a joguei para longe. Balançando meus pés para um lado da cama, eu me levantei.

— Vou me trocar. Volto já – falei.

Caminhei até o *closet* e fechei a porta atrás de mim. Meus bichinhos de pelúcia estavam empilhados em um canto e sentei-me ao lado deles, olhando inexpressivamente para a parede. Devo ter ficado perdida em meus pensamentos por um tempo, porque houve uma leve batida na porta, e por fim Caspian disse:

— Abbey? Está tudo bem?

Lutei para ficar de pé e o espiei por uma fresta.

— Estou bem. Só pensando no que vou vestir agora. Saio num minuto.

Ele assentiu e fechou a porta. Fui até a seção de pijamas do meu *closet* e peguei um que era azul-claro e coberto de nuvens branquinhas e macias. Vesti e voltei para a cama.

Caspian sentou-se ao meu lado.

— Quer falar sobre isso?

— Quero. – Estremeci. Depois mudei de ideia. – Não. – Aproximando os pés do corpo, agarrei minhas pernas junto ao peito. – Não sei. – Enrolei o lençol em volta dos meus dedos. – Eu nem mesmo... – Sacudi a cabeça.

— O quê?

— Não faz nenhum bem conversar sobre isso. Foi só um sonho estúpido. Não significa nada e não muda nada.

— Às vezes, desabafar ajuda.

– Mas meu sonho não fazia *sentido* nenhum. – Contei a ele o que pude me lembrar. – Na vida real, eu não cortei Vincent com um caco de vidro. Nem mesmo tentei me defender.

– Talvez seja *por isso* que você teve o sonho – disse ele. – Para dar outro rumo aos acontecimentos.

Eu ri.

– Sim. Claro. Porque tenho complexo de herói.

– Não é complexo de herói tentar se defender, Abbey. Ele invadiu seu espaço e machucou você. Naquele momento, você não teve chance de fazer nada, então se permita fazer algo agora. Mesmo que seja apenas nos seus sonhos.

– O que eu realmente gostaria era de sonhar estar salvando Kristen – divaguei. – Impedi-la de se encontrar com Vincent. Ou de ir para o rio. – Pensei nisso por um minuto. – Na verdade, sabe o que é esquisito? Eu não tenho mesmo sonhado com Kristen ultimamente. Não no hospital ou aqui em casa. A única coisa com a qual tenho sonhado até o momento é Vincent. Violência. E morte.

– Talvez seja uma coisa boa – disse ele.

– Sonhar com violência e morte?

– Não. Quer dizer, não sonhar com Kristen.

– Por que isso seria uma coisa boa?

– Porque os sonhos que você tem com ela são tristes. Eles parecem ser assim.

– É. Mas não sei... – Dei de ombros. – É uma forma de mantê-la perto de mim, sabe? Prefiro ter sonhos tristes com ela a não ter sonho nenhum. Pelo menos assim eu ainda continuo a vê-la. – Então estremeci. – No entanto, eu *não* gostaria de sonhar com ela morrendo novamente. Esse eu pularia com prazer.

Caspian balançou a cabeça em solidariedade.

– Como foi quando você morreu? – perguntei subitamente. – Sei o que você me contou logo depois do seu acidente de carro, mas você sentiu alguma dor?

Ele se endireitou mais, sentado, e olhou para suas mãos.

– Abbey, eu...

– Por favor! Por favor, me diga! Quero saber se... se estou pronta.

– Você não pode *estar* pronta – disse ele com uma expressão exasperada. – Ninguém está.

– Eu sei, mas posso tentar me preparar. Certo? Pelo menos estar em melhores condições do que a maioria das pessoas que não sabe que está chegando a hora.

– O que você vai fazer? – perguntou. – Colocar seus assuntos em ordem? Escrever bilhetes para a sua família?

– Talvez faça isso – respondi. – E daí?

– Você não acha que isso poderá assustá-los? Se você começar a escrever coisas como "Queridos mamãe e papai, não viverei por muito mais tempo" em cartas, eles pensarão que você está ficando louca.

– Mas não enviarei isso *agora* para eles. Apenas, você sabe... Deixarei os dois preparados. Para depois.

Ele balançou negativamente a cabeça.

– Isso não é saudável, Abbey.

– Por quê? O que não é saudável nisso? Por que é tão diferente para alguém saber que tem uma doença terminal e preparar tudo para quando for morrer?

– É apenas diferente. Você não está doente – disse ele.

– É como se estivesse. Em estado terminal.

– Não. Você não está. Você não faz ideia de quando...

– Mas eu sei! – explodi. – Eu *sei*, sim, Caspian. Sei que morrerei em breve, e não há nada que eu possa fazer para impedir. Então, por que você não pode apenas me apoiar?

– Não posso – disse ele baixinho. – Simplesmente não posso. – Ele soltou um suspiro trêmulo. – Se a situação fosse inversa, você sentiria a mesma coisa.

– *Eu* apoiaria você em qualquer coisa que quisesse fazer. E o ajudaria.

– Por quê? – perguntou ele de repente.

Essa pergunta me pegou desprevenida.

– Porque amo você. Porque quero vê-lo feliz. Porque quero que fiquemos juntos.

– Você não sabe como é ter uma pessoa que faz tudo à sua volta ter vida começar a falar sobre a própria morte – disse ele. – É simplesmente... – Ele abriu suas mãos e olhou para elas. – Eu nem mesmo sei como descrever. Mas saber do que você está falando sobre ser como eu, *assim*... – Ele fechou a mão em um punho. – Como posso desejar isso para você? Você é a beleza, a luz, a cor e o perfume, e eu sou a escuridão, a cinza, as sombras e a morte. Frio e solitário.

– Mas você não quer *ser* solitário. Você não vê isso? Ficaremos juntos. Então nada mais importará, contanto que estejamos juntos.

– Essa é a única razão para você querer ficar comigo, Abbey? Para que eu não fique solitário? É diferente. Diferente de qualquer coisa que você possa imaginar. E se não for o que você pensa que é? E se você se arrepender de perder a chance que você teve em vida? A chance de estar cercada de pessoas que você ama?

– *Você* é a pessoa que amo – insisti. – Tudo de que eu preciso.

– E a sua loja? E a Toca de Abbey? As oportunidades que você irá perder de ir a Paris e estudar com os artistas por lá. Ou Londres, para ir às compras e adquirir novos frascos ou suprimentos de perfumaria. Você está pronta para desistir desse sonho?

Eu não sabia o que dizer. Ele tinha razão? Ainda havia tanta coisa que eu queria fazer. Realizar. Isso poderia mudar? *Eu* mudaria? E se eu viesse a culpá-lo por não ter feito nenhuma das coisas que eu queria em vida?

– Nada disso vai acontecer – disse eu.

– Tem certeza?

Os olhos dele pareciam enxergar dentro da minha alma, no interior dos meus pensamentos mais profundos, e eu me contorci de modo desconfortável.

– Não estou dizendo que não vou me arrepender de não ter tido a chance de abrir minha loja – falei devagarinho. – Mas como você pode saber do que eu serei ou não capaz de experimentar se estiver com você? Talvez haja uma loja de perfumes em algum lugar do outro lado que precise de um dono. – Tentei sorrir, timidamente.

– Pelo seu bem, eu espero que sim. – Sorriu ele de volta. – Mas, por enquanto, apenas viva a vida que você tem, ok? Não se torne fatalista. Não tente preparar tudo para seus últimos dias. Apenas desfrute o aqui e agora.

– Farei isso – prometi, e ele pareceu aliviado.

Ficamos sentados em silêncio, a lua brilhando através das nuvens e espreitando o quarto, como se estivesse brincando de esconde-esconde por trás delas.

– Não quero voltar a dormir – murmurei finalmente. – Não quero sonhar.

– Posso ajudar com isso.

A cama se mexeu e ele se levantou, movendo-se em direção à minha estante de livros. Um momento depois, voltou. Em sua mão estava o meu exemplar surrado de *Jane Eyre*.

– Um livro? – perguntei alegremente, mexendo nos travesseiros embaixo de mim, para que ficasse mais alta.

– Outra coisa em que pensar. – Ele sentou-se e abriu na primeira página. – *Capítulo Um. Não havia possibilidade de passear naquele dia. Nós estivéramos pensando...*

– Você vai *ler* para mim? – quis saber, interrompendo-o. Eu não pude evitar o tom alegre de minha voz.

– Sim, mas fique quieta agora, minha *bella*.

– O que significa isso?

– "Linda".

Aquela palavra. Da maneira como ele a pronunciara, disparou uma lembrança.

– Você falou comigo em uma língua diferente? Quando eu estava no hospital?

Caspian assentiu com a cabeça.

– Algo para afastar os pesadelos. Para que você soubesse que eu estava lá. *Tu sei una stella... la mia stella* – disse ele. – Significa "Você é uma estrela. A minha estrela".

– Que língua é essa?

– Italiano.

Inclinei-me para a frente e apoiei o rosto no meu punho.

– Não sabia que você era versado em italiano. Você estava escondendo de mim?

– Foi apenas uma coisa que me lembrei dos tempos de escola. Aprendi italiano do sexto até o oitavo ano. – Ele me olhou com severidade. – E agora, você vai me deixar terminar?

Passei o dedo pelos meus lábios e joguei fora a chave imaginária.

– Capítulo Um – disse ele. E começou a ler.

Capítulo Seis

ÚLTIMO PRIMEIRO DIA

A escola ficava numa posição solitária, mas bastante agradável, logo no sopé de uma colina arborizada.
— *A lenda do cavaleiro sem cabeça*

Passei o dia seguinte trabalhando no perfume de Beth, enquanto Caspian ficou sentado à minha escrivaninha, desenhando. Mamãe veio depois do jantar, perguntando se deveria me fazer um lanche para a manhã seguinte.

— Do que você está falando, mamãe? — perguntei. — O que tem amanhã?

Ela olhou para mim como se eu estivesse louca.

— O primeiro dia de escola, boba. Você está se sentindo bem? — Ela franziu a testa e esticou a mão para sentir a minha têmpora.

Escola. *Droga*. Desviei do caminho dela.

— Estou bem, mamãe. Apenas esqueci. Qualquer coisa que você queira fazer está bom. — Provavelmente, eu acabaria comprando alguma coisa na cantina, mas, se mamãe queria se sentir melhor inventando um lanche, tudo bem por mim.

– Vou fazer um sanduíche gigante – decidiu ela. – Italiano?

– Parece bom. – Dei-lhe um sorriso largo e mantive o sorriso em meu rosto até ela sair. Assim que se foi, arrastei um pufe de pelúcia gigante do meu *closet* e sentei-me ao lado de Caspian. – Não posso crer que a escola começa amanhã – disse eu, pulando nele. – Quem começa as aulas numa sexta-feira? Por que não esperar até segunda-feira?

– Você está preparada para voltar? – perguntou ele.

Eu me mexi, e o pufe fez um barulho engraçado enquanto o enchimento se movimentava.

– Acho que sim. Quer dizer, não estou exatamente empolgada. Provas. Dever de casa. Todos querendo me enfiar coisas da faculdade goela abaixo. – Dei de ombros.

– É o último primeiro dia do ensino médio que você terá.

– De várias maneiras. – Olhei para ele, que fez uma careta.

– Eu quis dizer pelo fato de que você já será uma veterana. Não pelo fato...

– De que estarei morta?

– Deus, Abbey. – Ele afastou seu papel e ficou em pé diante da escrivaninha, parecendo chateado. – Não podemos ter uma só conversa em que isso não venha à tona?

Olhei para o meu jeans.

– Eu não quis...

— Eu sei que você não fez de propósito. É que parece que só consegue falar sobre isso ultimamente.

— Desculpe-me. Só queria estar preparada.

— Preciso dar uma volta — disse ele, indo subitamente em direção à porta.

O pânico me dominou. Por que ele estava saindo? Deveria lhe dizer que não e que eu precisava que ele ficasse? Ou isso me faria parecer fraca? Finalmente decidi:

— Como você vai sair? Você não pode simplesmente abrir a porta da frente e sair assim. Meus pais estão lá embaixo.

Caspian parou de andar e olhou pela janela.

— Você a deixaria aberta para mim? — perguntou, apontando para ela.

Balancei a cabeça assentindo. E mordi meu lábio, tentando não chorar.

Ele foi abri-la e colocou uma perna para fora. Voltei para minha escrivaninha. *Todo mundo precisa de espaço. Não seja infantil.*

— Abbey — disse Caspian baixinho. Tão baixinho que quase não o escutei. — Amor.

Virei a cabeça.

— Não sou louco. Quero que saiba disso, está bem? Voltarei logo, eu juro. Só vou dar uma volta. Só isso.

Não podia confiar em mim mesma para falar, então apenas assenti novamente, e em seguida ele saiu.

Tudo bem. Não era grande coisa.

* * *

Quando acordei com a voz de mamãe chamando escada acima e dizendo que era hora de me levantar, notei imediatamente que Caspian tinha voltado. Estava sentado na cama, ao meu lado.

Eu me sentei rapidamente e tentei não parecer tão aliviada.

– Bom dia, linda – disse ele. – Desculpe-me não ter chegado antes de você adormecer.

– Tudo bem. Estou muito contente por você ter voltado. – As palavras saíram de mim, e baixei os olhos para os lençóis, incrivelmente envergonhada com o que acabara de dizer.

– Eu disse que voltaria.

– Por que demorou tanto?

– Corri até Uri no cemitério. Decidimos ver se Vincent poderia estar se escondendo lá.

Levantei-me e estiquei os braços sobre a cabeça, depois fui até o banheiro.

– Não tiveram sorte, é?

– Ainda não.

Pegando uma toalha, virei-me para fechar a porta atrás de mim.

– Vou tomar um banho – disse a ele. – Vejo você em vinte minutos.

– Se precisar que eu esfregue suas costas é só me chamar – falou ele atrás da porta.

Dei uma risada.

– Vá esperando.

Trinta minutos depois, eu estava limpa e vestida.

– Tem certeza de que isto está bom? – perguntei, virando-me para Caspian. – Não quero parecer que estou me esforçando demais.

Afofei as mangas da minha camisa branca e reajustei o colete preto que joguei por cima. Meu colar de trevo de quatro folhas foi o toque final, e dei outro nó no laço na minha nuca para ter certeza de que ficaria no lugar.

– Não sou um cara ligado em moda, mas você me parece ótima.

Sorri para ele e joguei minha mochila no ombro. Mamãe gritou para eu me apressar, que estávamos saindo em cinco minutos, mas de repente detestei ter que deixar Caspian para trás.

– Quem precisa de escola? – disse eu. – Posso ficar aqui. Com você.

Ele apontou para a porta.

– *Vá*. Divirta-se. Vejo você em algumas horas.

Eu me arrastei lentamente para fora do quarto. Ele me seguiu, e eu me virei. Estendendo a mão, ele segurou meu rosto. Ou o mais próximo disso que podia.

– Sentirei a sua falta – disse ele.

Aninhei meu rosto no leve zumbido.

– Eu também.

Peguei meu colar e beijei um lado da placa de vidro fria e lisa, depois a ergui até ele. Ele beijou o mesmo lugar, deixando-o permanecer em seus lábios por um momento. Quando o devolveu para mim, toquei-o suavemente.

Eu me afastei dele depois da última chamada de mamãe, então com relutância me arrastei escada abaixo.

* * *

O último ano começou com um estrondo. Literalmente. O escapamento do carro de alguém explodiu no estacionamento, logo após mamãe me deixar, e metade dos alunos que circulava por ali saiu correndo e gritando que alguém estava atirando do lado de fora. A escola foi toda esvaziada e nós não conseguimos entrar em sala de aula até que acabou o almoço.

Depois que a situação foi resolvida e os nossos armários foram distribuídos (o que é praticamente uma piada, uma vez que todo mundo acaba com o mesmo armário ano após ano), eu estava girando o meu cadeado e olhando para dentro do minúsculo e pequenino espaço que minhas coisas chamariam de casa pelos próximos nove meses, quando alguém bateu no meu ombro.

– Com licença – disse uma voz. – Preciso usar meu armário também. Acho que o sinal não vai esperar por muito tempo. E, apesar de normalmente gostar de ficar por aí, o corredor não é meu lugar preferido para fazer isso.

Quando me virei e vi os olhos verde-claros, parei no meio do "Sim?" que ia dizer para pensar em Caspian por um momento. *Eu me perguntara o que ele estaria fazendo. O tempo passaria depressa para ele de novo? Ou lentamente, uma vez que estava acordado? Ou estaria acordado mesmo? Talvez estivesse dormindo.*

O cabelo foi a segunda coisa que vi. O cabelo dela era comprido, mais até do que o meu, apenas não tão cacheado. E ruivo. Ruivo de maneira extravagante. Voltei à realidade.

– Ah! Desculpe. Você precisa que eu saia daqui? – Olhei ao redor. – Onde eu atrapalho menos?

Ela olhou para um pedaço de papel amassado em uma das mãos.

– Estou no 9-C. Então preciso chegar até aí. Ao seu lado.

Meu estômago despencou no chão, e minha mochila escorregou da mão, espalhando livros por todo lado.

– Ao lado... – Minha garganta engasgou, e tossi. – Ao meu lado?

Ela trocou seus livros de braço e mais alguma coisa que estava segurando. Algo que eu não pude ver direito.

– É. Ao seu lado. É assim que os números funcionam aqui, não é? Você tem o 9-B, então o 9-C vem a seguir, certo?

– Mas esse é o armário de Kristen.

– Já está ocupado? Droga.

Balancei a cabeça negativamente. E então recobrei a voz.

– Não está. Ocupado, quer dizer. Kristen está morta. É só que esse... era o armário dela.

Houve um silêncio e a seguir o inconfundível som do sinal tocando acima de nossas cabeças.

– Duas vezes droga – disse ela, atirando a mão para apontar para cima. – Já tocou o sinal.

Olhando ao meu redor para os alunos que corriam, percebi que iria me atrasar para a aula também. E meus livros todos ainda estavam espalhados pelo chão. Ajoelhando-me, comecei a juntá-los.

A nova garota se inclinou para me ajudar a pegar um.

– Eu sou Cyn, a propósito. E antes que pergunte, não, "Cyn" não é diminutivo de Cynthia ou Cynder, ou Alicyn, ou qualquer outro desses. É apenas Cyn. Simpático. Curto. *C-Y-N*. Pegou?

Olhei para cima. Acho que gostei dela.

– Abbey – disse eu. – Diminutivo de Abigail. E é com um *e*. – Ela assentiu, e dessa forma, nós nos entendemos.

Depois de uma inspeção mais atenta, pude ver que tinha finas mechas de cor verde espalhadas pelo cabelo. A cor das folhas novas. O efeito era arrasador.

– Gostei do seu cabelo – falei.

– Obrigada.

Dei um passo para o lado e liberei o caminho para que ela chegasse até o armário 9-C. Enquanto ela girava os números da combinação e depois abria a porta, uma onda de nostalgia me tomou.

Kristen deixando bilhetinhos em meu armário depois do quinto período. Kristen me deixando usar seu espelho porque eu sempre me esquecia de comprar um para mim. Kristen esperando com um sorriso de gato da Alice e a última fofoca da classe. Kristen...

Cyn estalou os dedos.

– Terra chamando Abbey. Estamos perdendo o contato? Você está saindo da minha órbita.

Sacudi minha cabeça e enfiei meus livros no meu próprio armário.

– Desculpe-me. Eu estava só... perdida em uma lembrança.

– Entendi. Você conhecia Kristen, hein?

– Pode-se dizer que sim. Éramos melhores amigas.

– Ah, meu Deus. Isso é péssimo. Como ela morreu?

Uma pergunta tão inocente. Mas fez a minha pele se arrepiar.

– Ela se afogou – respondi. – Realmente não quero falar sobre isso.

– Entendido. O recado foi dado em alto e bom som. – Finalmente Cyn colocou a outra coisa que estava segurando na pequenina estante do armário, e não pude evitar uma espiadela.

Era uma planta morta.

Ela me pegou olhando.

– Tenho que guardá-las aqui – explicou. – Ou minha mãe as joga fora.

Por que ela iria querer guardar uma planta morta?

Aparentemente a pergunta estava escrita na minha testa, porque ela disse defensivamente:

– É um passatempo, está bem?

Dei de ombros.

– Legal. – *Esquisito, mas e daí?*

Cyn bateu a porta do armário para fechá-lo e depois virou a cabeça para o lado oposto do corredor.

– Prazer em conhecê-la, Abbey – disse ela. – E não se preocupe, eu nunca fico em um lugar por muito tempo. Minha mãe está sempre me mudando de uma escola para outra. É uma bela de uma chateação. Mas isso significa que você não terá que me aguentar, ou à minha *planta morta*, por muito tempo.

Ela disse com tal convicção as exatas palavras que eu estava pensando que olhei para ela com minha boca escancarada por um bom tempo até depois que ela se foi. O que ela era, uma adivinha?

Com a confusão na escola durante a manhã, eu tivera apenas duas aulas a que assistir antes do fim do dia e, quando o último sinal tocou, soltei um suspiro de alívio. Encontrei Beth no caminho de volta até meu armário.

– Ei, garota – disse ela, parando para me dar um rápido abraço. – Você nem imagina o que perdeu na casa da praia. E os bonitões.

Eu ri.

– Eu sei, eu sei. Mas fiz o perfume para você. Espero que isso conte alguma coisa. – Tirei o vidrinho de amostra que estava no meu bolso e o dei a ela.

Ela o abriu e um olhar de pura felicidade passou pelo seu rosto.

– Isso é *tão* incrível, Abbey. Obrigada. – Ela pingou um pouco na ponta do dedo para esfregar nos pulsos. – Isso é justo de que eu precisava depois de um dia como hoje.

– O que aconteceu?

– Lewis de novo. O garoto *não* consegue superar nosso rompimento. Ele é como um cachorrinho que me segue por onde eu ando, e isso está me deixando lelé.

– Lelé?

– Doida. Você sabe.

– Hãããã, é. Sei. – Coloquei o segredo no meu armário. – Ele vai esquecer você. Apenas diga a ele para lhe dar... – A porta se abriu e havia um bilhetinho com uma flor desenhada colocado ali. Imediatamente fui tomada pela alegria. Caspian estivera aqui.

– Digo apenas para ele me dar o quê, Abbey? – disse Beth, interrompendo meus pensamentos.

Olhei de volta para ela, completamente esquecida do que estava prestes a dizer. *Alguma coisa sobre Lewis...*

– Tempo! – Lembrei-me. – Apenas peça a ele para lhe dar um pouco de tempo. Isso dará a você a chance de respirar e a ele a chance de aceitar a verdade.

– Sei. – Suspirou e tirou seu telefone. – Falando nele... adivinha quem acaba de me mandar um torpedo?

– Hum-hum. – Sorri para ela, mas já estava voltando minha atenção para o bilhete. Desdobrando-o, dei uma espiada.

> Um rápido olá para você, minha querida Astrid,
> para que saiba que estou pensando em você.
> Espero que seu primeiro dia de aula tenha sido
> como deveria. Encontre-me na minha casa
> quando a aula acabar.
> — Caspian

Na casa dele... *O mausoléu?*

Beth respondeu o torpedo digitando furiosamente, depois disse:

– Acho que essa é a minha deixa para ir embora. Vejo você depois, garota. Ligue para mim!

Olhei para o meu bilhete, confusa a respeito do que a fizera partir. Depois vi Ben vindo em minha direção.

Vou ter que explicar isso *para ela de novo.*

– Oi, Abbey – disse Ben aproximando-se. – Você não está escondendo nenhum saco de Funyuns no seu armário, está?

Guardei o bilhete de Caspian dentro da minha mochila e me virei em direção a ele, sacudindo minha cabeça.

– Não. Nada de salgadinhos Funyuns aqui. – Ben sempre sabia como me fazer sorrir.

– Que chato. Se a próxima segunda for um pouquinho como foi hoje, vou precisar muito de salgadagem.

– "Salgadagem"? – Gargalhei. – É esse o termo técnico?

– Com certeza.

Batendo a porta do armário, ergui minha mochila sobre um ombro.

– Ei – disse ele –, seu braço está melhor.

Olhei para baixo e flexionei-o uma vez.

– É. A tipoia se foi na semana passada.

– Isso quer dizer que agora você está pronta para o basquete, certo?

– Talvez se eu crescer mais uns quinze centímetros. – Balancei minha cabeça para ele. – Acho que basquete está fora de cogitação. Mas, e boliche? Isso eu posso fazer. E não requer nenhum talento.

Ele zombou.

– Nenhum talento? Devo informá-la de que sou um cara talentoso quando se trata de empurrar bolas pesadas em pistas de madeira.

Olhei para ele, e então comecei a rir.

Ben coçou a cabeça e a virou para o lado.

– Espere um pouco. Isso não está certo.

– Você é doido – disse eu sorrindo para ele.

Ele sorriu de volta.

– É, e qual a novidade?

– O que você achou de todo esse negócio de bloqueio esta manhã? – perguntei. – Isso é novidade. Para não dizer exagero.

Ele segurou as mãos.

– Qualquer coisa que me tire das aulas por metade do dia, eu não vou questionar.

– Não posso dizer que discordo. Matei a aula de inglês hoje por causa da nova garota que recebeu o armário de Kristen.

– Nova garota? – Ele pareceu intrigado.

– Devagar, rapaz.

Então ele lançou um olhar para o armário dela e chegou mais perto.

– Imagino que mais cedo ou mais tarde eles fossem dar a algum novato. Mas pensei... – Ele hesitou e pareceu triste.

Livrei uma das mãos e a estendi até o braço dele.

– Sei o que quer dizer. Eu pensei que talvez fosse ficar vazio este ano também.

– Agora ela partiu mesmo, sabe? – O rosto dele se anuviou. – É algo idiota de dizer, mas é verdade.

Balancei a cabeça em negativa.

– Não é idiota. Isso era como um último pedaço dela, e agora se foi. – Nós dois olhamos para o armário e um nó começou a se formar no fundo da minha garganta.

Ben tossiu, e percebi que seus olhos estavam úmidos.

Ele pareceu envergonhado por eu ter notado e se afastou de mim, estalando os dedos enquanto saía. Acho que era uma coisa máscula a se fazer para disfarçar a vergonha ou coisa assim.

– Preciso trabalhar – disse ele. – Vejo você na segunda?

– Sim. – Troquei a mochila de braço novamente. – Até lá, então.

Ben se virou e começou a voltar pelo corredor.

– Precisamos sair de novo em breve – falou. – Talvez para lanchar?

Sempre pensando em comida.

– Você sabe onde me encontrar – falei.

Ele ergueu a mão para acenar, e depois desapareceu em um canto. Sorrindo para mim mesma, fui em direção à porta principal e saí para o sol da tarde. Cyn estava de pé na calçada do lado de fora, olhando para alguma coisa, com uma das mãos protegendo os olhos do sol. Ela assobiou baixo quando cheguei perto.

Segui o olhar dela até o outro lado da rua bem a tempo de ver um Mustang preto virar lentamente a esquina. Um lampejo de cabelos louro-esbranquiçados brilhava, e eu poderia jurar que vi um Rolex prateado em um pulso pendurado para fora da janela.

O pânico subiu pelas minhas costas e fiquei ereta. *Vincent.*

– Que carro sensacional – divagou Cyn. – Deus, o que eu não daria para dar uma volta naquilo.

– Parece perigoso – disse eu, afastando-me dela. – Eu ficaria longe dele... *daquilo* – corrigi. – Se eu fosse você.

Ela não disse nada e deixei a calçada para trás. Rumei com firmeza para o lado oposto, fui em direção ao cemitério.

– Era só um carro idiota – disse a mim mesma em voz alta enquanto continuava caminhando. – Você não pode ter certeza de que era ele. Não há razão para deixar todo mundo preocupado. Deixe pra lá. Apenas esqueça.

Assentindo para a minha própria afirmação, tentei não pensar mais em Vincent.

Ou no fato de que eu não iria dizer a Caspian que ele podia estar por perto.

Capítulo Sete

INCERTO

É tido por alguns como o fantasma de um soldado de Hessen, cuja cabeça fora levada por uma bala de canhão...
> – *A lenda do cavaleiro sem cabeça*

Quando cheguei ao mausoléu de Caspian, ele se encontrava lá dentro, lendo um livro à luz de velas. Eu estava tão feliz por vê-lo que não contive o imenso sorriso que se abriu em meu rosto. Seria melhor ainda se finalmente eu pudesse tocá-lo.

– Recebi seu bilhete – disse eu.

Ele colocou o livro no chão.

– Olá, minha linda. Como foi a escola?

Fui em direção ao banco de ferro que ficava contra a parede mais próxima. Derrubando minha mochila pelo meio do caminho, retorqui:

– Foi bom.

Ele chegou mais perto e se sentou ao meu lado.

– Eles fizeram um bloqueio durante metade do dia por causa da explosão do escapamento de um carro do lado de fora que alguém achou que fossem tiros sendo disparados. Mas, além disso, nada empolgante.

Inclinei-me para a frente e deixei minha cabeça tombar, o cabelo caindo em cascata e envolvendo minhas mãos. Amassando-o com os dedos, com delicadeza massageei meu couro cabeludo.

– Eles deram o armário de Kristen para uma nova garota – disse eu baixinho. – Cyn.

– Como ela era? – perguntou ele.

– Ela é legal, acho. Mas pensou que Kristen ainda estivesse viva, porque eu mencionei que o armário era dela.

– Constrangedor.

– Foi.

Caspian levantou-se por um minuto, e quando retornou havia algo escondido atrás de suas costas.

– Falando nela...

Ele estendeu um desenho para mim.

Era de Kristen. Um desenho de Kristen. Em sua camiseta *baby-look* vermelha favorita e um jeans estilo hippie.

– Como você fez...? – perguntei.

– Vi vocês no cemitério ano passado. É a roupa que ela usava, não é?

Balancei a cabeça assentindo e tomei o desenho dele, acariciando o contorno do rosto dela. As faces, o queixo, os olhos... Tudo estava certo. Mesmo no mundo preto e branco dela, ele capturara a vivacidade de Kristen. Estava ali, na ligeira altivez do queixo, seu olhar de empolgação, na sua pose. Feliz e pronta para viver qualquer coisa.

– É lindo, Caspian – disse eu. – Absolutamente lindo. É ela. Ela está aqui. Agora estará sempre aqui.

E então caí no choro. Enormes soluços que sacudiam todo o meu corpo.

– Ei – disse Caspian. – Ei, Astrid, Está tudo bem. Não...

Ele se aproximou, mas não conseguia me abraçar. Não podia me envolver em seus braços ou afastar o cabelo do meu rosto. Em vez disso, ele simplesmente fez a melhor coisa que poderia fazer. Deixou que eu chorasse.

– Não posso acreditar que ela realmente se foi – disse eu em meio às lágrimas. – Foi meu primeiro dia... sozinha... e o armário dela... – Chorei mais ainda. – Não sei como agir. Não posso ser eu mesma sem ela. Não sei quem sou... ou o que eu sou. Estou vazia. Apenas uma casca.

Caspian inclinou-se até perto do meu ouvido. Sua voz era baixa e suave. Precisei diminuir o ritmo da minha respiração para compreender o que ele estava dizendo.

– Você *não* está vazia. Você é forte e esperta e talentosa, Abbey. Kristen sempre estará com você, mas você não *é* ela. Você é Abbey. Apenas Abbey. Sem Kristen, sim, mas tudo bem. Isso é o que faz com que você seja única.

Peguei o desenho e olhei para ele.

– Beije-me – disse eu, impulsivamente. Desesperadamente. – Por favor, de algum modo... apenas ache uma forma de me beijar.

Os olhos dele encheram-se de tristeza. E a desilusão ecoou em sua voz.

– Desculpe-me, amor. Não posso.

Suspirando, eu me recostei contra o banco. A derrota tornara-me fraca. Cada osso em meu corpo estava cansado. Isso era tão difícil...

– Eu sei – disse eu com gentileza.

Ficamos sentados em silêncio por um tempo, naquele pequeno espaço, com a morte à nossa volta, até que ele disse:

– Conte-me a sua melhor lembrança dela.

Mas não consegui escolher apenas uma. Então, falei até não conseguir me lembrar de mais nada.

O dia seguinte foi melhor. E pior. Caspian me levou ao cinema para tentar me animar. É claro que não havia pipoca compartilhada ou sessões de beijos durante os trechos chatos, mas por duas horas eu pude fingir ser *quase* normal.

Fora tudo apenas um sonho, no entanto. Uma fantasia. Que terminara assim que os créditos do filme subiram e as luzes se acenderam.

– Aposto que eles nem sequer percebem a sorte que têm – eu disse em tom baixo, olhando para trás enquanto saíamos do cinema e passávamos por uma garota especialmente irritante que estava engolindo a língua do namorado.

– Eles não têm a menor *ideia* de como a vida é frágil.

Passamos por outro casal que parecia estar a dois segundos da nudez pública.

– Arrumem um quarto – resmunguei.

A menina olhou e me encarou, o que apenas me deixou mais furiosa.

– Inveja? – zombou ela.

Ignorando-a, continuei andando. Mas eu não podia ficar de boca fechada.

– Não é justo – disse furiosamente para Caspian, sem nem mesmo perceber que meu tom de voz estava cada vez mais alto. – Eles têm tudo. Bem diante do nariz. Mas será que aproveitam? *Não*. Eles simplesmente continuam agindo como se tivessem o direito de fazer o que quiserem, enquanto *alguns* de nós nem ao menos têm a chance de...

Alguém esbarrou em mim.

– Desculpe-me – disse uma voz. Uma voz que eu reconheci.

Virei-me.

– Cyn?

– Oi, Abbey.

Ela estava com um ar estranho no rosto. Como se tivesse acabado de presenciar algo horrível e não soubesse o que fazer a respeito.

– Você está... – começou ela.

E então aquele olhar estranho voltara.

– Estou o quê?

Caspian veio para perto de mim.

– Está conversando com alguém? – Ela olhou ao redor, claramente tentando encontrar a pessoa com a qual eu viera, por um instante seus olhos pousaram onde Caspian estava, antes de voltar a mim.

– Não. Não estava falando com ninguém. Talvez fosse outra pessoa – menti.

– Veio sozinha?

– Vim. – Mentira número dois. – E você?

– Também.

Um silêncio constrangedor nos envolveu e eu não consegui pensar muito sobre em qual nível de loucura ela devia estar me classificando. Comecei a mudar de posição, para deixar claro que eu estava de saída.

Ela se moveu também.

– Meu filme vai começar. Vejo você mais tarde.

Assenti, e nos separamos. Quando estávamos longe do cinema, Caspian perguntou:

– Foi essa a garota da escola que ficou com o armário de Kristen?

– Foi. Apenas mais uma pessoa que provavelmente pensa que eu estou louca agora. Maravilha.

Ele me deu um sorriso solidário.

– Ela não pensa isso. E você não é louca.

Sorri de volta para ele, mas não podia concordar. Porque lá no fundo eu ainda não tinha tanta certeza disso.

Já era tarde aquela noite quando percebi que a figura de Kristen que Caspian desenhara para mim não se encontrava na minha escrivaninha como eu a deixara, mas, em vez disso, estava na minha cômoda.

– Foi você que fez aquilo? – perguntei, apontando para a cômoda.

– Fiz o quê?

– Colocou o desenho ali. Eu o deixei aqui embaixo, ao lado do meu computador. Não sobre a cômoda.

Ele olhou para ela.

– Não toquei nisso. Você não mudou de lugar para ver melhor?

– Não. – Balancei a cabeça com veemência. – Eu a deixei deitada. Ao lado do meu monitor. Espere... – Lembrei-me de uma coisa diferente. – Talvez eu a tenha deixado sobre a impressora.

Olhei para um lado e para o outro. Eu a movi? Ou outro alguém? *Alguém como Vincent...*

– Posso jurar que eu a deixei deitada – disse eu. – Apenas não consigo me lembrar se foi sobre a impressora ou ao lado do monitor. Mas sei que estava deitada. Não em pé. E *definitivamente* não em pé sobre a minha cômoda.

Olhei para ela.

Estou ficando doida? Será que deixei a imagem onde estava agora? Talvez mamãe a tenha movido...

Caspian interrompeu-me no meio do pensamento:

– Você ainda quer ler o Capítulo Cinco?

– Sim. Vá em frente. – Balancei minha cabeça. – Está bem. Não importa.

Ele pareceu hesitar, mas pegou *Jane Eyre*. Acomodei-me na cama e puxei as cobertas. Deitada ou em pé, quem se importava onde a figura estava?

Mas não consegui deter a sensação de premonição que se apossou de mim.

No sonho, galhos de árvore me seguravam e eu me debatia de lado a lado para me libertar. Outro pegava meu cabelo e o afastava para fora do meu rosto, emaranhando-o em nós selvagens. Eu abria minha boca para gritar. Sentia minhas cordas vocais se esticando. E depois se partindo.

Esforcei-me mais. Braços esticados, peito arfando, eu gritava e gritava com toda a força dentro de mim. Mas nada saía.

De repente, o mundo tombava. Ou melhor, eu tombava. Sendo levantada. Meus braços ainda estavam junto ao meu corpo, mas eu estava flutuando no ar. Meus pés mal tocavam o chão. Executava estranho minueto, com galhos de árvores servindo como minhas cordas.

– Olhe. – A floresta sussurrava, cercando-me por todos os lados. – Aprenda.

A cena diante de mim se definiu e uma trilha apareceu. Havia um vulto vestido de preto, aparecendo e sumindo atrás das árvores enquanto corria. Seu cabelo mudava de louro-claro para preto e depois o contrário.

Mesmo sem ver seu rosto eu sabia quem era.

Vincent.

Como se meus pensamentos chamassem por seu nome, ele se virou e sorriu para mim. Seu rosto era uma horrível máscara de feições esculpidas em pedra. Branco e seco com pedaços de pedra clareada. Apenas seus olhos estavam vivos – escuros, brasas de um fogo gêmeo afundadas profundamente em suas órbitas.

Ele continuou correndo. Não interrompeu seu ritmo, e lutei para ver quem ou o que ele estava perseguindo. Uma falha nas árvores revelara outra figura, e fiquei em choque quando vi o vestido de baile preto e sombrio, cabelo encaracolado.

Era eu.

Ele estava me perseguindo.

Minha garganta se abriu de novo, tentando forçar algum som a sair, além das vias áreas constritas, mas o resultado era o mesmo de antes. Nenhum.

O horror dominou meu corpo, e vi meu outro eu escorregar novamente entre os galhos. Correndo. Correndo desesperadamente por sua vida.

Um último relance de cor me chamou a atenção antes que tudo ficasse escuro.

Um relance de vermelho. Cabelo impossivelmente ruivo-escuro.

– Abbey. Abbey acorde.

Caspian chamou meu nome e abri os olhos, ainda vendo a cor vermelha diante de mim. Sacudi os braços. Estavam presos junto ao meu corpo, emaranhados aos lençóis.

– Calma – disse ele. – Calma. Você está bem? Você estava gritando no seu sonho.

Eu me libertei e me sentei. Tentando desesperadamente lembrar onde estava, meus olhos se fixaram nos dele, e assim tudo entrou nos eixos. *Um sonho. Apenas um sonho.*

– Estou bem – disse eu. – Não foi nada.

– Não foi o que pareceu. O que aconteceu?

– Eu estava sendo contida em uma floresta, por algumas árvores. E acho que elas estavam falando comigo. – Sacudi a cabeça. – Não me lembro. Mas vi algo vermelho... – Olhei para a foto de Kristen. Meu coração disparou novamente e minhas mãos ficaram trêmulas.

Eu sabia sem dúvida alguma que Vincent estivera aqui. Ele movera a imagem apenas para me confundir.

– O que posso fazer? – disse Caspian.

Eu não sabia o que ele podia fazer. Não podia explicar o que estava acontecendo comigo.

– Quer um pouco de água? – perguntou ele. – Um cobertor?

– Apenas me dê um minuto. – Tentei respirar profundamente. Tentei fazer tudo voltar ao normal. – Para falar a verdade, acho que vou aceitar água, sim – disse eu.

Caspian começou a se levantar.

– Espere.

Ele parou.

– Eu pego.

– Tem certeza? Não me incomodo.

– Eu sei. Mas quero esticar as pernas.

Assentindo, ele se levantou lentamente, os membros estremecendo como um frágil dente-de-leão soprado ao vento. Parecia que o banheiro estava a quilômetros de distância, e minha mão ainda tremia enquanto eu acendia a luz. Agarrando-me às bordas da pia, olhei para o espelho, procurando os olhos que me encaravam. Entretanto, não havia nenhuma resposta neles. Apenas um frio reflexo azul.

Debrucei-me sobre a pia e juntei as mãos em concha, trazendo a água fria e refrescante até meus lábios. Meu rosto estava mortalmente pálido, mas a água que espirrei o tornara rosado. Quando minhas pernas ficaram mais estáveis e minhas mãos se acalmaram, eu me aventurei para fora do banheiro. Caspian estava esperando por mim diante da porta.

– Talvez você devesse trocar de quarto – sugeriu.

– Por quê?

– Por causa do que aconteceu aqui. Você nunca superou realmente, Abbey. Apenas seguiu adiante.

Sentei-me na cama.

– E não é isso que se supõe que as pessoas devam fazer?

Ele passou a mão no cabelo.

– Tudo o que eu sei é que você voltou ao lugar onde foi atacada e agora está tendo pesadelos. Isso parece um problema de solução simples, na minha opinião.

– Sei que estou parecendo um disco arranhado aqui, mas estou bem. *De verdade.* Ter sonhos esquisitos não é novidade para mim. Não é nada de mais.

Ele olhou para mim com severidade.

– Estou preocupado com você, Astrid. Só quero o que é melhor.

– Sei disso. Mas, se eu abrir mão do meu quarto, será como se ele tivesse vencido. Não quero dar a ele esse poder sobre mim.

Caspian concordou.

– Entendi.

Olhei ao redor do quarto, sentindo-me impaciente e inquieta. Era cedo, apenas 5h19 da madrugada, mas eu não queria voltar a dormir. Espiando a enorme calça de moletom ao lado da cama, levantei-me e a vesti sobre o pijama que estava usando. Meu tênis estava ali também e o peguei em seguida.

– O que você está fazendo? – perguntou Caspian.

– Saindo para caminhar. Quer vir junto?

– Claro. Pode me chamar de louco, mas ficar aqui enquanto minha namorada vaga por aí na escuridão, quando algum ser sobrenatural e maluco a está perseguindo, não é a minha ideia de diversão. Aonde estamos indo?

Saí pela janela e a deixei aberta.

– Para o cemitério. Quero ver Nikolas.

A lua estava quase cheia quando nos esgueiramos pela abertura lateral do portão de ferro do cemitério e iluminava os caminhos gramados que cobriam vastos espaços à nossa frente. Uma vez que nos afastamos do caminho principal, fomos em direção ao bosque que nos levaria até a casa de Nikolas e Katy.

Era um pouco assustador caminhar em meio ao bosque escuro onde a folhagem começava a ficar mais densa e os galhos das árvores, mais grossos. Samambaias enroladas e musgo selvagem nos cercavam por todos os lados, e tentei não pensar no sonho que acabara de ter com Vincent.

– Imagino o que teria acontecido se eu nunca tivesse ouvido falar de *A lenda do cavaleiro sem cabeça* – divaguei em voz alta para Caspian, tentando me distrair enquanto caminhávamos em direção à casa deles. – A cidade onde cresci, a escola que frequentei, os lugares onde estive? É como se, somando tudo, esse fosse o destino. Minha vida inteira apontando para isso.

– Para o quê?

– Você. Eu. Nikolas. Katy. Quer dizer, quem poderia ter adivinhado que a lenda seria real e eu encontraria as personagens da história de Washington Irving? – Sacudi a cabeça. – É engraçado. De um jeito bom. Não de um jeito ruim.

Uma pequena ponte de madeira surgiu, mas eu me detive antes de atravessá-la.

– O que está errado? – perguntou Caspian.

– Você acha que está cedo demais? E se eles estiverem dormindo?

– E *por acaso* eles dormem?

– Eu... sei lá.

Mas comecei a caminhar novamente. Eu tinha a maior vontade de ver Nikolas, para perguntar se ele sabia o que estava acontecendo com Vincent ou os Retornados da Morte, e para tentar captar algum sentido nessas coisas.

Cruzamos a ponte, e, quando os conhecidos muros de pedra e telhado de palha de seu chalé de conto de fadas apareceram, quis me lançar em uma corrida. Foi como voltar para casa após uma longa viagem.

Glicínias cresciam em uma maciça teia de cachos de flores roxas e folhas verdes sobre a chaminé de pedra e a lateral da porta de madeira da frente, e parecia que Katy estivera ocupada enchendo o jardim com novas plantas.

– Não acho que você vá precisar se preocupar se Nikolas estiver dormindo – disse Caspian, e eu me virei para encará-lo.

– Por quê? Como você sabe?

Ele apontou sobre meu ombro.

– Porque ali está ele.

Eu me virei. Nikolas estava vindo dos fundos da casa. E ergueu sua mão em um aceno, ao qual retribuí, diminuindo o espaço entre nós.

– Nikolas! É tão bom vê-lo! – Dei-lhe um abraço, entusiasmada por ele ainda estar ali e a salvo. Eu não sabia o que estava acontecendo com Vincent, mas, só em saber que Nikolas estava bem, me senti muito melhor.

Seu rosto murcho se abriu em um sorriso enquanto ele se aproximava de mim.

– Como você está se sentindo? Algum efeito nefasto do incidente com Vincent?

– Ah, não, está tudo bem. Precisei usar uma tipoia no braço por um tempo, mas agora estou como nova.

– Fico feliz em saber – disse Nikolas. E em seguida acenou para Caspian. – Também estou feliz em ver que as coisas evoluíram para você desde a nossa última visita.

– Eu também – disse Caspian. – Com sorte não veremos nosso desagradável amigo novamente.

O rosto de Nikolas tornou-se sombrio.

– Desculpe-me por não ter podido estar lá, Abbey. Causa-me dor estar preso a este lugar.

— Sua casa? — disse eu, despreocupadamente. — Eu não me importaria de ficar presa aqui.

— Estou falando do cemitério — respondeu ele. — Katy e eu não podemos sair.

Eu apoiava meu peso ora sobre um, ora sobre outro pé.

— Tudo bem. Tudo foi, hum, resolvido. — Baixei o olhar. Agora que estava ali, não sabia o que eu realmente queria dizer. O que eu estava procurando?

Caspian deve ter percebido o que eu estava sentindo, porque disse:

— Katy está em casa?

— Está, sim — respondeu Nikolas.

— Então, acho que vou cumprimentá-la — disse ele.

Lancei um sorriso agradecido a ele.

— Obrigada — sussurrei.

Ele piscou para mim e depois sussurrou de volta:

— Apenas não me deixe lá dentro por tempo *demais*, combinado?

Concordei, e ele adentrou a casa.

Esfregando a ponta do sapato na grama, tentei organizar meus pensamentos.

— E então... o que você está fazendo acordado até tão tarde? — perguntei a Nikolas — Ou cedo. Acho que você pode acordar cedo.

Ele riu.

— Um pouco de ambos. E quanto a você? Está cedo para uma visita.

— Não conseguia dormir. Ando tendo sonhos ruins, então eu pensei que talvez uma caminhada até aqui fosse ajudar. – Eu não quis falar sobre os sonhos, no entanto, disse: – Como é dormir para você e Katy? Vocês *chegam* a dormir? Caspian diz que isso é estranho, um lugar obscuro para ele. É assim para vocês?

Ele assentiu.

– Nós descansamos, mas nossos corpos não necessitam dormir da mesma maneira que precisavam quando estávamos vivos.

– O tempo passa mais depressa para vocês dois, também? Quanto é diferente para você e Katy em relação a Caspian? O que é um dia para mim pode ser uma semana ou mesmo um mês para ele, se cair na escuridão.

– Faz tanto tempo que parti do mundo dos vivos que simplesmente me esqueci de como é o tempo normal – disse ele. – Mas, sim, vidas inteiras podem passar num piscar de olhos.

– Gostaria que as aulas passassem num piscar de olhos – murmurei.

Nikolas riu.

– Você não está feliz na escola?

– *Nenhum* adolescente é feliz na escola – suspirei pesadamente. – É uma experiência dolorosa.

Ele sorriu.

– Falando nisso... – Hesitei, mas acabei dizendo: – Dói muito? Quando você morre... Como é?

Ele não disse nada, e pensei que era isso. Encontrara a única coisa que ele não podia responder. Mas, então, Nikolas me surpreendeu.

— Morrer é a parte mais fácil — disse ele calmamente. — Em um momento, eu estava lá com meu cavalo, preparando-me para a batalha, e, no momento seguinte, estava jogado no chão. Meu cavalo se fora e assim tudo o mais ao meu redor. Muito tempo deve ter se passado.

— Foi desse jeito para Caspian, também — murmurei.

— Não compreendi o que me acontecera, a princípio — disse ele. — Mas finalmente entendi. Pensei estar preso no purgatório como um espectro, condenado a vagar pela Terra como punição pelos meus atos malignos em vida.

— Então a parte de morrer não dói realmente?

— Para mim, não. Não doeu.

Deixei escapar um suspiro de alívio.

— É bom saber. E quanto aos Retornados da Morte? Quando eles ajudaram você e Katy a serem completos, doeu?

Agora ele parecia desconfortável.

— Abbey... — começou e se deteve, fazendo uma pausa longa o suficiente para olhar sobre o meu ombro, para dentro do bosque. — Sei que você está procurando respostas, mas eu não posso lhe dizer tudo.

— Por que não? — perguntei. — Você já esteve na minha posição. Você *sabe* o que vai acontecer.

— Tudo o que posso dizer é que eu não sei tudo. É diferente para cada um de nós. E particularmente agora...

— Agora o quê?

— Agora que Vincent interrompeu o processo, estou incerto sobre o que será feito.

Suas palavras demoraram um minuto para serem assimiladas.

– Incerto... Espere, quer dizer que há uma chance de eu *não* conseguir ficar com Caspian? – Eu me enchi de pânico diante desse pensamento, e estendi a mão em desespero. – Isso não é verdade, é? – implorei. – Diga-me que não é verdade!

– Não posso dizer – replicou ele. – Não cabe a mim tomar essa decisão.

– Mas eu preciso saber! Preciso...

O som de uma porta se abrindo nos interrompeu, e Caspian saiu da casa.

– Acho que está na hora de ir embora – disse. – Seus pais podem surtar se forem acordá-la e descobrirem que você não está em casa.

– Bem pensado – disse eu, voltando-me para Nikolas. – Desculpe-me se pareceu que eu queria aborrecê-lo. Apenas estou frustrada com a... incerteza.

– É compreensível – disse ele afagando meu braço. – Volte a nos visitar em breve. Nós sempre ficamos deliciados em ter a sua companhia.

Percebendo que eu não iria ter mais nenhuma resposta às minhas perguntas, assenti.

– Voltarei. Adeus, Nikolas.

Fui em direção ao bosque e Caspian me seguiu.

Uma vez que estávamos longe o bastante do chalé, ele perguntou:

– Como foi?

Como foi? Eu não sei.

— Nikolas não tinha nenhuma resposta para mim — disse eu, por fim.

— Respostas sobre o quê?

— Tudo. Nada. Ele não diria. Como as coisas foram para *você*? — perguntei.

— Fantásticas. Katy e eu conversamos sobre pontos de tricô. Eu agora sei a diferença entre ponto meia e ponto cruzado.

A expressão no rosto dele era tão cômica que fiquei feliz em ter algo mais sobre o que falar no caminho até em casa. Agora eu estava ainda mais confusa do que quando chegara ali.

Capítulo Oito

VERMELHO

Ichabod tornou-se objeto de perseguição lunática de Bones e sua gangue de cavaleiros rudes.

– A lenda do cavaleiro sem cabeça

Não houve mais nenhum falso alarme ou grandes paralisações na escola quando voltei para lá na segunda-feira e encontrei Ben me esperando perto do meu armário depois do segundo tempo.

– Oi, Abbey – disse ele, brincando com o livro de ciências que estava carregando. – Posso acompanhá-la até a próxima aula?

– Claro que sim. Estou indo para a aula de educação cívica.

Ele saiu do caminho e abri a porta do meu armário.

– Então... – disse eu trocando meu livro de matemática pelo de ciências – você já foi bombardeado por garotas convidando-o para o Baile Hollow? Ou ainda é cedo demais para isso?

— Não é cedo demais. Tenho recusado convites aos montes.

Ergui uma sobrancelha para ele.

— Que foi? — disse ele. — É verdade. Preciso diminuir um pouco o rebanho.

— Diminuir o rebanho? — Minha sobrancelha se ergueu ainda mais. — Muito bem. — Virei na direção que ia tomar e ele foi para o meu lado. — Sabe quem você *deveria* acompanhar? — sugeri docemente. — Aubra.

Ele gemeu.

— Você não está falando sério.

— Você a merece totalmente com um comentário *desses*. "Diminuir o rebanho." O que nós somos, ovelhas? Elefantes?

Seu rosto ficou sério e ele ergueu as duas mãos.

— Retiro o que disse, retiro! Não há salgadinhos Funyuns suficiente no mundo para fazer com que eu me interesse por alguém tão narcisista.

— Ela não é tão ruim, você sabe — disse eu. — Ela não é tão boa, também, mas não é tão ruim *assim*.

Ben estremeceu.

— Preciso de uma garota que pensa em qualquer dia da semana. Gosto das espertas.

— Não acredito que ouvi essa vindo de *você*. — Revirei os olhos para ele.

— O que posso dizer? Sou o tipo de cara que gosta de dar oportunidades iguais.

Uma garota alta passou por nós e assisti com assombro enquanto ela jogava seu cabelo e depois sorria para Ben.

– Cara, você realmente *tem* que espantá-las! – disse eu.

O rosto dele ficou vermelho e ele parecia envergonhado. Era meio engraçado vê-lo se comportar de forma tão tímida, mas estávamos quase chegando à sala de aula, e eu ainda não sabia por que ele queria me acompanhar. Achando um canto mais calmo perto do chafariz, eu o guiei naquela direção.

– Então, sobre o que você queria conversar? Porque eu sei que não é sobre seu problema com as garotas.

Ele olhou para os pés.

– Queria perguntar uma coisa a você. Mas não sei como fazê-lo.

– Esse não vai ser outro daqueles momentos constrangedores quando você me conta quanto me quer e eu preciso recusar educadamente, não é? – provoquei.

– Não, não. – Então ele olhou para cima. – A menos que você me queira.

– Agendarei você para a próxima quinta-feira. Você poderá declarar seu amor eterno e imortal por mim, então. Está bom para você?

– Com certeza.

Ele arrastou os pés novamente, e senti minha paciência se esgotando. Queria agarrá-lo pelo braço e apenas dizer-lhe para abrir a boca agora mesmo.

– Falando sério. E aí, Ben? O que é isso? Você está me deixando nervosa.

Ele respirou fundo, como se estivesse tomando coragem, e depois disse:

– Tenho sonhado com Kristen.

– Você... tem? – Eu mesma não estava sonhando com ela. Por que ele estava?

– Sim. E o que é estranho nisso é que sabe quando você sonha, mas há sempre uma parte irreal? Como se você fosse passar um dia na escola, mas todo mundo teria seis olhos, ou narizes azuis, ou você estaria de roupa de baixo?

Balancei a cabeça concordando.

– Não é assim – disse ele. – Esses sonhos são quase... reais. As aulas, as salas de estudo e coisas assim. Sentamos e conversamos sobre todo tipo de coisa. Por horas. Isso acontece quase todas as noites. Você já sonhou com ela?

Eu estava quase tentada a dizer que não. Uma parte de mim não queria que ele soubesse que os meus sonhos com a *minha* melhor amiga eram perturbadores. Em vez disso, peguei-me dizendo:

– Eu costumava sonhar. Mas nunca me aconteceu de simplesmente passar o tempo com ela em meus sonhos. Alguma coisa estava sempre errada, ou esquisita.

– Então você acha... Você acha que talvez ela esteja olhando por mim? Ou me assombrando? – Ele deu uma risada insegura e mexeu em uma mecha do seu cabelo castanho cacheado. – Eu nem sei se acredito em fantasmas.

– Eu acredito – disse eu automaticamente.

– Acredita?

Não foi minha intenção deixar isso escapar assim.

– Sim. Eu, hum, eu acredito.

Ben pareceu esperançoso.

– Então você acha que ela *está* ao meu redor? – Ele olhou à nossa volta, depois baixou a voz. – Não que eu queira que as pessoas saibam que eu acho que estou sendo assombrado por um fantasma, mas... – Um sorriso melancólico apareceu. – Mas seria legal se isso acontecesse. Com ela.

Verdade, não é tão ruim ser assombrado. Confiem em mim, nesse caso.

– Nós dois estávamos ligados a ela. Eu como a melhor amiga, e você... – Sorri gentilmente para ele. – Bem, você era alguém que queria ser algo mais que um amigo. Há um vínculo aí. Não creio que a morte possa rompê-lo.

– Mas ela não sabia dos meus sentimentos.

– Acho que você ficaria surpreso com quanto eles sabem.

– *Eles?* – Ben pareceu cético.

– Fantasmas. Espíritos. Os entes queridos que se foram. – Agitei minha mão ao redor. – Você sabe.

Ele concordou com a cabeça, em um jeito um tanto vago, que me deixou desconfortável. *Território perigoso, Abbey. Cuidado com o que vai dizer.*

Coloquei meus dedos no braço dele e modulei um tom de voz muito reconfortante e de aceitação.

– Quero dizer que você pode acreditar em qualquer coisa que deseje. E não acho que haja algo de errado em acreditar que de alguma forma Kristen sabia como você se sentia em relação a ela.

O rosto dele desanuviou.

– Tem razão. E eu gosto da ideia de que ela está feliz. Onde quer que esteja.

– Eu também.

O sinal tocou, e eu me afastei.

– Preciso ir. Não quero chegar atrasada.

– Obrigado por conversar a respeito disso comigo, Abbey – disse ele. – Mas, hum, podemos deixar só entre nós?

Sorri para ele, depois fui em direção à classe. "Deixar o quê entre nós?"

Escapei do lanche mais cedo e fui em direção ao meu armário para evitar a multidão. Cyn estava no armário de Kristen – *Não é mais o armário de Kristen agora. Preciso me acostumar a isso* – e cutucava alguma coisa. Seu rosto sardento se virou para mim enquanto eu me aproximava.

– Se você tivesse que escolher entre um inseto morto ou uma folha morta, qual deles você escolheria?

– Uhhhhh, por que preciso escolher uma dessas coisas? – perguntei.

– Apenas escolha.

Estiquei a mão em direção ao armário e girei o cadeado.

– Acho que depende do tipo de inseto. Se for uma borboleta ou uma...

– Bééééé. – Ela fez o som de uma campainha. – Seu tempo acabou. Então, vai ficar com o inseto?

– Eu não...

Ela me interrompeu de novo.

– Sua resposta revela muito sobre você. Eu teria escolhido a folha, mas você escolheu o inseto. Qual o motivo disso?

– Tecnicamente, não tive tempo de escolher nada. Apenas fiz uma observação.

Ela colocou a mão em seu armário e puxou um pequeno vaso de terracota. Era literalmente um dos menores vasos que eu já vira. Do caule da planta solitária nasceram três folhas murchas, e uma quarta mal parecia se segurar.

– Gosto das quase mortas – disse ela. – Você pensa que elas se foram, mas não. – Os lábios dela se mexeram, e ela sussurrou algo que soou como *"Ahtoo rah roorah ru shy el"* para a planta.

– O que isso significa?

– É uma antiga bênção gaélica. Uma sob medida para a deusa de todos os seres vivos. As plantas gostam disso. – Ela devolveu o vaso ao armário, e espiei sobre seu ombro. Havia pelo menos outras doze plantas mortas ali.

– Caramba – disse eu. – Você tem um monte de plantas.

Eu não quis que as palavras escapassem, mas de certa forma elas escapuliram.

– Não se preocupe – disse ela, confabulando. – Não fico com todas. Enterro as que realmente não sobrevivem. Entretanto, a maioria delas apenas precisa de um pouco de persuasão.

Eu nem mesmo sabia como responder a isso, portanto apenas fiz um vago som para concordar. *Quem é essa garota, e exatamente por* quanto *tempo vou precisar ter um armário ao lado do dela?*

Sentindo-me um tanto confusa, abri a porta do meu armário...

... e congelei quando vi o que estava lá.

Cyn deve ter visto a expressão em meu rosto, porque se inclinou.

– Que foi? O que é isso? – A mão dela se esgueirou para alcançar o que estava ali, antes que eu pudesse recobrar a voz.

– Não toque nisso!

Mas era tarde demais. Ela já havia recolhido o frasco vermelho-sangue.

– É perfume. – Ela o estendeu para mim, e eu me encolhi. – Há algo de errado com ele?

– Não é meu – falei. – Foi um presente de Vincent?

Ela virou-o para ler o nome.

– "Vermelho." Nunca ouvi falar dessa marca. – Abrindo a tampa, ela o colocou sob as narinas. – Tem um cheiro pesado. E acobreado. Algo como...

Fragmentos de memória flutuavam diante dos meus olhos.

Vidro quebrado. As bordas irregulares. Aromas fortes e enjoativos. E sangue.

– Sangue – disse Cyn rapidamente. – *É isso* que o cheiro me lembra. Penetrante e acobreado, ao mesmo tempo. Mas que diabo? Um perfume que cheira a sangue? Quem iria querer usar isso?

Mesmo sem realmente compreender o que estava fazendo, arranquei-o das mãos dela e praticamente corri até a lixeira mais próxima. Meus dedos queimavam onde toquei o frasco e joguei o objeto repulsivo no recipiente.

O sino tocou acima de nós, sinalizando o fim do almoço, e as salas se enchiam de gente. Elas acotovelavam meus ombros e se amontoavam em meu espaço. Os corredores estavam apertados com gente correndo uma vez que todos estavam apressados para chegar aonde precisavam.

De repente, uma mão tocou a minha. No começo, levemente; em seguida, agarrando. Olhei para os dedos ao redor dos meus. Eles acariciaram minha palma, e as unhas se engancharam dolorosamente antes de soltá-la.

Olhei para cima.

Cabelo louro-esbranquiçado era tudo o que eu podia ver, e Vincent sorriu para mim.

– Oi, querida.

Depois ele se misturou à multidão. Como se nunca tivesse estado ali, afinal.

Meus joelhos travaram. Meu peito se comprimiu, e eu me perguntava se iria desmaiar no meio do corredor.

– Não é real – entoava eu, tentando não passar do ponto. – Isso não é real. Ele não está aqui. Você está apenas imaginando.

Os corredores esvaziaram e fiquei ali, ainda sentindo os dedos dele nos meus. Recordando a outra vez que ele apertara meu braço e deixara sua marca. Um vergão vermelho marcado profundamente em minha carne...

Kristen se aproximou, e olhei para ela. Estava me encarando.

— Está tudo bem? Por que você está surtando com perfume?

Cyn. Era Cyn. Não Kristen. Kristen estava morta. Não aqui. Não falando comigo.

Voltei para onde eu estava. De volta ao corredor, depois do almoço, e eu queria gritar. Queria chorar. Queria ter certeza de que ela vira o que eu acabara de ver: Vincent. *Aqui*. Tocando em mim.

Mas afastei todos aqueles sentimentos. Sacudi minha cabeça e recobrei minha voz. Sorrindo debilmente, eu disse:

— Admirador secreto.

Ela me olhou de cima a baixo.

— Acho que não. Isso foi alguma loucura para valer acontecendo.

— Foi de um admirador secreto do qual, particularmente, não quero presentes. — *Devo informar-lhe sobre o que vi? E se não fosse real?...*

Mas e se fosse?

Então, lembrei-me do sonho com a floresta e o cabelo vermelho. Segurei o braço dela.

— Você não viu um cara circulando por aqui ultimamente, viu? Um cara que assustasse você?

Ela baixou o olhar e tentou se soltar.

— Pelas redondezas?

Apertei mais.

– Estou falando sério, Cyn. Se você encontrar alguém que ao tentar conversar com você estiver agindo de modo suspeito, fique longe.

– Por quê?

Eu *tinha* que contar a ela sobre isso. Não importava que eu parecesse uma louca desvairada.

– Tive um sonho, e pode ter sido sobre você. Ou talvez fosse sobre Kristen. Ela era ruiva também. Mas era um ruivo mais *escuro*, como o seu, e um garoto a estava perseguindo... ou a mim. Ele estava me perseguindo. Ou... não me lembro...

Ela soltou o braço e me olhou de um modo estranho.

– Apenas... seja cuidadosa, está bem? – disse eu.

Porque Vincent gostava de ruivas. E Vincent obviamente queria brincar.

Assim que cheguei em casa depois da escola naquela tarde, contei a Caspian sobre o frasco de perfume no meu armário.

– Faz ideia de quem o colocou lá? – perguntou ele.

Não respondi. Mas o olhar no meu rosto deve ter falado por mim.

– Então você acha que foi ele?

– Acho que o vi lá também. Depois do almoço. Ele estava no corredor e agarrou a minha mão.

Caspian pulou.

– Você ainda está com o perfume? Onde está?

– Joguei fora.

Ele começou a caminhar em círculos.

— Não acredito nisso. Ele está te perseguindo! Como vou conseguir protegê-la? Precisamos de reforços. Preciso informar Kame e Uri sobre isso.

— O que eles farão? Vão me seguir por aí? – gemi. – Não quero isso.

Caspian parou de andar e me olhou nos olhos.

— De agora em diante, vou a todo lugar com você. Quando sua mãe deixá-la e buscá-la na escola, eu estarei lá. Diabo, eu deveria começar a frequentar as aulas com você.

Estiquei a mão, até perto da dele.

— Você não vai querer fazer isso. Você já frequentou o ensino médio uma vez. Quem quer repetir *essa* experiência?

— Só quero ter certeza de que você estará a salvo – retorquiu ele.

— Então vá me buscar. Todo dia, se quiser. Como cola?

— Como cola.

Capítulo Nove

AGORA OU NUNCA

… ele evocou, entretanto, toda a sua resolução…
— *A lenda do cavaleiro sem cabeça*

Na quarta-feira, encontrei uma pilha de vidro quebrado na frente do meu armário. Não tinha certeza se era algo deixado por Vincent ou apenas os restos deixados por alguém que se descuidara com uma garrafa de refrigerante. Falei com o zelador a respeito e quando voltei da aula seguinte não estava mais lá.

No entanto, tudo mudou na sexta-feira. Na sexta… ficou esquisito.

Estava tentando abrir meu livro de educação cívica na página 352, durante a aula, quando ele caiu sobre a minha carteira com um baque e abriu sozinho em uma página, porque havia alguma coisa enfiada dentro dele.

Eu me debrucei para ver melhor.

Havia um monte de pequeninas coisas imundas em formato de lua crescente. Quase como pedaços da cera de uma vela, endurecidos. Todos estavam amarelados, com exceção de um. Era vermelho-brilhante.

Pegando uma das peças amarelas, eu a examinei. *Era cera de ouvido?*

Aquele pensamento me enojou, e imediatamente soltei a coisa amarela. Usando meu lápis, cutuquei a vermelha. Era brilhante e tinha uma ponta ligeiramente arredondada. *Aquilo* não podia *ser cera de ouvido. Parecia quase uma...*

Unha.

Parecia uma unha.

Em seguida, vi as palavras escritas sobre as páginas:

elas continuam a crescer mesmo depois da sua morte

Fechei o livro com força e me levantei tão rapidamente que minha cadeira bateu no chão, atrás de mim, e todos se viraram para olhar. Não era possível dizer se estavam olhando por causa do barulho que a cadeira fez ou por causa do barulho que *eu* fizera. Algo entre um engasgo e um grito.

A sra. Huffner parou de escrever na lousa.

— Está tudo bem, srta. Browning?

— Não... eu... é... — Apenas fiquei lá, olhando para a pilha de *unhas* que alguém colocara dentro do meu livro.

— Preciso...

As palavras não saíram, elas estavam presas dentro de mim e a sala estava girando, e por que Vincent estava *fazendo* isso comigo?

– Você precisa ir até a enfermaria?

Acho que balancei a cabeça afirmativamente ou algo do tipo, pois ela disse:

– Vá, então. Você está desperdiçando o valioso tempo dos outros.

Deixando o livro para trás, fugi da classe. Já no corredor o ar estava mais fresco, e o mundo parou de girar. Apoiando-me contra alguns armários, inalei profundamente e me debrucei para colocar minha cabeça entre as pernas.

Com os olhos firmemente fechados, tentei racionalizar tudo.

Aquelas coisas não eram unhas de verdade. *Provavelmente eram apenas aparas de lápis petrificadas. Ou pedaços velhos de cola e borracha. Ou pedaços de papel.* Balançar a cabeça significava que eu tinha que concordar com esses pensamentos, então foi o que fiz. Dessa forma era mais fácil.

Levantando-me lentamente, afastei-me da parede e peguei um atalho até o banheiro. Eu só precisava me esconder ali até que o sinal do intervalo tocasse.

Ao fim do dia, fui esperar por Caspian na calçada do lado de fora. Cyn estava lá, fumando um cigarro, e sentei-me ao lado dela.

– Nós estamos sempre nos esbarrando – disse eu. – Já reparou nisso?

Ela suspirou e então deu de ombros.

– Isso é o que acontece quando você não tem nada para fazer em uma cidade pequena e uma mãe faz você esperar por uma carona. Você?

– Mesma coisa.

Ela me ofereceu o cigarro e ignorei. Nunca fumara. Nunca sentira realmente a necessidade disso, portanto não era algo em que eu pensasse.

Ela esticou mais o braço.

– Você vai pegar ou só olhar para ele?

– Eu nunca... eu não fumo.

– Há uma primeira vez para tudo.

A ponta do cigarro se tornou uma cinza, que voou para longe. Parecia meio nojento, mas Cyn tinha razão. E era agora ou nunca. Não que eu não tivesse a vida inteira para mudar de ideia.

Peguei-o da mão dela e o coloquei entre os lábios. Era fino e o sabor era de papel. A fumaça subiu até meus olhos e inalei profundamente. Eu não sabia se era para contar até dez ou algo assim, mas por fim Cyn disse:

– Opa, opa. Expire.

Acho que inspirei algumas vezes em vez de expirar, porque parecia que meus pulmões iam explodir. Tossi e sufoquei, a fumaça chiando para fora de mim aos poucos em pequenas arfadas.

Cyn riu. Mas não foi uma risada malvada, e, assim que consegui, também comecei a rir. De repente, eu me sentia como se tivesse acabado de fazer algo monumental. Como escalar o monte Everest ou percorrer a Grande Muralha da China.

Ela pegou de volta o cigarro e demonstrou.
– É assim.
Depois de inalar por um segundo, ela afastou a ponta e virou a cabeça para o lado, exalando uma nuvem de fumaça.
– Deixe-me tentar de novo – disse eu, estendendo a mão para ela.
Ela o entregou e imitei suas ações.
A segunda vez não foi tão ruim, e só tossi um pouco com a fumaça que escapou de mim. Foi uma sensação estranha. Eu não estava inteiramente certa a respeito dela.
– Esse está quase acabando – disse Cyn. – Quer outro?
Cinzas se espalharam sobre meu jeans e olhei para baixo, espanando-as com as mãos.
– Não. Acho que não. – Passei a língua pelos dentes. Pareciam estranhos. – Estou com um gosto nojento na boca, uma combinação de...
Uma sombra caiu sobre mim, e olhei para cima.
– Fumar no terreno da escola é malcriação – disse Vincent, balançando o dedo. – Vocês estão sendo alunas *desobedientes*?
Meu primeiro instinto seria me virar e fugir dele o mais rápido possível, mas tentei me controlar. Não queria demonstrar que tinha medo. Enfiando as mãos no asfalto debaixo de mim, senti a dor aguda de pedrinhas e cimento duro.
– Não queremos plateia – disse Cyn. – Suma, idiota.
O cabelo dele ainda estava louro, como o de Caspian. E embora não estivesse alisado e caindo sobre seu

rosto como quando esteve na cama do meu quarto, a mancha preta ainda estava lá. E provocou uma onda de choque em mim. Como ele se parecia com Caspian.

Vincent sentou-se entre nós, e fiquei com medo demais para me mexer.

– Gosto do seu cabelo – disse ele para Cyn. – Vermelho *definitivamente* é a sua cor. A minha também.

– Não me importo. Vá embora – respondeu ela.

Meus sentidos começaram a se inundar com a percepção, e eu sabia que não podia ficar ali sentada – *bem ao lado dele* – por muito tempo.

Cyn se virou para encará-lo e apoiei minhas mãos no chão, preparando-me. Eu o acertara uma vez. Acertaria de novo se fosse preciso.

– Por acaso nós o convidamos para se sentar aqui? – perguntou ela. – Quem diabo é você?

– Oooh, pimentinha! Abbey sabe o quanto eu gosto das apimentadas. – Ele se inclinou para perto do meu ouvido e sussurrou: – Deliciosa. – Exatamente como Kristen.

Eu me afastei dele, horrorizada.

Antes que pudesse detê-lo, Vincent alcançou e enlaçou sua mão na minha.

– Quem sou eu? Sou o namorado de Abbey. Ela não contou para você? Meu nome é... Caspian.

Sacudi minha mão para soltá-la, com tanta força e tão rápido, que caí para fora da calçada e pousei na rua.

– Não, você não é – falei finalmente.

Cyn arfou e Vincent riu. Em seguida, pôs-se de pé.

– Não fumem muito, garotas – disse ele, gingando para longe. – Meninas más, más, más!

Um minuto depois, um Mustang preto passou por nós acelerando, virando a esquina e correndo depois de passar por uma placa indicando para parar.

Então, inclinei-me para a frente de novo e vomitei.

Cyn ajudou a me limpar no vestiário, e fiquei pedindo desculpas a ela, que disse para eu parar, mas eu não conseguia evitar. Não sei se estava me desculpando por agir como uma idiota ou por me sentir tão impotente. De qualquer maneira, era um saco.

– Não posso *acreditar* que isso aconteceu – disse, debruçada sobre a pia. – Isso é muito humilhante.

– Provavelmente, foi só o cigarro – respondeu Cyn. – Ou o fato de que aquele cara era um *grande* imbecil. Bem que achei que ele era encrenca.

Enxaguei a boca e cuspi. "Grande imbecil" não era nem a metade.

– É algum ex? – perguntou ela, hesitando.

– Não.

Eu não disse mais nada, e ela não insistiu. Gargarejei e cuspi novamente, e depois fechei a torneira. Voltamos para fora e um velho Honda branco estava parado lá.

– Venha – disse ela. – Você arranjou uma carona.

– Posso caminhar. Não é tão longe.

Ela apontou para o carro e arregalou os olhos.

– Entre. Agora.

Não dava para argumentar contra aquele tom, assim, segui as ordens. A mãe de Cyn não disse nada enquanto eu entrava no banco de trás, e Cyn foi quem pediu o endereço quando se sentou no banco da frente.

Elas me deixaram, e a casa estava silenciosa quando entrei. Isso me deixou nervosa.

– Caspian? – chamei. – Você está aqui?

Não houve resposta.

Corri para o meu quarto o mais rápido que pude, tentando acalmar a onda de pânico que se formava em meu estômago. *Onde ele está? Por que não está me respondendo? Aconteceu alguma coisa?*

Empurrando a porta do quarto, meu coração quase pulou pela boca quando vi alguém deitado na cama.

Vincent está aqui de novo.

Pensei que fosse ter um ataque do coração. Meus joelhos ameaçaram ceder e pontinhos pretos apareceram nos cantos do meu campo de visão. *Respire...* eu estava me esquecendo de respirar. Inalei profundamente e coloquei a mão na parede para me equilibrar e não tombar para a frente. Em seguida, a pessoa que estava na cama se sentou.

Quase senti meu coração enfartando de novo, só que desta vez de alívio quando vi que era Caspian.

– Abbey? – chamou ele. – O que você está...? Você está bem?

Apertei o peito. Caspian esfregou os olhos, depois se levantou e veio até mim. Levantei um dedo em resposta.

– Só um minuto. Dê-me só um minuto. Acho que vou ter um ataque do coração. Dois.

Ele olhou ao redor.

– Que horas são? Eu deveria encontrá-la na escola. O que aconteceu?

– Esperei por você, mas você não chegava nunca. E aí... – Olhei de novo para a cama, juntando dois e dois. – Você estava *dormindo*?

Caspian passou a mão pelo cabelo, bagunçando um pouco atrás, e olhou para a cama também.

– Não sei. Não lembro o que aconteceu. Num minuto eu estava aqui e eram onze horas. No momento seguinte... – Caindo em si, seu olhar confuso se transformou em raiva. – Não acredito que adormeci!

Esse sono me preocupou, mas eu precisava lavar os restos do encontro com Vincent antes que pudesse pensar sobre o que tudo isso significava.

– Não tem problema. Não se preocupe com isso. Só vou tomar um banho.

Um estranho olhar cruzou o rosto dele enquanto eu passava.

– Isso é fumaça? – perguntou. – E vômito?

Fiquei cheia de vergonha.

– É. Cyn estava esperando pela mãe dela também, e estava fumando do lado de fora. Experimentei o cigarro dela e não me caiu bem. Por isso passei mal.

Cambaleei até o banheiro e comecei a pegar toalhas do armário.

– Não sabia que você fumava – disse Caspian.

– E não fumo. Quer dizer, nunca fumei. Isso foi apenas algo novo que eu quis experimentar. Imaginei que não teria outra chance, então, por que não? – Abri a torneira e ajustei a temperatura da água.

– E isso... vai ser algo frequente? – perguntou ele lentamente, um olhar preocupado no rosto.

– Deus, não. Uma vez e pronto. Agora, por favor, podemos não falar mais sobre isso?

Ele balançou a cabeça concordando e fechei a porta atrás de mim. Tudo de que eu precisava era um bom banho com água quente, e depois estaria pronta para contar a Caspian a parte importante.

Sobre Vincent.

Só mais tarde naquela noite consegui reunir coragem para contar a ele sobre o que mais acontecera. Ele acabara de ler três capítulos de *Jane Eyre* e eu não queria estragar o momento perfeito. O tempo parecia suspenso quando estávamos apenas eu e ele, juntos em nosso próprio mundinho, longe de tudo e de todos. Nada mais importava a não ser as palavras na página que ele estava lendo e a melodia de sua voz ao falar.

Fechando meus olhos, tomei fôlego e depois disse:

– Tem mais uma coisa que eu preciso contar, mas não quero que você fique chateado. Portanto, por favor, não fique, ok?

Será que ele ficaria mais chateado consigo mesmo por ter caído no sono e perdido a chance de se certificar de que Vincent não faria nada para mim?

Ele fechou o livro e o colocou sobre a cama.

– É muito ruim? Numa escala de um a dez?

– Provavelmente uns nove.

– Tudo bem...

– Apenas lembre-se de que eu tive um dia muito ruim hoje e vomitei na frente de uma pessoa na escola, e que havia vômito nos meus sapatos – disse eu, num jorro de palavras. – E Vincent Drake estava lá.

– Na escola?

– Sim.

– Tem certeza?

– Cyn o viu também. Ele veio até nós do lado de fora e se sentou ao meu lado.

– Ele machucou você?

– Não exatamente.

– O que ele fez?

– Segurou minha mão e disse a Cyn que era você.

Ele ficou em silêncio por um bom tempo e depois disse:

– Você vomitou antes ou depois de ele aparecer?

– Logo depois.

Ele se recostou e desviou o olhar. Enfim, não aguentei mais, não suportava ficar sem saber o que ele estava pensando, então perguntei:

– Você está chateado? Comigo? Fale para mim.

– Estou desapontado – disse ele. – É como me sinto por você ter escondido isso de mim.

– Mas eu não escondi! – justifiquei. – Estou lhe contando agora.

– Algumas horas após o acontecido.

– Eu... Eu só não sabia o que fazer.

– Você poderia ter me informado. Poderia ter me contado de imediato.

– Mas estou contando agora. E você estava dormindo. E...

– Bem, estou feliz agora que sei – disse ele.

Mas ele não parecia feliz. E eu não me sentia feliz. Pelo contrário, só me senti pior.

Capítulo Dez

LOBO EM PELE DE CORDEIRO

Só então o obscuro objeto de alarme se moveu e, com uma corrida e um salto, parou bruscamente no meio da estrada.
— *A lenda do cavaleiro sem cabeça*

Assim que acordei na manhã seguinte, soube que havia algo errado. Caspian estava perto de mim e parecia tirar uma soneca. Mas algo estava diferente. Eu podia *sentir*.

— Caspian — perguntei —, você está dormindo de novo? Pensei que não precisasse dormir. — Levantei-me e caminhei até o lado da cama onde ele estava deitado e fiquei bem em cima dele.

— Acorde.

Ele não se mexeu.

— Vamos, Gasparzinho. Acorde! — repeti mais alto.

Meu primeiro impulso foi sacudi-lo, mesmo sabendo que não conseguiria tocá-lo. Chamei seu nome de novo e de novo, sentindo um mal-estar crescente.

Por que isso está acontecendo? O que isso significa?

– *Acorde*. Por que você não *acorda*? – perguntei.

Finalmente desisti. Inclinei-me para tocar seu rosto, e minha mão o atravessou. Mas não senti o zumbido nem o formigamento que deveriam acontecer.

Mexi meu braço para todos os lados; sobre sua cabeça, seu ombro, seu braço. Não havia nada ali. Nem o menor sinal. É como se estivéssemos totalmente separados.

Recuei tropeçando, coloquei um jeans e um pulôver, e desci correndo para a cozinha. O número de Sophie e Kame estava lá, num cartão de visitas que deram para mamãe, e eu precisava falar com elas *agora*. Precisava saber o que estava acontecendo.

A campainha tocou enquanto eu vasculhava freneticamente a gaveta de tranqueiras à procura do cartão que eu sabia que mamãe tinha escondido ali, e um segundo depois ouvi vozes vindas da entrada.

– Você não vai entrar? – Ouvi mamãe dizer. – Deixe-me buscar Dennis, meu marido. Ele vai ficar tão feliz em conhecê-lo. É maravilhoso de sua parte vir se apresentar para nós.

Mamãe estendeu a cabeça quando passou pela cozinha e disse:

– Abbey, você poderia vir aqui conhecer o pastor Dwayne da Igreja Pentecostal de São Paulo? Ele é novo na cidade.

– Vou em um minuto, mamãe. Estou procurando uma coisa. Você sabe onde está o cartão de visitas de Sophie e Kame? Achei que estava na gaveta de tranqueiras.

Ela foi até a geladeira.

– Coloquei aqui. Vamos ver... – Ela examinou montes de cupons de pizza e cardápios de entrega de comida chinesa. – Não estou vendo. Deve ter caído. Ou talvez eu tenha colocado na bolsa.

Ouvimos a voz de papai cumprimentando o pastor, e mamãe se distraiu.

– Ah, que bom. Seu pai está na sala. Venha comigo um minuto, e depois encontramos o cartão.

Ela pegou minha mão e eu a segui, relutante. Esperava que o pastor *não estivesse* esperando roupas especiais de igreja ou coisa do tipo, porque eu não iria me trocar por causa dele.

– Não esqueça. Preciso daquele cartão! – sussurrei.

Ela assentiu, distraída, e continuou me rebocando atrás dela.

Papai estava sentado numa ponta do sofá, com o pastor na outra, e mamãe se apressou em preencher o espaço no meio. Parei repentinamente de resmungar e meus pés gelaram no chão quando fiquei cara a cara com ele.

– Desculpe por tê-lo feito esperar, pastor Dwayne – disparou mamãe. – Gostaria que conhecesse minha filha, Abbey.

O pastor acenou gentilmente para mim, sua roupa preta e branca engomada mal permitindo que sua cabeça se movesse.

Mas ele não era um homem de Deus. Era um lobo em pele de cordeiro.

Pastor "Dwayne", sem dúvida. *Eu vi o que você fez, Vincent Drake.* Estreitei meus olhos para ele e me recusei a sentar.

– Não seja mal-educada, Abbey. – Mamãe me cutucou. – Venha dizer olá.

– Não fique tímida, minha filha – disse Vincent numa voz gentil. – Venha e sente-se conosco.

Um milhão de pensamentos passaram pela minha cabeça, mas não consegui me fixar em nenhum deles. Caspian estava aqui, mas não poderia ajudar. Eu não tinha o cartão de Sophie e Kame, nem mesmo sabia como conseguir uma ajuda de Uri ou de Cacey.

– Venha cá e sente-se – disse Vincent novamente. – Participe da nossa conversa.

– Não, obrigada – disse eu com frieza. – Posso participar daqui.

– Você não ouviu que as Sagradas Escrituras dizem que deveis honrar pai e mãe? – perguntou ele.

Mamãe concordou com a cabeça, vigorosamente.

– *Honrar. A eles* – disse Vincent, com ênfase na voz.

Ele se moveu para mais perto de mamãe. Sempre tão sorrateiro.

Não acho que mamãe ou papai perceberam, mas eu sim. Era uma atitude intimidadora. Definitivamente, havia uma ameaça no ar.

Caminhei até a poltrona do lado oposto a Vincent e me sentei. O assento parecia ansioso para me acolher, e isso me surpreendeu.

– Agora somos uma família feliz – disse Vincent, com um sorriso agradável no rosto. – O Senhor está satisfeito.

Quanto tempo iria durar aquela encenação? E por que ele estava se dando o trabalho de fazer todo este teatrinho?

– Então, está gostando da igreja de São Paulo? – perguntou mamãe. – É uma igreja muito linda.

– Ah, sim, é sim. E eles têm serviços maravilhosos voltados para a juventude. Meu fraco são os ministérios que ajudam crianças – respondeu Vincent, dando um sorriso maligno para mim. – Jovens inocentes e rebeldes mexem com o meu coração.

Olhei para ele de um jeito ameaçador.

– Sim, eles têm bons programas para crianças – avaliou papai. – Dos melhores disponíveis.

– Mas eles não os têm por *precisarem* deles – interferiu mamãe. – As crianças são bem-comportadas aqui em Sleepy Hollow.

Vincent juntou as mãos em gesto de oração e adotou uma expressão preocupada.

– São? Devo dizer que tenho ouvido... coisas preocupantes. Sobre o uso de drogas e adolescentes tornando-se sexualmente ativos muito cedo.

Mal. Ele é puro mal.

Mamãe pareceu chocada, e papai não olhou na minha direção nem por um segundo. Acho que a expressão "sexualmente ativo" era bem mais do que ele gostaria de associar a mim.

– *Não!* – exclamou mamãe. – Nossas crianças não se envolvem com esse tipo de coisa!

– Maravilhoso, maravilhoso. – Ele pareceu preocupado novamente. – E sobre os outros assuntos? Doença mental? Suicídio?

Agora era mamãe que não me encarava, e papai teve um acesso de tosse.

– Você conhece alguém que tenha sido pessoalmente atingido por esse tipo de coisa, Abbey? – Vincent dirigiu a pergunta para mim.

O que eu não daria para dar um soco nessa sua cara nojenta e mentirosa agora mesmo...

– Não. Como mamãe disse, somos todos jovens saudáveis e bem ajustados. Diga, como vão as coisas com os católicos? Parece que eles andam tendo problemas, não é? Talvez o senhor pudesse ajudá-los.

Mamãe engasgou, e papai finalmente me olhou por tempo suficiente para franzir a testa.

Um dos lados da boca de Vincent forçou um sorriso. E então logo sumiu.

– Devo confessar. Não sei como as igrejas católicas lidam com as coisas. Tenho andado muito ocupado cuidando do meu rebanho. Eu me considero um pastor em treinamento e acho que muitas das minhas ovelhas precisam... de um certo tipo de atenção mais objetiva e eficaz.

Ele estalou os dedos, e o som fez minha pele arrepiar.

Olhando firme para ele, fiz uma promessa em silêncio. *Não vou deixar você continuar com isso.*

– Há quanto tempo o senhor está na igreja, pastor Drake? – perguntei com delicadeza. – De uma forma geral. Mamãe disse que o senhor era novo na cidade.

– Temo que tenha perdido a conta de quantos anos já foram. Ou quantas vidas toquei. – Seu sorriso se alargou, e ele umedeceu o canto dos lábios. – E o certo é pastor *Dwayne*.

– Ah, eu errei? Poderia jurar que você disse Drake.

Mamãe olhou para um lado e para outro entre nós com uma expressão um pouco confusa no rosto.

– Gostaria de um pouco de café? Chá? – perguntou a Vincent. – Eu ficaria muitíssimo feliz em fazer.

– Na verdade, tenho outro compromisso para o qual vou me atrasar se não sair agora. Assim, vou me despedir de vocês e dizer que espero que logo nos encontremos novamente.

Ele se levantou, apertou a mão do papai e em seguida virou-se para mamãe. Certificando-se de se posicionar de forma a que eu pudesse ver tudo, ele se inclinou para lhe dar um abraço com os dois braços. Suas mãos se alinharam diretamente com o pescoço dela, e ele me lançou outro olhar.

Mamãe!, eu queria gritar. *Fique longe dele! Foi ele quem me atacou!*

Mas eu não podia dizer a ela. Sabe-se lá o que ele poderia fazer.

– Foi muito bom conhecê-la, Abigail – disse ele, afastando-se dela. Percebi o uso do meu nome. – Você tem pais adoráveis. Eu daria graças a Deus todos os dias por ter pessoas tão maravilhosas na minha vida. Nosso tempo na Terra é tão breve. Você nunca sabe quando a hora deles vai chegar. Mesmo este dia pode ser o último deles.

E com essa sutil ameaça de morte, ele saiu pela porta da frente.

Voei para o meu quarto assim que mamãe encontrou o cartão de Sophie e disquei o número o mais rápido que pude. Caspian ainda estava adormecido na cama. A cada segundo, eu ficava mais preocupada com ele. Todas as vezes que ele descreveu ter sido puxado para o lado escuro do sono para fazer o tempo passar mais rápido não soava boa coisa.

E se ele não encontrasse seu caminho de volta?

Fiquei ao lado dele, desejando silenciosamente que Sophie ou Kame atendessem o telefone. Ele tocou, tocou e tocou, e eu estava prestes a deixar uma mensagem de voz urgente quando Sophie atendeu.

– *Sophie?* – explodi. – É Abbey! Vincent está aqui! Ou estava aqui! Ele se vestiu de pastor e estava ameaçando meus pais, e Caspian não acorda!

– Devagar, devagar – disse ela. – O que está acontecendo? Vincent está *aí*?

– Sim. Não. Quer dizer, ele estava aqui, mas não está mais. Ele veio há pouco e parou para falar com mamãe e papai. – Contei a ela o que acontecera. – Não acho que eles sequer se deram conta do que estava acontecendo. Mas eu sim.

Sophie garantiu:

— Logo estaremos aí.

— Tem algo errado com Caspian também! — disparei. — Ele não acorda.

Ela ficou em silêncio, e isso não me cheirou bem.

— So-Sophie? — perguntei. — Você ainda está aí?

— Sim, querida, estou aqui.

— O que está acontecendo com Caspian?

— Acho que seria melhor esperar até que possamos nos falar pessoalmente.

— Não! Acho que seria melhor se você me dissesse agora mesmo.

— Não posso. — Ela respirou fundo. — Apenas espere. Logo estaremos aí.

O telefone ficou mudo, e olhei para ele. Não era um bom sinal ela não querer me contar o que estava acontecendo. Seria o costumeiro não-podemos-dizer dos Retornados? Ou havia algo mais?

Dez minutos depois, Kame, Uri e Cacey estavam no meu quarto.

— Está tudo bem? — perguntou Kame. — Você está machucada?

Sacudi a cabeça negando.

— Está tudo bem. Bem, pelo menos comigo, mamãe e papai. Com Caspian, não tenho certeza. Onde está Sophie? E o que vocês vão dizer para os meus pais?

— Ela está lá embaixo, falando com eles — disse Cacey com um sorrisinho. — Ela é boa em ajeitar as coisas.

Uri foi até a cama. Ele apontou para ele mesmo, e eu assenti. Em seguida, sentou-se perto de Caspian. Colocou a mão no braço dele, e eu quis *desesperadamente* trocar de lugar com ele. Ser aquele que podia tocar Caspian e acordá-lo.

Mas eu não podia.

— Isso aconteceu uma vez — falei. — Ele ia me pegar na escola e nunca apareceu. Quando cheguei em casa, ele nem conseguia lembrar onde estava.

Uri olhou para Kame. Em seguida, sacudiu a cabeça.

— O que está acontecendo? — gritei, quase chorando. — *Por favor*, conte-me. — Eu não aguentava mais. Não aguentava todos os segredos e as coisas que eles não diziam.

— Você tem que entender que não há muito que possamos fazer — disse Kame. — Esta é uma situação anormal, e ainda estamos aprendendo a melhor forma de lidar com isso.

— Anormal por causa de Vincent? Porque ele causou a morte da Kristen?

Ele inclinou a cabeça.

— Ou esta é a parte anormal? Ele me cercando, me perseguindo, vestindo-se como pastor?

— A interferência... dele... é a parte anormal.

— Então, o que está acontecendo com Caspian? Sombras não dormem, dormem?

– Não é um sono normal – respondeu ele.
– O que isso quer dizer?
– Quer dizer que não podemos acordá-lo, Abbey – disse Cacey.

Ela estava parada perto da janela, e olhei em sua direção, atordoada. Em seguida, olhei para Uri.

– Ela está fingindo, não está? Diga que ela quis fazer uma piada cruel.

– Não é piada. Nós não temos controle sobre isso – confirmou ele.

Cruzei meus braços.

– Mas pensei que vocês fossem seres místicos enviados para ajudar Sombras e seus semelhantes. Sendo assim, ajudem-nos.

Uri se levantou e foi conversar baixinho com Kame. Ele ficou olhando para Cacey, e tive a sensação de que ela iria entrar na conversa também.

Finalmente, Kame disse:

– Ótimo. Eu vou deixar você cuidar disso. Estarei lá embaixo.

Ele olhou para os dois antes de sair.

– Achamos que seria melhor se levássemos Caspian com a gente – disse Uri, olhando para mim. – Queremos levá-lo para algum lugar seguro.

– Está bem. Para onde vamos?

– *Ele*. Você não – disse Cacey. – Você não pode ir.

– Ah, sim, eu posso.

– Ah, não, você não pode.

– Por quê?

— Porque Vincent não quer que vocês dois fiquem juntos. Não descobrimos ainda por quê, mas é isso que ele quer. Precisamos ficar de olho em Caspian enquanto ele estiver assim, e isso vai ser mais fácil para nós se você não estiver com ele. Por que levar Vincent até nós?

— Mas... mas... — Eu não conseguia pensar rápido o suficiente. Não conseguia juntar as palavras. Eles não podiam tirar Caspian de mim! — Mas e se Vincent encontrar vocês?

— Ele não vai — disse Uri.

— E se Vincent *me* encontrar?

— Já pensamos nisso — respondeu Uri. — O que você acha de uma viagem curta?

— Uma viagem? Enquanto Caspian fica aqui? Não.

Cacey se aproximou e me encarou.

— Olha, Uri está tentando dizer isso de um jeito bem mais agradável do que eu, mas vamos levar Caspian, quer você queira ou não. Pelo que eu vejo, você não tem muita escolha. — Ela olhou para as unhas e mexeu numa delas. — Além disso, se você vier conosco, pode até descobrir alguma coisa.

Experiente, ela me persuadiu com uma promessa de informação e não pude dizer não. A chance de finalmente ter algumas respostas? Eu não podia deixar escapar.

— Ótimo. Eu vou com vocês. Só me digam uma coisa, aonde estamos indo?

— Gray's Folly!, Loucura Cinzenta! — Cacey parecia alegre, enquanto esfregava as mãos juntas. — Um hospício.

* * *

Cacey me disse que nós dormiríamos por lá uma noite, então coloquei uma camiseta, um jeans e alguns itens de toalete numa bolsa pequena enquanto ela descia as escadas com Uri. Quando ela voltou, meia hora depois, disse:

– Tudo bem, estamos prontos. Oficialmente, você vai passar o fim de semana na minha casa para uma festa do pijama.

Olhei preocupada para Caspian.

– Kame, Sophie e Uri vão cuidar dele enquanto estivermos longe?

– Vão. Mas serão apenas Kame e Sophie. Uri é o nosso motorista.

– E por que vamos para um hospício?

– Para procurar uma pessoa.

Eu não sabia se aquilo significava que iríamos procurar um paciente ou alguém que trabalhava lá, mas decidi deixar passar por enquanto. Com relutância, coloquei minha bolsa no ombro. Abaixando-me perto do ouvido de Caspian, sussurrei:

– Eu amo você. Você está em boas mãos. Voltarei logo, e daí você vai estar acordado... *Espero*.

Eu não tinha muita certeza sobre aquilo, mas, com Caspian naquele estado vulnerável, preferia que ele ficasse com os Retornados.

– Então me diga de novo por que não podemos só ficar aqui com vocês apenas tomando conta de nós? – perguntei.

– Muitas perguntas. – Cacey sacudiu a cabeça. – Nosso poder de persuasão é muito bom, mas depois de certo tempo ficaria muito difícil de explicar para seus pais. E mais: você realmente quer Vincent voltando aqui?

– Certo. Tudo bem. Bem lembrado. – Olhei pelo meu quarto. – Então, acho que estou pronta. Pode me dizer para onde Kame e Sophie vão levar Caspian, pelo menos?

– É melhor que eu não diga. Confie em mim.

Não consegui esconder a decepção.

– Ahhhhh, anime-se! – disse ela, empurrando-me na direção das escadas. – Você vai esquecer tudo isso logo. Tenho uma surpresa para nossa viagem... Uma embalagem com vinte e quatro deliciosas latas de Coca-Cola!

Uau. Isso torna tudo tãããããoo melhor... Esbocei um sorriso para ela e me deixei guiar escada abaixo.

Dei um rápido adeus para mamãe e papai e então fui para o carro.

– Qual é a distância até lá? – perguntei, enquanto me acomodava e colocava o cinto de segurança.

– Cerca de três horas. Norte do estado. Não deve demorar muito – respondeu Uri.

Cacey já estava toda animada abrindo uma Coca-Cola e bebendo antes mesmo que saíssemos da entrada da garagem. Ela me ofereceu uma assim que entramos na estrada, e eu aceitei. Não queria, mas Deus me livre de dizer isso a ela.

O tempo passou rápido junto com a paisagem pelo caminho, e finalmente vi uma placa onde se lia ESTABELECIMENTO DE SAÚDE MENTAL TRINTA QUILÔMETROS À FRENTE. Em seguida, outro dizendo que eram quinze quilômetros à frente, e outro, cinco.

Faltando pouco mais de um quilômetro, comecei a ficar um pouco nervosa.

Era fim de tarde quando chegamos, e grandes portões enferrujados, um com o brasão ornado com um *G* e o outro com um *F*, bloqueavam o caminho à nossa frente assim que o carro parou. Uri baixou a janela e disse algo para o guarda que não consegui ouvir. O guarda concordou e checou sua prancheta para confirmar o que Uri disse a ele. Em seguida, ele fez um sinal para que entrássemos.

Uma série de prédios cinzentos apareceu, como blocos gigantescos. Dois pequenos à esquerda, dois pequenos à direita e um gigante no meio. Arame farpado cobria trechos no alto dos muros enormes, e havia holofotes instalados em cada canto.

– Parece uma prisão – murmurei.

– Já foi – disse Cacey. – Uma vez. Foi construída em 1825 para abrigar todos os prisioneiros que esperavam no corredor da morte. Então, em 1943, alguém achou que seria uma boa ideia transformá-la num estabelecimento de saúde mental para criminosos loucos. Ao longo dos últimos vinte anos, ou quase isso, expandiram seu raio de atendimento e passaram a aceitar todo tipo de gente com problemas e doenças mentais.

– Adorável. – *Exatamente* o tipo de lugar em que eu queria passar meu fim de semana. – E estamos aqui para ver quem?

Uri foi em frente com o carro e encontrou uma vaga de estacionamento.

– Upa.

– Um paciente ou um funcionário? – perguntei.

– Ainda não tenho certeza.

Tudo bem...

Uma enfermeira veio nos receber assim que saímos do carro, e Uri foi falar com ela. Ela fez um gesto com a cabeça e em seguida nos conduziu até o prediozinho esquisito ao lado. Parecia uma pousada ou alojamento para funcionários, porque tinha meia dúzia de pequenos quartos arrumados.

– Parece que vamos ter que encontrá-lo amanhã. – Cacey se inclinou para me dizer enquanto caminhávamos pelo corredor. – O horário de visita acabou.

Levaram-me até um dos cantos do prédio e me deram um quarto pequeno, sem cor, mobiliado apenas com uma cama, uma escrivaninha e um crucifixo. Quinze minutos depois, trouxeram um jantar frio em uma bandeja de prata encardida.

Cacey entrou quando eu estava terminando de comer (ou melhor, quando estava quase terminando de tentar empurrar aquela gororoba goela abaixo) e me disse que passaríamos a noite ali e ela voltaria de manhã. Cacey me disse enfaticamente para não sair do prédio, que havia regras estritas sobre quem podia circular pela propriedade, e eu não iria querer ser pega em algum lugar onde não deveria estar.

Apenas dei de ombros e concordei rapidamente. E lá queria eu passear por um hospício à noite? Não, obrigada.

* * *

Na manhã seguinte, a luz invadiu o quarto através de uma janela pequena acima da minha cama e me acordou. Era cedo, e fiquei deitada um pouco mais, imaginando o que deveria ter sido viver aqui anos atrás. Quando coisas como terapia de eletrochoque e lobotomia eram comuns. Regras diferentes, remédios diferentes, outros tempos.

O que teriam feito com alguém como eu? Se alguém tivesse dito a eles que eu pensava poder ver Caspian, Nikolas e Katy? Eu teria sido presa aqui? Será que algum dia conseguiria sair?

Pensar nisso me deixou triste, e meu corpo era como chumbo enquanto eu me vestia. Havia uma bacia pequena e um jarro de água sobre uma mesa próxima, e lavei meu rosto e minhas mãos. Seria bom um chuveiro quente, mas tudo o que eu realmente queria era encontrar fosse lá quem fosse que Cacey e Uri precisavam ver e dar o fora dali.

Bateram na minha porta, abri e Uri estava parado ali.
– Bom dia – disse ele.
– Bom dia.
– Tem café da manhã no refeitório dos funcionários.
– Tudo bem.

Apanhei minha bolsa. Não queria voltar aqui se fosse possível evitar. Caminhamos em silêncio pelo corredor, mas percebi que Cacey ainda não tinha se juntado a nós.
– Onde está Cacey?

— Ela surrupiou as latas de Coca-Cola esta noite e bebeu o restante daquele pacote de vinte e quatro latas. Agora não está se sentindo muito bem.

Eu ri. E então me senti mal.

— Espero que ela esteja bem.

— Ela vai melhorar em algumas horas. E daí talvez me ouça da próxima vez.

Lancei um olhar descrente para ele.

— Bem, talvez não — disse ele, irônico.

Eu estava realmente um bocado aliviada que ela não tivesse vindo com a gente. Sem ela em volta, eu poderia conseguir algumas respostas.

— Então eu posso ir com você? — perguntei.

Ele hesitou.

— Pensei que você quisesse ficar aqui com Cacey.

— Ah, não, está tudo bem. Prefiro ir com você. — Não queria parecer muito entusiasmada, então acrescentei: — Este lugar realmente me dá arrepios.

Uri riu.

— Para onde estamos indo não é muito melhor.

Lancei meu melhor olhar pidão.

— Por favooooor.

— Ok. Tudo bem. — Ele suspirou fundo.

— Você se importa se pularmos o café da manhã? — perguntei assim que nos aproximamos do refeitório. O cheiro que saía de lá era repulsivo. — Não estou com fome.

— Por mim tudo bem. Odeio comida de hospital.

Abrimos uma porta lateral e saímos. Havia um carrinho de golfe com um motorista sentado atrás do volante, esperando por nós.

Uri sentou-se no banco de trás e fez sinal para que eu me sentasse ao lado dele.

Dirigimos por uma estrada sinuosa até uma colina antes de finalmente pararmos em frente ao prédio central. O maior deles.

– Apenas fique junto de mim, entendeu? – disse Uri. – Nada vai acontecer, mas é melhor prevenir do que remediar.

Concordei solene e o segui para dentro.

Fomos conduzidos pela entrada por uma enfermeira, que, simultaneamente, distribuía pílulas em copos e digitava algo em um computador. Ela veio nos pegar, e nós a seguimos, passando por paredes descascadas e quartos mal iluminados de pacientes com as portas abertas. Seus sapatos com solado de borracha fina faziam um rangido contra o chão que ecoava assustadoramente.

Dobramos o corredor e passamos por vários outros quartos. Todos estavam com as portas fechadas.

– Salas de tratamento.

A enfermeira me pegou olhando, e foi incrível como sua cabeça virou rápido para me dizer isso e depois se voltar novamente.

– Obviamente você não vai vê-las por dentro. São restritas para os casos mais graves. No entanto, acho que *podemos* organizar uma excursão – disse ela, animada.

Ah, não.

Uri deve ter concordado comigo, pois recusou educadamente por nós dois. Passamos por um posto de enfermagem vazio e dobramos outro corredor, e então chegamos a uma saleta com área de estar.

– Aqui estamos – disse a enfermeira. – Fiquem à vontade. – Ela apontou para duas cadeiras de couro marrom com uma mesa redonda no meio.

Uri puxou uma das cadeiras para perto de mim, e eu me afundei nela. Ele se sentou na outra.

A enfermeira preparou-se para sair, depois parou e virou-se rápido para trás.

– Tenho certeza de que vocês já sabem disso, mas a responsabilidade nos obriga a dar um aviso oficial. Não vão a qualquer lugar sem supervisão, não entrem em conflito com qualquer paciente que vocês venham a entrar em contato e não acreditem em nada do que eles falarem. São indivíduos muito doentes.

Ela não esperou resposta, apenas acenou com a cabeça e caminhou de volta para a porta.

Olhei para ela por um minuto, um pouco atordoada.

– O que eles acham que a gente vai fazer? – perguntei a Uri, baixinho. – Sair por aí cutucando os pacientes com pedaços de pau?

– Você ficaria surpresa – disse ele.

Sacudi minha cabeça, e olhei em torno novamente.

– Então, o que vamos fazer agora?

– Agora vamos esperar.

Capítulo Onze

IRREAL

A vizinhança inteira está repleta de histórias locais, cantos assombrados e superstições obscuras...
— *A lenda do cavaleiro sem cabeça*

Recostei-me na cadeira e olhei em volta da saleta. Paredes cinzentas, teto cinzento, chão cinzento. Vi de onde o estabelecimento tirou seu nome. Uma janela ampla, suja de poeira e de velhice tomava metade da parede à nossa frente. Barras de metal a cobriam a cada centímetro quadrado. No geral, o lugar possuía todos os agradáveis atributos estéticos que eu imaginava que uma sala de interrogatório da polícia deveria ter.

Um estrondo ecoou pelo corredor e me fez saltar da cadeira. Pude ouvir alguém soluçando, mas foi rapidamente silenciado. Minha pele começou a se arrepiar.

— Essa não foi a melhor experiência que você já teve, não é? – disse Uri.

— Não exatamente.

— Desculpe-me por isso.

Suas palavras me surpreenderam. Os Retornados não faziam o tipo altruísta. Exceto pelo lance do poder de persuasão. Aquilo definitivamente não fazia sentido.

— Posso perguntar uma coisa? – disse eu.

— Claro.

— Você gosta de ser um Retornado?

Uri esticou as pernas na minha frente.

— Não tenho escolha. Eu sou o que sou.

— E o que é isso, exatamente?

Seu olhar me disse que ele "não poderia falar", mas em troca lhe dei um olhar de *"Ah, vamos lá"*. Olhando para a porta aberta, Uri disse:

— É difícil explicar. Não leve a mal, mas a maioria dos humanos realmente não entende. – Em seguida, ele perguntou: – Você gosta de ser a outra metade de um Sombra?

Usei suas palavras e dei de ombros.

— Não tenho escolha. Eu sou o que sou. – Então, pensei sobre isso. – Ou tenho?

— Abbey, eu...

— Vamos, Uri. Não estou pedindo muito. Só me fale. Você não tem que me dizer nada que você não queira, mas... mas posso adivinhar, certo? O que acha disso? Vou chutar algumas coisas e você pode fazer que sim ou que não com a cabeça. Dessa forma você não está *tecnicamente* me dizendo.

— Não posso. Acacia vai me matar.

– Acacia? – Eu me espantei.

– Cacey – esclareceu ele. – Quero dizer, Cacey. – Ele esfregou a mão no rosto com uma expressão sofrida de quem se deu conta de que tinha dito algo que não devia.

– Acacia. – Sorri. – Apelido: "Cacey". O que quer dizer que Uri pode ser apelido de alguma coisa. Podemos começar por aí.

Ele ficou em silêncio.

– Então se "Cacey" é um apelido, e Uri é um apelido, a probabilidade é que "Kame" e "Sophie" também sejam apelidos.

– Não "Kame" – admitiu ele finalmente. – Mas "Sophie" é derivado de "Sophiel". E eu sou Uriel.

Enfim estamos chegando a algum lugar. Só tenho que mantê-lo falando.

– Por que vocês usam apelidos em vez de seus nomes verdadeiros?

– Recebemos nomes próprios na cerimônia quando nos tornamos Retornados. Mas eles não são exatamente nomes tradicionais. As pessoas modernas gostam do que é mais fácil, então é isso que fazemos quando estamos aqui. É mais fácil nos enturmarmos desse jeito.

Ele olhou para mim, e levantei dois dedos.

– Não vou contar pra ninguém, juro. Palavra de escoteiro. Além do mais, vou morrer logo. Para quem eu iria contar?

Ele pareceu inseguro, mas pressionei:

– Como assim ninguém vai me contar quando será o dia exato da minha morte?

– Essa é a regra.

– Regra? Existem regras?

– Não "regras" especificamente. Orientações a seguir. Humanos não sabem quando irão morrer. Isso não pode ser alterado.

– É, mas você não pode abrir uma exceção neste caso? Eu não sou a norma. Já sei sobre vocês. Sei sobre Vincent. Sei sobre os Sombras.

Uri sacudiu a cabeça.

– Quando a hora chegar, será revelado.

Bem, *aquilo* era uma coisa inútil de forma frustrante para se dizer. Porém, eu não poderia deixar isso me distrair.

– Você continua dizendo "humanos". Como se fôssemos alguma coisa diferente. O que *vocês* são, exatamente? Quer dizer, além de ajudantes que vêm para garantir que um Sombra pode ser completado ou desaparecer?

– Não somos humanos – disse ele. – Se você ainda não percebeu.

Concordei.

– Vincent me disse que ele era um "o quê" e não um "quem". Não sei se isso significa que vocês são anjos, ou demônios, ou sei lá o quê.

– Não somos nenhuma dessas coisas. Somos... – ele segurou as mãos como se estivesse tentando conter alguma coisa – ... somos como... energia.

– Tudo bem.

– Essa é a melhor forma de explicar.

– Mas onde vocês vivem? E o seu carro?

– Temos carros e casas somente quando temos uma missão aqui.

– Aqui? Aqui em Sleepy Hollow ou aqui na Terra?

– Na Terra.

Ah.

– Então... onde vocês estão quando *não* estão aqui? Quero dizer, na Terra.

– Quando não estamos aqui, estamos em um espaço que é uma espécie de intermediário entre as duas coisas.

– Céu?

– Não.

– Inferno?

Ele riu.

– Definitivamente, não. De novo, é difícil explicar. É um lugar onde não existe nada além de energia e luz branca. Sem formas corpóreas, sem manifestações. Apenas pura energia.

– Certo, um pouco chato, mas é tipo um lugar zen. Entendi – disse eu.

– Não, você não entendeu. Mas tudo bem.

– Então um dia você está nesse adorável espaço zen de energia branca e no outro dia você volta correndo para a Terra para ajudar um Sombra ou sua outra metade a se encontrarem ou passarem para outro plano? Como você sabe o que fazer? Aonde ir? Você tem um bloquinho de anotações ou coisa assim?

– Trabalhamos em equipes, somente dois de nós de cada vez. E quando é a nossa vez, sim, mais ou menos acordamos aqui e em seguida nos dão a nossa missão.

– É por isso que Nikolas disse que havia um problema por estarem cinco de vocês aqui – respondi. – Deveriam estar apenas dois. Ele também disse isso, mas acho que não entendi direito.

Uri concordou.

– Embora possamos ocasionalmente ter missões simultâneas, o que é raro, mas acontece, nunca estamos no mesmo lugar ao mesmo tempo. Não é preciso.

– Então Vincent deve ter mesmo sacaneado todos vocês, hein?

– Pode-se dizer que sim.

– Como todo mundo pode ver você, Sophie, Cacey e Kame, mas não pode ver Nikolas e Katy? Nikolas e Katy são diferentes de mim e de Caspian porque eles foram completados, está certo?

Ele assentiu.

– Os humanos podem nos ver enquanto estamos aqui na Terra porque, para todos os efeitos, *somos* humanos enquanto *estamos aqui*. Caspian é diferente porque ele está morto, e Nikolas e Katy são diferentes porque eles foram completados.

Devo ter parecido confusa, porque ele disse:

– A maneira mais fácil de pensar sobre isso é como tipos sanguíneos. Caspian é um certo tipo de fantasma, como AB negativo, enquanto Nikolas e Katy são O positivo. Ambos os tipos ainda são sangue, também conhecidos como Sombras, mas se Caspian for completado por você ele vai se tornar O positivo, como Nikolas e Katy.

– *Se* ele for completado? Por que eu não o completaria?

Uri desviou o olhar.

– Às vezes acontecem... coisas.

– Ah, você quer dizer como com Washington Irving? Nikolas me disse que ele era um Sombra, mas não foi completado pela sua outra metade. Ela se foi.

Uri concordou.

– Por que Sombras precisam ser completados? – perguntei. – Nunca ninguém me contou a razão.

Ele queria fugir do assunto. Estava na cara, portanto tentei uma tática diferente.

– E os outros Sombras que precisam de ajuda para fazer a travessia?

Ele levou um momento para responder, mas finalmente disse:

– Por enquanto estamos dando conta disso. Mas esse problema precisa ser solucionado logo. Pelo bem de todo mundo.

– Certo, então você desce aqui, cumpre sua missão, e então some? Você tem uma casa, um carro e roupas? E carteira de identidade? Crédito na praça?

– Temos o que nos é dado, em termos de casas, carros e roupas. Às vezes é um Jetta, às vezes é um apartamento em um beco, e às vezes é Gucci. Se precisarmos de uma carteira de identidade, está disponível para nós, também. Elas podem vir a ser úteis.

Lembrei o que ele estava usando quando o vi pela primeira vez, no cemitério, depois da inauguração da ponte.

– Deram uma mistura de roupas desta vez a você, hein? Você tem esse visual meio gótico, meio colegial, meio skatista. Um bocado estranho. E as calças cáqui? Não ficam bem.

– A maioria das roupas já está lá, esperando por nós, seja qual for o lugar em que a gente vá ficar. Mas Cacey adora fazer compras e me arrasta com ela. – Agora ele parecia um pouco envergonhado. – Às vezes, leva um tempo para descobrir em que século estamos.

– Vocês precisam de um consultor de estilo a tiracolo quando vão para suas missões – disse eu. – Isso iria resolver tudo. Ah, e um cabeleireiro também.

Uri riu de novo e tocou seu cabelo. Estava mais comprido do que no cemitério. Em vez de um topete, ele tinha pequenos *dreads*.

– Acho que eu sou um cabeleireiro muito bom.

Inclinei minha cabeça.

– Para um menino, talvez. - Ele sorriu. – Os outros Retornados tingem os cabelos? – perguntei. – Sophie sempre parece que não sabe fazer direito. Como ela é loura natural, o vermelho não consegue cobrir tudo. E todos vocês têm olhos completamente claros.

– Nossa cor é a mesma porque no espaço branco não existe pigmentação. É por isso que todos nós temos olhos claros, cabelo claro e pele clara. Quando estamos na Terra, podemos usar lentes de contato, pegar um bronzeado e, sim, pintar nossos cabelos. É a única chance que temos de viver como os mortais. Cacey gosta de aproveitar ao máximo. É por isso que ela gosta tanto de Coca-Cola.

– Por quanto tempo vocês geralmente vivem como mortais? Até que sua missão esteja cumprida?

– Varia.

– Tipo...? Dois dias? Dois anos? Dois meses? O quê?

– Apenas... varia. – Os cantos de sua boca se comprimiram.

Isso é tudo o que você vai conseguir arrancar dele sobre esse assunto, Abbey. Se manca.

– Os superpoderes devem ser muito legais – disse eu, em vez disso.

– Superpoderes?

– Sim, o tal do lance do controle da mente.

– Não é realmente um superpoder. É mais como o "poder de persuasão".

– Então você consegue persuadir pessoas a fazerem coisas? Ainda assim é legal.

– Não exatamente *coisas*, como latir como um cachorro ou imitar uma galinha. Nós os persuadimos a fazerem o que estamos dizendo. Ou a esquecerem que nos viram.

– Tenho que dizer que isso é assustadoramente bacana.

Ele riu.

– Isso definitivamente ajuda.

– A primeira vez que encontrei vocês, fiquei assustada para valer – disse eu. – E então de repente tudo estava bem. Foi o lance da persuasão?

– Foi. É como um agente calmante.

– Eu preciso muito de algo assim. Tenho alguns professores na escola que precisam ser "persuadidos" a se esquecerem de meu dever de casa. – Sorri para ele.

– Algumas vezes as pessoas experimentam um cheiro ou sabor engraçado quando usamos a persuasão nelas – disse ele –, não sei bem por quê.

– Sim! Folhas queimadas? Ou torrada queimada? – Ele assentiu. – Pude sentir o cheiro em torno de você ou de Cacey, mas perto de Kame e de Sophie senti o gosto de queimado.

– Não sei o que é, precisamente, mas acho que tem a ver com os neurônios falhando. Uma... interrupção no sinal.

– Isso não acontece mais – refleti. – Hã, agora me dei conta. E, você sabe, também não tenho mais aquela sensação assustadora.

Uri parecia distante de mim, e fitou a janela. Ele provavelmente estava cansado de todas as minhas perguntas. Mas eu precisava ter mais algumas delas respondidas.

– Uma vez que sou a outra metade do Caspian, sou a única pessoa que pode vê-lo, não é? Melhor dizendo, pessoa viva? Sempre *achei* isso, mas não tinha certeza.

– Sim, uma vez que você é a outra metade dele, não existe mais nada que outras pessoas possam ver. Ele é a sombra que somente você pode ver.

– Nunca pensei nisso dessa forma. Isso é estranhamente adorável.

– Também acho.

– E sobre tocar? Nikolas e Katy podem tocar Caspian, assim como você. Por que eu não posso tocá-lo?

– Porque você é a única que está viva.

Ele disse isso de um jeito meio triste.

– Ah.

– Eu realmente não posso falar mais do que isso, Abbey. – Ele se levantou da cadeira e caminhou até a janela. – Você pode esperar aqui um minuto enquanto vou falar de novo com a enfermeira?

Queria dizer não para ele. Que não podia ficar sozinha neste lugar sinistro, mas não queria que ele pensasse que eu estava com medo. Era apenas uma sala. Eu poderia perfeitamente ficar sentada sozinha em uma sala.

– Posso, claro. Fique à vontade. Espero por você aqui.

Ele foi até a porta.

– Só não se esqueça de voltar para me buscar! – gritei.

– Eu não poderia esquecer você – disse Uri com um sorriso insolente. – Cacey iria cortar minha cabeça.

– É verdade. Iria mesmo.

Mas ele já tinha ido. Eu não sabia se me ouvira.

Sentei ali por um instante, tentando não pensar em pessoas andando pelos corredores e esperando para cutucar sua cabeça e gritar "Buuu!". Mantive-me ocupada recitando nomes de presidentes e cantarolando músicas de Natal até que finalmente não aguentei mais.

Hesitante, levantei-me da cadeira e espiei para fora da porta.

Nenhum paciente à vista. E nada de enfermeiras esquisitas, também. Andei rapidamente pelo corredor, tentando me lembrar do caminho de volta até a recepção.

Dobrei o corredor e então passei pelo posto de enfermagem vazio. *Isso significa que os quartos fechados estão próximos, e então passo pelos quartos abertos antes de chegar à recepção.*

Respirando fundo, tentei manter a conta de por quantos quartos fechados passei. Mas o último estava aberto. Diminuí automaticamente a velocidade, mesmo com meu cérebro dizendo "*Rápido! Rápido!*".

Era mais forte do que eu.

Espiei lá dentro.

Havia uma cama com rodas no meio do quarto, completamente vazia. Tiras pesadas balançavam nos quatro lados, mostrando claramente que eram usadas para restrição passiva. Havia palavras estampadas nas tiras e me aproximei para ver o que diziam. Na tinta desbotada li *INSTITUTO DE SAÚDE MENTAL PARA CRIMINOSOS INSANOS*.

Dei um passo para trás. Precisava sair deste quarto. Havia algo errado no ar. Estava abafado. Onde ficava a porta? As paredes estavam se fechando. Eu não conseguia respirar, e...

– Oi.

Eu me virei. A voz tinha vindo de trás de mim. Era aguda e infantil.

Uma menina estava parada ali, numa camisola longa que parecia ter sido branca um dia, cheia de babados, mas que agora estava manchada e esfarrapada. Pedaços de renda balançavam em montinhos em volta de seus pulsos. Um ursinho com a pelúcia gasta e com um olho só estava pendurado na sua mão.

Tentei desesperadamente me lembrar do "alerta oficial", mas tudo o que me vinha à cabeça era: *Fique quieta. Não toque. Seja legal.*

– Oi – disse eu finalmente, movendo-me devagar até chegar perto da porta. – Como vai?

Ela parecia ter a minha idade, ainda que sua voz fosse de menininha. Ela deu um passo repentino em minha direção, e meu coração disparou.

– Perdi meu amigo – disse ela, triste. – Ele morreu.

Ah. Uau. Isso era inesperado. Pude sentir meu rosto suavizando.

– Você perdeu? Eu também perdi.

Ela levantou o ursinho de pelúcia.

– Este é meu amigo agora.

– Bom. Que bom.

Eu não sabia se deveria continuar me movendo em direção à porta ou continuar falando. Com qual dos dois eu teria menos chance de magoá-la?

– Você é especial – disse ela, vindo em minha direção novamente e estendendo a mão. – Bonita cor.

A menina podia ver a minha cor? Ela era como Caspian? Ou como eu?

De repente o pensamento mais terrível passou pela minha cabeça. *Ela está morta. Estou vendo mais alguém que está morto, e eles vão me prender aqui. Ou talvez eu já esteja aqui. Amarrada numa cama. Como posso dizer o que é real e o que não é? Como posso mesmo...*

Pude sentir uma parte da minha mente começando lentamente a gritar, e eu não sabia. Não sabia dizer. Não tinha ideia se isso havia sido tramado por todos apenas para me trazer para cá e não me deixarem sair, e como eu iria...

– Aqui está você.

Nós duas olhamos.

Uma enfermeira diferente daquela que Uri e eu havíamos seguido estava na nossa frente, de braços cruzados.

– Criança, procurei você por toda parte.

Eu? É comigo?

A menina de camisola se virou e caminhou em direção à cama. Com o ursinho de pelúcia ainda na mão, ela subiu e em seguida se sentou. Colocou o ursinho no colo e pegou uma das tiras.

– Eu perdi minha mãe – disse tristemente. – Ela morreu.

Assisti com horror enquanto ela lentamente começou a amarrar um dos pulsos.

– Perdi meu pai – repetiu ela. – Ele morreu.

– Pobre menina – murmurou a enfermeira, olhando para mim. – Ela teve um colapso mental. Tem que ser amarrada apenas para tomar seus remédios. Você está com o outro visitante? O cavalheiro?

Tudo o que eu podia fazer era concordar.

– Bem, querida, deixe-me levar você até ele. Você deve ter se perdido neste labirinto. Apenas me dê um segundo.

Ela foi até a cama, colocando a mão no braço da menina.

– Você não precisa fazer isso. Ainda não está na hora do seu remédio. Por que não vem comigo? Vou levar você para assistir à televisão.

– Bonita cor – disse a menina, olhando para a enfermeira.

Meu coração suspirou de alívio. *Não sou eu! Não estou maluca! É ela quem está.*

Gentilmente, a enfermeira desatou a tira e ajudou-a a descer da cama. Pegando seu ursinho, a enfermeira segurou a mão da menina e então a levou para a porta.

– Você pode vir com a gente – disse a enfermeira. – Estamos todas indo para o mesmo lugar.

Eu queria rir histericamente. Sabia que ela queria dizer que estávamos todas indo para a mesma área de espera da frente, mas tudo o que eu podia pensar era *Você está certa. Todo mundo vai para o mesmo lugar.* Olhei para trás, para a cama, enquanto saía do quarto. *Alguns de nós apenas chegam lá mais rápido do que outros.*

Seguimos lentamente pelo corredor, mas finalmente chegamos à recepção. A enfermeira me deu um sorriso amável e apontou para um canto, onde vi Uri falando com um homem mais velho de cabelo branco. O homem estava usando um terno branco fora de moda e parecia um professor universitário. Um professor universitário triste. Enquanto me aproximava, pude ouvir o que eles estavam falando.

– Você não tem qualquer noção de responsabilidade? – perguntou Uri.

– Ele fez sua escolha – respondeu o homem. – Não era eu quem tinha de fazer.

– Mas você não vai nos ajudar de nenhuma forma? Você deveria ter ido lá.

– Não posso. Lamento, mas ele não iria me ouvir!

Uri me avistou, e a conversa parou bruscamente.

– Pronta para ir? – perguntou-me ele.

– Pronta, tipo, desde uma hora atrás. Você não apareceu para me buscar.

– Eu iria assim que tivesse terminado aqui.

– Quanto tempo mais isso levaria? Você demorou muito. Tive um encontro esquisito com uma das pacientes. Mas está tudo certo, estou bem.

Algo chamou a minha atenção, e com o canto do olho vi um auxiliar do sexo masculino vir buscar a menina da enfermeira. Ele estava usando calças de couro por baixo de um uniforme e parecia um irmão do Johnny Depp.

Os enfermeiros podem usar calças de couro aqui? Este lugar é realmente estranho.

– Acho que podemos ir, então – disse Uri, direcionando minha atenção de volta para ele. – Já dissemos tudo o que havia para dizer.

O homem de terno branco não se despediu de nenhum de nós. Em vez disso, virou-se e se dirigiu para outro corredor. Eu o vi se afastar, imaginando o que estava acontecendo exatamente.

– Descobriu algo? – perguntei a Uri.

Ele me levou para fora até o carrinho de golfe. A expressão em seu rosto era de raiva.

– Sim, descobri que estamos por nossa conta. A pessoa de que preciso não está aqui.

Capítulo Doze

Conselho

De sua vida semi-itinerante, ele era também uma espécie de jornal viajante, carregando toda a sorte de fofocas de casa em casa...
— *A lenda do cavaleiro sem cabeça*

Cacey estava esperando por nós quando voltamos para o alojamento. Parecia que ainda se sentia péssima, mas depois de uma breve conversa com Uri, em que ele apenas disse a ela que não obtivera sucesso, entramos no carro e fomos embora do hospício sem olhar para trás.

Tudo em que eu podia pensar na volta para casa era naquela garota. *Como teria sido sua vida antes de ir para lá? Ela tem amigos que sentem sua falta? Uma melhor amiga? Que poderia ter sido eu...*

O celular de Uri tocou quando estávamos quase em casa, e ele atendeu. Falou brevemente, e desligou em seguida.

— Um breve desvio — disse ele a Cacey. — Precisamos parar no cemitério.

– Estamos indo para a casa de Nikolas e Katy? – perguntei. Deveria ter imaginado que era onde pegaríamos Caspian.

Ele assentiu e passamos pelo portão aberto do cemitério e fomos para o outro lado. Quando chegamos à beira da floresta, Nikolas e Katy estavam lá, esperando por nós. E Caspian também.

Coloquei meus dedos na maçaneta da porta, pronta para saltar e agarrá-lo.

– Nós vamos buscá-lo e trazê-lo para você – disse Cacey. – Ainda há pessoas por aqui.

– Tudo bem. Apenas se apresse. – Eu teria concordado com qualquer coisa desde que eles fossem e o pegassem de uma vez.

Cacey e Uri desceram, esforçando-se para parecerem tranquilos, como se estivessem apenas dando um passeio, e foram na direção da floresta. Uri apontou para algo lá fora, fazendo Cacey rir, e então voltaram com Caspian os seguindo. Nikolas e Katy acenaram para mim, e sorri para eles através da janela.

Quando Cacey e Uri voltaram para o carro, Cacey abriu a porta traseira e se inclinou para mim, como se estivesse me dizendo alguma coisa.

– Entre – disse ela a Caspian. Ele deslizou para o meu lado, e eu não conseguia parar de sorrir.

– Você voltou! – disse eu. – O que aconteceu? Você não conseguia acordar...

– Você está bem? Aconteceu alguma coisa? Vincent a machucou? – disse ele ao mesmo tempo.

Ele riu e moveu uma das mãos para mais perto, do outro lado do assento. Aproximei a minha mão da dele também e tive uma sensação de zumbido.

– Você estava com Cacey e Uri? – perguntou ele.

– Estava. Eles me levaram com eles para procurar por alguém. Mas ele não estava lá. Você estava com Nikolas e Katy de novo?

– Sim.

– Quanto tempo demorou para você acordar?

– Não sei. – Ele baixou os olhos.

Uri deu partida no carro.

– Tudo bem – disse ele. – Vamos levar vocês de volta para casa. – Em seguida, sorriu para mim. – Você não se importou com nosso pequeno desvio, não é, Abbey?

– Não, de forma alguma.

Trocamos um sorriso, e ele realmente parecia um pouco tímido.

– Então, o que vamos fazer se isso acontecer novamente? – disse eu enquanto seguíamos. – Apenas chamo um de vocês?

– Vamos estar mais perto – disse Uri. – Todos nós.

– Isso parece mais uma ameaça do que uma promessa – sussurrou Caspian depois que eles nos deixaram em casa e andamos até a porta da frente.

Eu ri.

– Acho que é um pouquinho de cada.

Entramos, e gritei:

– Oi. Estou em casa.

Eu sabia que mamãe estava fazendo alguma coisa na cozinha porque a ouvi batendo algo. Ela me alcançou quando eu já estava quase no topo da escada.

– Como foi o fim de semana das garotas? – perguntou ela.

– Foi tudo bem. Cacey ficou doente, então não aproveitamos muito. – Tecnicamente, *quase* verdade.

– Que pena. Vocês têm que planejar outro em breve. – Ela se virou, e em seguida voltou-se novamente. – Ah! Tia Marjorie ligou enquanto você estava fora.

– Ligou? Por que você não disse a ela para ligar para o meu celular?

– Eu não quis interromper vocês. Simplesmente retorne a ligação quando puder.

– Vou fazer isso.

Entrando em meu quarto, joguei minha bolsa no chão. Minha cama parecia superconfortável e estava me chamando.

– Hora de dormir? – disse sugestivamente para Caspian. – A cama na qual dormi ontem à noite era muito ruim.

Ele me seguiu e eu me deitei, rolando para o lado. Ele deitou-se também, de frente para mim.

Ficamos ali por um tempo, comunicando-nos em silêncio. *Eu amo você*, eu queria dizer. *Sinto sua falta*. Finalmente, mudei para *Oi*.

– Oi. – Ele passou um dedo pelo meu braço. Senti o zumbido lento por todo ele.

– Foi muito assustador quando você dormiu assim – disse eu.

– Eu sei. Para mim também.
– Como foi dessa vez? Foi diferente?
– Não de verdade. Apenas mais profundo.
– Como se você nunca fosse acordar?
– Foi. Como se eu nunca mais fosse acordar.

– O que vamos fazer? – perguntei olhando profundamente em seus olhos. – Sobre isso. Sobre nós... – Levantei a mão e fiz um gesto frustrado.

– Eu não sei. Esperar? Ver o que acontece?

– Por quanto tempo podemos esperar? Por quanto tempo podemos continuar assim? – Fechei meus olhos. – Estou com medo de que algo esteja mudando. Estou com medo do significado desse seu sono do qual você não consegue mais acordar.

– Você está com medo de mim?

– Não! – Meus olhos se abriram. – Por que eu estaria com medo de você?

– Por causa de mim. – Ele pegou minha mão. – De quem eu sou. Do que eu sou.

– Você não pode mudar isso. Você é o que é. – Apoiei minha mão debaixo da cabeça. – É engraçado, no entanto. Uri e eu estávamos conversando sobre a mesma coisa hoje. Nós fomos até aquele hospício que já foi uma prisão.

– Eles a levaram a um *hospício*? – Ele parecia chocado.

– Bem, mais uma instituição para doentes mentais, agora. Mas, sim. Não foi tão ruim, na verdade.

– Não posso acreditar que eles a levaram lá. Especialmente depois...

– Depois do que aconteceu quando fui passar um tempo com tia Marjorie? E de ter algumas consultas com o dr. Pendleton? – perguntei.

– Parece um pouco insensível – respondeu Caspian.

– Acho que eles não tiveram essa intenção. Eles não parecem pensar em nada disso. É difícil para eles. Estão aqui apenas uma parte do tempo. – Contei-lhe o que Uri dissera sobre o espaço de energia branco e o que aconteceu quando começaram suas missões.

– Então, há mais de nós? – disse ele. – Mais Sombras?

– Não tenho uma contagem exata, mas não parecem ser muitas. E aparecem em momentos diferentes. Parece que acontece de forma aleatória.

Ele me olhou atentamente.

– Estou feliz de que tenham nos colocado em duplas, então.

Meu rosto ficou quente e olhei para baixo.

– Acho que vi outro Sombra hoje – disse eu. – No hospício. Havia uma garota lá, e ela mencionou ter um amigo que morreu. Em seguida, disse que podia ver minha cor. Foi meio assustador. Descobri que era uma paciente. Teve colapso mental.

– E você pensou que podia ter sido você? – adivinhou ele. – Que você poderia ter sido aquela garota.

Enchi-me de tristeza.

– Sim. Pensei. Ela parecia tão perdida e tão sozinha. Queria ajudá-la, mas não podia. Foi... difícil de ver.

– Ela terá a ajuda de que precisa, se está lá. É o lugar certo para ela.

– Como sabemos que é o lugar certo? Para qualquer um de nós? Ela não pediu para ser colocada em um hospício. Não pediu para ter um colapso mental. Parece tão injusto. Tão sem sentido. Nenhum de nós *realmente* tem uma escolha na vida.

– Ainda estamos falando sobre ela? – perguntou ele gentilmente. – Ou sobre você?

– Sobre ela. Sobre mim. Você não percebe? Nós duas somos iguais.

Ele chegou mais perto. Estava quase por cima de mim.

– Não. Vocês não são iguais. E por um motivo: ela não tem a mim.

Uma risada saiu borbulhando de mim.

– Você não está sendo muito convencido? – Mas sorri para que ele soubesse que eu estava brincando.

– Não, eu não quis dizer nesse sentido. Quis dizer que ela não tem quem a ame. Você tem.

Amor, amor, amor. A palavra girou em meu cérebro e me fez sentir toda a sua efervescência. Fechando meus olhos, aninhei-me perto dele. Sem tocá-lo, mas perto. Ah, tão perto. Primeiro de novembro, primeiro de novembro, primeiro de novembro, cantarolei. Por favor, chegue rápido.

Liguei para tia Marjorie depois do jantar naquela noite. Caspian estava no andar de cima, no meu quarto, e eu me sentei na varanda para fazer a ligação.

– Oi, tia Marjorie. É Abbey – disse eu. – Tudo bem?

– Pelas barbas do profeta! Estou ótima! Como você está, querida?

Tive que cobrir o fone para poder rir.

– Estou bem, tia Marjorie.

– Suas aulas já começaram?

– Ah, já. Eles finalmente transferiram o armário de Kristen este ano e o deram para alguém novo.

Ela fez um som de desaprovação.

– Isso deve ter sido difícil de ver.

– Foi, no começo. Mas agora está um pouco mais fácil. A garota, Cyn, é muito legal. Isso faz com que seja melhor.

– Como foi a recuperação durante o verão?

– Foi boa. Passei no teste de ciências. – Essa era a parte desinteressante do fim do verão. Eu não podia contar-lhe a outra, sobre Vincent. – Você tem pilotado seu avião? Ou está muito frio?

– Ele ainda decola. Mas não com a mesma frequência. Tenho que ficar de olho no motor e me certificar de que não fique muito frio. Se o motor porventura congelar em pleno voo, é um inferno tentar descongelar aquela lata velha no ar.

Eu ri.

– Tia Marj, você é a tia mais legal do mundo.

– Eu tento – disse ela. – Então, como vão as outras coisas? Encaixando-se em seu buraco novamente?

– Meu buraco?

– Pino redondo, buraco quadrado? É uma metáfora para a vida. Se você é um pino quadrado em um buraco quadrado, você se encaixa.

Isso fazia sentido de uma forma estranha. Lógica de tia Marjorie.

– Na verdade – disse eu –, sim. Estou encontrando meu lugar.

– Viu? Eu sabia. E você estava preocupada em voltar.

– Você estava certa. E eu posso dizer honestamente que não seria a mesma pessoa se não tivesse voltado.

– Então, tudo está como deve ser.

– Ei, tia Marjorie – disse eu –, se eu não tiver outra chance, apenas queria lhe dizer quanto realmente apreciei tudo o que você fez por mim. Especialmente o conselho sobre o amor e ter certeza e tudo o mais. Minha cabeça está muito mais clara agora, e posso tomar decisões mais facilmente. Muito obrigada.

– Decisões? – disse ela. – Está planejando alguma coisa?

– Mais do que isso. É só que agora eu sei o que preciso fazer. E estou em paz com isso.

– Estamos falando sobre estar em paz conosco mesmas porque somos mulheres fortes, independentes e confiantes que não precisam de homens, ou estamos falando sobre estar em paz com alguma decisão que envolve algo drástico? – Ela pareceu alarmada.

– Não sei o que você quer dizer com drástico, mas é a escolha certa para mim.

– Abbey, você discutiu esse assunto com outras pessoas, certo? Conversou com alguém sobre isso?

– Bem, conversei, na verdade, mas não adiantou. Eles não me entendem. Tentei falar com mamãe e papai, mas eles só ficaram chateados.

– Você pode falar comigo. *Por favor*, fale comigo. Você tem outras opções. É uma decisão séria! Sei que pode parecer como se o mundo estivesse acabando agora, mas há mais reservado para você. Apenas espere. Nenhum garoto vale isso!

– Vale o quê?

Agora ela parecia nervosa.

– Você não... não está falando sobre se ferir? Porque um garoto terminou com você?

Eu sei que não devia ter rido, mas ri.

– Hum, não. Não, não é disso que estamos falando.

– Não é?

– *Não*, tia Marjorie. Estou falando sobre ter uma ideia mais clara de para onde minha vida está indo. Para o futuro.

– Ah. – O alívio inundou sua voz. – Ah, isso é bom. Muito, muito bom.

Balancei a cabeça para o telefone. Ferir-me porque um garoto me deixou? Eu não sabia de onde ela havia tirado *aquilo*.

– Tudo bem. Então, estamos bem? Tudo esclarecido?

– Tudo esclarecido.

– Vou ligar para você de novo em breve.

– Certo, querida. Falo com você depois.

Desliguei o telefone e olhei para cima. Estava uma noite bonita, com céu claro e uma grande lua prateada. Mas não havia nenhuma estrela.

Levantei-me, passei a mão pelo meu jeans e voltei para dentro. Felizmente, eu tinha minha própria constelação. E alguém para olhá-la comigo.

A carta de tia Marjorie chegou dois dias depois de nosso telefonema, e percebi que ela devia tê-la escrito *logo* depois de eu ter ligado. Encontrei-a na caixa de correio quando cheguei em casa da escola e sentei-me nos degraus da frente para lê-la.

Querida Abbey,

Sinto que esta carta deveria ter sido escrita há um longo tempo, principalmente porque sinto que você deve saber algo muito importante sobre mim. A ironia é que parece que seus problemas recentes com o garoto que está em sua mente não parecem perdidos para mim, especialmente à luz desta notícia.

Não sou ninguém para julgar, portanto, por favor, não sinta como se eu a estivesse julgando ou lhe impondo minhas opiniões e pensamentos. Você é minha sobrinha-neta, que eu adoro e estimo com todo o meu coração. Qualquer escolha que você tenha feito em sua vida, e que continuará fazendo, eu apoiarei plenamente. Aonde quer que isso a leve.

A longo prazo, no entanto, sinto que você merece saber disso porque temo que eu possa ter lhe dado a ideia errada de como a vida foi fácil para seu tio e eu. Mesmo que não tenhamos falado sobre seu tio mais a fundo, por favor, saiba que eu amava aquele homem com todo o meu ser. Com tudo que eu era. Na verdade, ainda amo. Ele era gentil, paciente e maravilhoso. Nunca haverá outra pessoa neste mundo que seja tão minha alma gêmea quanto Gerald foi.

Nosso amor era forte. E ardente. Como eu já lhe disse, quando ele apareceu, eu <u>sabia</u>. Sabia que além de tudo ele era o único para mim. Houve momentos felizes e momentos tristes, porque a vida é assim, mas, acima de tudo, houve momentos <u>felizes</u>. Sempre, sempre bons momentos.

Eu poderia encher estas páginas de lembranças de todos os bons momentos, Abbey. Páginas e páginas de boas lembranças. Mas o que eu acho que é mais importante que você saiba, que alguma coisa profunda em minha alma me diz que você precisa saber, é sobre os momentos ruins.

Gerald e eu nos casamos logo depois que ele ingressou na Marinha. Ele era um cientista. Um reparador e construtor de coisas. Depois que voltou para casa de sua viagem de trabalho, contou-me uma história. Sobre como seu pelotão fora enviado em uma missão ultrassecreta para espionar um novo projeto que o inimigo estava desenvolvendo. Na noite em que deveriam entrar, alguém avisou ao outro lado, e Gerald e seu pelotão foram direto para uma armadilha e foram capturados pelo inimigo. Ele estava tão assustado que começou a recitar os elementos da tabela periódica. A "oração dos cientistas", como ele a chamava.

Um dos guardas reconheceu o que ele estava dizendo e colocou ele e os membros do pelotão em uma cela diferente. Uma cela mais segura. Todos os dias, até eles serem resgatados, três semanas depois, o guarda entrava para conversar com Gerald, e até mesmo lhe dava comida extra. Foi devido a essas porções extras que o pelotão conseguiu manter-se vivo.

O guarda que lhe dava comida extra usou uma mulher para fazer isso. Uma mulher que conheceu Gerald. Que se apaixonou por ele e ele por ela.

Eu lhe conto isso, Abbey, não para denegrir o homem que eu amava. Ele admitiu o que havia feito, que era imperdoável. Ele teve um caso com essa mulher. Mas no final, embora tenha demorado algum tempo, eu o perdoei.

A razão pela qual estou lhe contando isso é _por causa_ do que ele fez. Ele traiu minha confiança. No fim das contas, eu fui a única que foi mais forte que isso. Eu fui a única a superar a adversidade, como você tem feito recentemente.

O dia em que seu tio Gerald me contou sobre seu caso foi o dia em que eu comecei a ter aulas para tirar minha licença de piloto. De alguma forma, aquela confissão me libertou para seguir a parte de minha alma que ansiava por algo mais, e sempre serei grata a ele por isso. E até hoje... Até hoje me arrependo por ter esperado tanto tempo. De ter esperado que _ele_ libertasse essa parte de mim. Gostaria de ter feito isso por mim mesma.

Você já passou por muita coisa, Abbey, e parte meu coração saber que você passou todo esse tempo tentando sozinha. Perder sua melhor amiga, e de certo modo parte de si mesma (quem somos, realmente, quando nossas queridas amizades de repente acabam?), é algo que eu gostaria que *você nunca tivesse experimentado. Embora eu saiba que isso fez de você uma pessoa mais forte, ainda sou sua tia, e não queria que você sofresse.*

Nunca.

Tudo o que eu quero para você, Abbey, é que você viva. Viva e ame como se nada tivesse partido seu coração antes. E escolha.

Escolha sabiamente. Escolha livremente. Escolha para <u>você</u>.

Todo meu amor,
Tia Marjorie

Fiquei sentada ali por um longo tempo, relendo a carta e pensando no que tia Marjorie dizia. Mesmo que ela não soubesse o que estava acontecendo de verdade, no fim das contas seu conselho era realmente sobre *minha* escolha de ficar com Caspian.

Escolha sabiamente. Escolha livremente.

Eu sabia o que escolher. E escolheria.

Capítulo Treze

UMA OPORTUNIDADE

Ele veio fazendo barulho até a porta da escola com um convite para Ichabod participar de uma comemoração ou "festança"...
— *A lenda do cavaleiro sem cabeça*

A primeira semana de outubro chegou, e antes mesmo que eu percebesse estava em um estranho esquema de mútua proteção com os Retornados. Um deles ficava quase sempre por perto. Quando Caspian me deixou na escola de manhã, vi Cacey lá, conversando com os outros veteranos. Às vezes, via Sophie, que parava para discutir sobre casas e propriedades com a secretária da escola algumas tardes.

Não foi tão ruim no começo. E parecia funcionar. Não havia sinal de Vincent. Mas depois de duas semanas inteiras sendo seguida por guarda-costas comecei a me sentir enjaulada.

— Precisamos pedir a eles para relaxar – sussurrei para Caspian. Havíamos corrido pela porta lateral para a escola antes do início das aulas, e estávamos saindo do meu armário. Kame andava pelos corredores. – Você pode dizer alguma coisa?

– Não sei se é uma boa ideia.

O sinal soou e as portas se abriram.

– Por favor! – Usei as minhas maiores armas, fazendo beicinho.

– E se Vincent estiver esperando eles saírem de perto antes de tentar algo novamente? – respondeu ele. – Não quero correr esse risco.

Os corredores estavam cheios de estudantes saindo, e os armários começaram a se abrir. Mantive minha voz baixa.

– Certo, tudo bem. Eles não precisam parar sua proteção intensiva. Mas poderia ser *atenuada*? Tipo, você e eu podemos realmente ir a algum lugar sem sentir como se eles estivessem observando cada movimento nosso?

Nem mesmo no meu quarto sinto mais como se estivéssemos sozinhos de verdade, pois sei que um dos Retornados está sempre no andar de baixo ou lá fora vigiando a casa.

– Vou conversar com Uri sobre isso – disse ele. – Mas não prometo nada, tudo bem?

Meu beicinho transformou-se num sorriso.

– Tudo bem!

Caspian gemeu.

– Eu quis dizer isso mesmo. Não estou prometendo nada. Se eles acharem que é melhor continuarem o que estão fazendo, então, vai permanecer assim.

– Mas você *vai* falar com eles?

– Vou. Eu *vou* falar com eles.

– Isso é tudo que eu peço. – Enfiei minha mochila no fundo do armário e tirei o primeiro conjunto de livros de que precisaria. – Certo, tenho que correr. Vejo você depois.

– Divirta-se – disse.

Ele sorriu para mim e mandei-lhe um beijo rápido antes que se virasse para sair. Eu estava prestes a fechar a porta do meu armário quando percebi que havia esquecido um lápis.

– Diga.

– O que foi? – A voz de Cyn pairou por sobre seu armário, assustando-me.

Há quanto tempo ela estava ali?

– Eu, hã, apenas me esqueci de pegar algo. – Depois de pegar um lápis, bati a porta do armário. – Peguei agora. Tudo certo.

Dei-lhe uma olhada rápida, mas ela só ficou lá parada me observando sair, com uma expressão estranha em seu rosto.

Ben encontrou-se comigo no almoço e deslizou sua bandeja laranja de plástico do restaurante ao lado da minha. Beth juntou-se a nós um momento depois. Ela almoçava comigo desde o primeiro dia de aula.

– Bolo de carne surpresa – disse Ben, olhando para a bolha cinzenta de mingau na frente dele. – Surpresa! Sem carne.

Beth riu.

– No entanto, você vai comê-lo mesmo assim. Não vai? – Havia uma pequena tigela de alfaces murchas na frente dela e ela estava separando cuidadosamente os pedaços marrons.

Amassei o bolo de carne com o garfo.

– Não é tão ruim se cobrir com molho. Assim você não consegue ver o que é.

– Vou ficar com minha salada, obrigada. – Beth pegou uma pequena garfada de alface e mastigou. – Vocês viram os novos cartazes que as líderes de torcida colocaram para o Baile de Hollow este ano? Era para ser algo *art déco*, mas ficou uma porcaria.

Ben engasgou com o bolo de carne surpresa.

– É verdade! – exclamou ela. – Parece que alguém pegou doze baldes de tinta e apenas jogou tudo em volta. E eu acho que esse alguém era cego.

– Ei! – disse eu. – Pessoas cegas podem criar obras de arte incríveis. Vi uma exposição na cidade uma vez que era simplesmente inacreditável.

– Deixe-me reformular. – Beth inclinou a cabeça para o lado e pensou sobre isso, a alface pendendo frouxamente de seu garfo. – Uma pessoa cega que não é artista profissional e não tem um pingo de criatividade em seu corpo. Melhor?

Na verdade não, mas tudo bem.

– Não consigo acreditar que já estamos em outubro. – Mudei de assunto. – Para onde foram as duas últimas semanas? Eu nem sequer as vi colar os cartazes.

— Você *não viu?* – Beth parecia chocada. – Elas estão colocando cartazes, tipo, a cerca de cada meio metro ao redor de toda a escola. E as paredes do banheiro estão tomadas por eles.

Dei de ombros. Estava muito ocupada pensando sobre os Retornados da Morte e Caspian para prestar atenção.

— Com quem você vai ao baile? – perguntei a ela. – Lewis? Ou alguém novo?

— Depende de que dia da semana é. Se você me perguntar na segunda-feira, vou com Lewis. Mas se você me perguntar na quinta-feira? Estou pensando em Grant, um novato bonitinho com quem tenho aula de informática.

— E que importância tem o dia da semana em que o Baile de Hollow vai cair? – perguntou Ben.

Eu o cutuquei com meu joelho.

— Ooooh, boa pergunta.

— Não entendi – disse Beth.

— Bem, se você disser a Grant numa quinta-feira que vai com ele, mas o baile cair em um sábado, isso muda alguma coisa?

Beth mostrou o dedo médio para ele e Ben apenas riu.

— Tenho certeza de que, não importa com quem você vá, vocês vão passar ótimos momentos juntos – disse eu.

— Obrigada, Abbey – disse Beth docemente. – Também penso assim.

Mexi o meu lodo-disfarçado-de-comida um pouco mais. Nenhuma quantidade de molho iria ajudá-lo.

— Ui, estou satisfeita.

— Eu também. — Beth afastou sua salada e depois matou uma caixa de leite. — Eu tenho que... — Seu celular tocou, interrompendo-a. Ela olhou para ele. — Eeeeee, é segunda-feira.

Ela apertou alguns botões e, em seguida, olhou para a mesa a duas fileiras de distância de nós.

— Ele está sentado *bem ali*. Mas por que *ele* não vem até *mim*? Não. *Eu* tenho que ir até *ele*. Argh! — Pegando sua bandeja, ela nos lançou um olhar irritado. — Tchau, pessoal. Hora de fazer a segunda-feira feliz. Quinta-feira me parece cada vez melhor.

Dei-lhe um sorriso penalizado.

— Vejo você depois. Boa sorte.

Ben apenas engoliu outro pedaço de bolo de carne e grunhiu.

— Bem, isso foi divertido — falei, observando-a sair.

— Ei, como você conhece a garota nova? — disse Ben de repente. — Cyn.

— Opa, mudança drástica de assunto?

— É. Sinto muito. — Ben me deu um sorriso sem jeito. — Mas, ainda assim, você a conhece bem?

— Por quê? Você está esperando que eu vá bancar o cupido? Quer convidá-la para o Baile de Hollow?

Ele pareceu constrangido.

— Pensei nisso, mas agora não tenho certeza.

— Por quê? O que é isso?

— Não leve a mal, tudo bem? Mas ela estava me perguntando sobre você.

— Perguntando o quê?

– Tipo, se você fala sozinha, ou se falava com Kristen, ou algo assim.

Ela deve ter me ouvido falar com Caspian esta manhã.

– O que você disse a ela? – perguntei.

Ele juntou as mãos em sinal de rendição.

– Nada. Só queria que você soubesse. Ela disse que tudo bem, que não era nada de mais se você fizesse – disse ele rápido.

– Ela provavelmente só me ouviu cantando junto com meu iPod – murmurei.

Ben assentiu e parecia que não estava mesmo considerando outra hipótese.

– De qualquer forma, só queria saber se vocês tinham, tipo, uma história ou algo assim.

– Não. Ela é legal, acho.

Mas não estava muito certa disso.

– Bom, sendo assim, você *não* se importaria se eu a convidasse?

O sorriso dele era obscenamente galanteador, e joguei um pedaço da salada que sobrara nele.

– Seu pervertido.

Na sexta-feira, Ben me encontrou em frente ao meu armário novamente depois de abrir caminho pelo corredor para me ver.

– Fofo – disse eu. – Tentando impressionar todas as moças solteiras?

– Não. Só você.

– Bem, você já me impressionou.

Ele colocou a mão no bolso de trás e puxou algo, usando uma das mãos para protegê-lo como uma carta mágica.

– *Isto* é o que devia impressionar você.

Ele estendeu dois convites.

Gemi silenciosamente logo que vi o que era.

– Isso deveria me impressionar? Papel?

– Não é um papel qualquer, mas dois convites mágicos para uma terra da fantasia chamada Baile de Hollow. – Ele os balançou na minha frente. – Faltam apenas duas semanas. Esses bebês são uma mercadoria valiosa.

– Então por que você os está mostrando para mim?

– Porque estou perguntando se você quer ir.

– *Ben...*

– *Abbey...*

– Eu não sei. – Gemi alto desta vez.

Ele balançou os convites novamente.

– Vamos lá. Eu poderia, *por favor*, ter a honra de sua companhia no Baile de Hollow? Ou algo assim. Mostrarei a você todos os meus melhores passos de dança.

– Por que eu?

– Porque outro dia, quando ouvi Beth falando no almoço com quem *ela* iria, e não ouvi você falando com quem iria, soube que queria passar essa noite com você.

– Como *amigos*? – disse eu.

– Não posso prometer que depois de me ver no meu smoking sexy você não vá querer rasgar minha roupa. Mas, se isso acontecer, tenho certeza de que podemos encontrar um lugar agradável, tranquilo.

– Tenho certeza de que vai ser difícil me controlar – disse eu secamente.

O rosto dele se animou.

– Isso é um sim? A que horas eu devo buscá-la?

– Isso é um eu-não-sei. Deixe-me pensar a respeito.

Ele abriu a primeira página do livro de espanhol que eu estava segurando e colocou os convites dentro.

– Aqui. Agora você pode fazer sua escolha. E se escolher não ir comigo, pode levar outra pessoa. Vou entender.

Minha boca se abriu e balancei a cabeça.

– Ben, por que você é um cara tão legal?

Ele se virou e começou a se afastar pelo corredor.

– É apenas a minha natureza.

– Acho que você deveria reconsiderar – disse Caspian novamente enquanto caminhávamos da escola para casa naquela tarde.

Eu contara a Caspian sobre os convites que Ben me dera e ele insistira no mesmo argumento o caminho todo.

– Não, eu não quero ir.

– Essa é a única chance que você terá de ter um baile de formatura. Realmente quer perder?

– É só um baile estúpido. Além disso, não posso ir com a pessoa com a qual eu *realmente* quero, então por que ir, afinal?

– Muitas pessoas saem apenas como amigos para dançar. Isso não significa nada e pelo menos você não vai perder a oportunidade.

Ergui uma sobrancelha para ele.

— Então você está me dizendo que quer que eu vá a um encontro com Ben?

— Não um encontro-encontro. E é melhor que ele mantenha as mãos longe.

— Ou você vai o quê? — provoquei.

— Eu posso jogar coisas, você sabe. — O sorriso dele desapareceu. — Isso é importante, Abbey. É um rito de passagem que não quero que você olhe para trás e se arrependa por ter perdido.

— Você realmente acha que eu vou me arrepender se perder um jantar mal-humorado com frango borrachudo? — Eu ri. — Isso não vai acontecer.

— Por favor, Astrid — pediu ele com calma. — Por favor, vá. Por mim.

Caspian também sabia como usar suas armas. Os olhos sexy, e os lábios, e o cabelo que ele mantinha sem pentear...

— Vou pensar nisso — falei. — Foi o que eu disse a Ben, e é o que vou dizer a você também. Tudo bem?

— Tudo bem.

— Não posso *acreditar* que meu namorado está tentando me convencer a ir ao baile com outro garoto — resmunguei. — Em que planeta isso faz algum sentido?

— Estou fazendo isso para o seu próprio bem, você sabe — respondeu ele.

Eu me impacientei.

— Então, se eu for, você acha que os Retornados vão também? Até que seria engraçado vê-los tentando se misturar ao pessoal. Posso até imaginar suas roupas formais ultrapassadas. — Então inclinei minha cabeça.

– Falando nisso, não os tenho visto por perto com tanta frequência. Você conseguiu convencê-los a manter alguma distância?

– Consegui, falei com Uri. Ele concordou em pegar leve. Eles ainda estão por aí, mas agora acho que estão fazendo uma pausa para o almoço. – Ele sorriu para mim. – Confie em mim, por favor. Um dia você vai me agradecer por ter insistido para que você fosse ao seu baile de formatura. Bailes são muito divertidos.

– Ah, é? – disse eu, erguendo uma sobrancelha. – E como você sabe disso?

Ele parecia envergonhado.

– Eu estava falando por experiência própria.

– Hummm-humm. Sei...

Ele passou a mão pelos cabelos e parecia envergonhado.

– O que eu posso dizer? Eu era o cara misterioso, quieto. As meninas queriam me conhecer.

Aproximei-me dele, sentindo uma pontada de ciúme passar por mim.

– E quantas garotas *você* queria conhecer?

– *Havia* muitas em alguns bailes... – Um sorriso malicioso surgiu em seus lábios.

– E?

– E... eu não beijo e fico contando.

– Ooooohhh. – Apertei meus olhos.

Caspian riu.

– Adoro quando você fica brava, Astrid. É adorável. – Ele passou o dedo ao lado do meu rosto. – Este é o número de garotas com quem dancei e que queria conhecer. *Uma*.

Meu coração derreteu um pouco.

— Eu? — disse eu de modo esperançoso.

Ele assentiu.

— Você.

Pensei a respeito do que Caspian dissera sobre o baile durante todo o fim de semana, mas ainda estava indecisa. Encontrei Beth e Ben parados ao lado do mastro na entrada da escola na segunda-feira de manhã discutindo acaloradamente sobre a melhor forma de armar a roldana, se você quisesse enviar algo pesado para cima. Como um corpo.

— Vocês têm ideias *estranhas* — disse eu, juntando-me a eles. — Tipo, seriamente estranhas.

— Você acha que isso poderia ser feito? — perguntou Beth.

— É totalmente possível — respondeu Ben.

Ele lançou-se em uma longa explicação que envolvia a física, o peso e a massa contra a matéria, enquanto meus olhos estavam vidrados.

— Tudo bem, mas *por que* você faria isso? — Apenas balancei minha cabeça para ele.

Cyn se aproximou, fumando um cigarro e usando um longo casaco preto.

— O que estão pendurando, caras?

Eu não sabia como agir perto dela. Não estava exatamente zangada com ela, mas não me encontrava totalmente à vontade, também.

— Estamos analisando a possibilidade de pendurar um corpo no mastro – disse Ben.

— Na vertical ou na horizontal? – perguntou ela.

— Na vertical. A menos que estejamos falando de um cadáver rígido.

— O que aconteceria se o corpo não tivesse cabeça? – perguntou Beth. – Ooh! Isso seria a coisa mais legal de todas!

— Bem, é possível – disse Ben.

Todos se olharam e sorriram.

Eu ri alto, e a risada ecoou ao nosso redor. *Meus amigos são realmente estranhos.* O sinal soou, e o grupo virou-se para sair. Fiquei parada lá por um momento, observando enquanto eles caminhavam. Aquele pensamento aprofundando-se em meu cérebro. *Meus amigos...*

— Ei, você vem? – gritou Beth.

— Vou. – Sorri para o chão. – Estou indo.

— Tudo bem, superestrela. – Ben sorriu para mim enquanto eu caminhava até a aula de inglês. – Que cor de gravata devo usar? Sei que provavelmente você ainda não tem um vestido porque as garotas esperam até o último minuto para tudo, não é? Conheço as "regras das garotas". Mas me conte quando você souber, para que eu possa comprar a gravata certa.

— A gravata de cor certa? – Lancei um olhar confuso na direção dele. – Hum, o quê?

— Para o Baile de Hollow? Encontrei seu convite. No meu armário.

Um sentimento suspeito encheu a boca de meu estômago.

– Posso ver o bilhete?

Ele procurou no bolso e tirou um pedaço de papel dobrado. Reconheci a caligrafia de Caspian imediatamente. Ele até mesmo desenhara pequenos corações.

Uma palavra era tudo que havia: SIM.

Estava claro: a coisa havia sido resolvida.

Qual o problema? Suspirei.

– Era sobre o Baile de Hollow.

– Sabia que você não iria resistir a mim. – Ele sorriu e depois disse: – Beth vai com Lewis, então, você quer alugar uma limusine com eles? Poderíamos ir com Doce Christine, mas a limusine é um clássico.

Ugh. Isso significa comprar um vestido...

– Hum, sim, claro. Tudo bem por mim.

– Certo. Estou nessa. Ah, e sobre a coisa da flor no pulso?

– *Corsage?*

– É.

– Não se preocupe com isso.

Ele pareceu aliviado.

– Tudo bem. Ótimo. Vou pensar em uma gravata-borboleta. Tenho que ir.

– Vá, sim – falei enquanto ele se afastava. *Estarei lá assim que terminar de esganar meu namorado.*

* * *

Quando Caspian chegou para me buscar no fim do dia, eu estava esperando por ele. Braços cruzados. Ele leu em meu rosto.

– Você descobriu o meu bilhete, não é?

Olhei para Cyn, que estava reorganizando sua coleção de plantas mortas para dar lugar a outra.

– Não aqui – disse eu baixinho.

– Tudo que eu quis fazer foi...

– Algo que eu não quero que você faça – interrompi. – Disse a você que queria tomar minha decisão. Por que você não respeitou isso?

Cyn parou e olhou para mim por cima do ombro.

Eu me afastei dela, de Caspian e comecei a andar pelo corredor. Precisávamos terminar a discussão em algum lugar privado. Onde ninguém pudesse me ouvir. Eu não deixaria nada escapar até que estivéssemos em casa, na segurança do meu quarto.

– Como você pôde *fazer* isso? – gritei, andando ao redor da cama. Todas as palavras que foram reprimidas dentro de mim estavam prontas para explodir. – Simplesmente não consigo acreditar.

– Pensei que fosse ajudar.

– Ajudar? De que forma tomar uma decisão por mim me ajudaria? De que maneira, de que jeito isso é uma "ajuda"?

– Desculpe-me, eu não deveria...

Mas eu estava muito transtornada para ouvir.

– Agora vou *ter* que ir. Disse sim para Ben, e não posso voltar atrás. Como isso é justo para mim?

— Você está certa. Desculpe-me. Foi uma coisa estúpida.

Eu andava de um lado para outro.

— Isso *também* significa que vou ter que comprar um vestido. Muito provavelmente com a minha *mãe*. O que nunca é divertido, de qualquer forma. — Respirei fundo. — E agora...

— Astrid. — Ele se levantou e se aproximou para me encarar. — Dê-me o bilhete.

— O quê? Por quê?

— Porque vou escrever um novo. Coloquei você nisso. E agora vou tirá-la. Considere feito.

Peguei o convite do meu bolso. Estava amassado nas bordas onde Ben o segurara. Enquanto olhava para ele sem realmente enxergar, tudo o que podia ver era a expressão no rosto de Ben enquanto falava sobre sua gravata e a limusine. Em seguida, eu o vi me dando os convites para o caso de eu dizer não.

Caspian os pegou.

— Espere — disse eu, puxando-os de volta. — Você não pode. Vou me sentir mal se não for.

— Ele vai superar isso.

— Sim, mas *eu* não.

Ele parou, a mão estendida.

— Não quero forçar você a fazer algo de que vá se arrepender.

— Além de comprar o vestido com minha mãe, meu único desapontamento é não poder ir com você. — Expirei novamente e me sentei. — Na verdade, acho que isso é que está realmente me deixando louca. Ir com Ben não é nenhum problema. É o fato de que, se resolver ir afinal, tem que ser com alguém que não seja você. – Olhei para ele e disse baixinho: – Queria estar lá com *você* como meu par.

– Eu sei. Queria isso também. Acredite em mim, realmente pensei... – Ele sacudiu a cabeça. – É egoísta, mas realmente pensei em dizer para você não ir. Para ficar aqui comigo...

Enquanto ele dizia isso, percebi quanto devia tê-lo machucado me empurrar para ir com Ben. Tudo para que eu não perdesse meu baile de formatura.

– Não estou menos zangada com você por se passar por mim e escrever esse bilhete – disse. – Mas entendo por que você fez isso.

Ele foi até a minha escrivaninha e abriu uma gaveta.

– Eu, hã... tenho algo para você. Algo que espero que vá funcionar como uma oferta de paz. – Alcançando a gaveta, sua mão desapareceu.

– Droga – disse ele um minuto depois. – Droga. Não consigo...

– O quê? – Eu me levantei e fui até ele.

– Não consigo pegá-lo. – Ele olhou para mim, os olhos arregalados de pânico. – Não consigo tocá-lo.

O pânico tomou conta de mim também.

– Tente outra vez. Você consegue.

Ele estendeu a mão para baixo outra vez. Com o mesmo resultado.

– Mais uma vez! – implorei, recusando-me a acreditar no que estava acontecendo. Ou quase acontecendo.

Recusando-me a acreditar que a perda do controle de seu sono, e agora isso, poderia significar que ele estava desaparecendo para mim.

– Tente outra vez. *Por favor.*

Ele tentou e desta vez o resultado foi diferente.

Com um olhar de alívio, ele puxou um pequeno objeto quadrado envolto em um pedaço de pano azul.

Depois, colocou-o sobre a escrivaninha.

– Funcionou desta vez, viu? – disse eu, tentando esconder a ponta de desespero em minha voz.

– Funcionou. – Ele estava fazendo a mesma coisa. Forçando um tom falsamente feliz.

Apontando-o para mim, ele disse:

– Abra-o.

Levantei o objeto e lentamente desdobrei o tecido. Um pequeno pedaço de madeira apareceu. Observando mais atentamente, pude ver o que estava realmente apoiado em cima do segundo pedaço de madeira. As bordas eram lisas e redondas, lixadas até a perfeição. E a madeira fora pintada com um tom claro de cereja. Havia minúsculas alças em cada canto. Era surpreendentemente leve e cabia tranquilamente em minhas mãos.

– O que é isso? – perguntei.

– É uma flor prensada. Você coloca uma flor entre dois pedaços de madeira, como um sanduíche. Em seguida, vira as alças para apertá-la, e isso a achata. Demora de cinco a sete dias para ela secar completamente.

– Como você fez...? Onde você fez...?

– Fui ver Nikolas hoje, e ele fez isso.

Virei o objeto para um lado e para o outro para ver exatamente como era.

– Esta é uma das coisas mais incríveis que eu já vi. Agora só preciso pegar algumas flores. – Sorri para ele. – Obrigada, Caspian. Adorei.

Ele enfiou a mão no bolso da frente.

– Não é um suborno ou algo assim. Não quero que pense isso. Mas *achei* que seria do meu interesse se tivesse um presente para lhe dar hoje.

– Hoje, entre todos os dias, quando você praticamente prometeu a Ben que eu iria ao baile com ele? – Ergui uma sobrancelha.

– Ah, não definitivamente, absolutamente, não tem nada a ver com isso!

Rindo, puxei meu presente mais para perto.

– Vamos apenas dizer então que você é um ótimo selecionador de presentes. E um namorado ainda mais inteligente.

Capítulo Quatorze

Presente Adiantado de Formatura

Era, como eu disse, um bom dia de outono; o céu estava claro e sereno, e a natureza usava aquele uniforme dourado que sempre associamos com a ideia de riqueza.

– A lenda do cavaleiro sem cabeça

Mamãe estava na cozinha quando Caspian e eu chegamos da escola no dia seguinte.

– Você tem planos para hoje? – perguntou ela. – Quer dizer, quando você e Beth vão comprar os vestidos?

Preparei mentalmente meu argumento. Beth e eu tínhamos feito planos na noite anterior.

– Não vamos antes de quarta-feira. Mas tenho dever de casa para fazer. Por quê?

– Muito dever de casa? Ou pode esperar?

Dei um olhar de relance para Caspian.

– Depende. Você pode me contar o que está acontecendo?

Ela parecia muito animada. Mal podia conter o sorriso.

– Quero levar você a um lugar, mas é surpresa.

– Não tenho certeza se posso...

– Faça o que a sua mãe quer, Astrid! – disse Caspian. – Ela parece empolgada.

Sacudi negativamente a cabeça de leve para ele. Não tinha ideia do que era a tal surpresa de minha mãe, e não sei se queria descobrir.

– Vá! – disse ele, firme. – Ora, *vamos*, veja como ela está feliz!

Suspirei. Sabia reconhecer quando tinha sido vencida.

– Tudo bem, eu vou – disse para mamãe. – O dever de casa pode esperar.

– Ótimo! – Ela deu um gritinho.

– Só vou deixar minhas coisas lá em cima e trocar de roupa, combinado?

Ela concordou e corri escada acima. Caspian me seguiu.

– Você está *bem* encrencado – disse baixinho para ele.

Ele deu uma risadinha.

Quando chegamos lá em cima, joguei a mochila em cima da cama e fui trocar meu jeans.

– Se ela me "surpreender" com outro vestido de formatura horroroso, você vai pagar caro por isso! – gritei de dentro do meu *closet*. – Estou falando sério.

– Faça o que ela quer – disse ele. – Tenho certeza de que não vai ser nada disso.

– Estamos falando sobre a minha mãe aqui? Pensei que estávamos.

– Tudo bem, eu sei. Mas se for mesmo o que você pensa, você tem minha permissão para me cobrar depois.

Ri alto.

– Ah, sua permissão? Sou grata.

Troquei de camiseta e voltei para o quarto um pouco brava. Caspian ainda sorria de forma estranha. Como se soubesse de algo e eu não.

– *Você* está perdido comigo, Caspian – repeti. – Ainda não sei como, mas vou pensar no que farei com você.

Ele se aproximou de mim.

– Você está sendo uma ótima filha – disse ele baixinho. – Pense no quanto isso vai deixar sua mãe feliz. É uma boa lembrança para ela. Para quando...

Para quando eu me for.

Suspirei e olhei para ele.

– Tem toda a razão. Mas só estou fazendo isso por você, saiba disso.

Ele concordou e peguei meu celular.

– Tudo bem, tudo bem. Estou saindo. Deseje-me sorte.

– Você não vai precisar – disse ele. – E, ei, não pode ser tão ruim assim.

Mamãe estava me esperando lá embaixo, e fomos correndo para o carro.

– Aonde vamos? – perguntei assim que entrei.

– Ainda é surpresa – disse ela. – Está com fome? Quer fazer um lanche em algum lugar antes?

– Você pensou em algum lugar?
– Quer sorvete de bola? – sugeriu. – Podemos ir àquele lugar novo no centro.
– Parece bom.
Concordamos, e mamãe saiu da garagem.

Todas as casas pelas quais passamos estavam decoradas para o Halloween, com corvos de pelúcia e abóboras em todas as esquinas. Fantasmas feitos de sacolas brancas de plástico balançavam nos postes de luz enfileirados pelas ruas da cidade, e abóboras feitas de papel machê, com seus sorrisos assustadores, enfeitavam as vitrines das lojas.

– Você sabe que o turismo vai crescer trinta e três por cento nestes dias, não é? – perguntou mamãe casualmente. – Parece que teremos um ótimo feriado.

– Vai ser bom para as lojas.

– "Bom"? Não. Vai ser sensacional para todo o comércio. Você não pode superestimar a importância do fluxo de clientes. É tudo em função da localização, localização, localização. Algo importante a ser levado em conta quando se é empresário.

Fomos até um quiosque de sorvete tipo italiano, com um toldo listrado em vermelho, verde e branco, encravado entre uma sapataria e um banco. O nome era: Delícias Geladas Mamma Mia.

– Eles têm bola de sorvete aqui? – perguntei. – Tem certeza de que não é só sorvete italiano?

– Como eles podem ter um e não ter o outro? – perguntou mamãe.

— É verdade. Mas agora estou querendo uma bola de sorvete, então, se eles não tiverem, prefiro não comer nada.

Mamãe riu.

— Se não tiverem, levo você a outro lugar, combinado?

— Combinado.

Entramos na fila, e eu espremia os olhos para conseguir ler as letras minúsculas e quase ilegíveis do cardápio escrito à mão.

— Raspadinhas, vitaminas geladas, picolés... — Fui lendo em voz alta.

— Aha! Bola de sorvete! — disse mamãe.

Li até o fim.

— É, mas eles só têm quatro sabores.

— Ainda assim, bola de sorvete é bola de sorvete.

Mamãe pediu uma bola de baunilha, e eu pedi uma bola de creme de limão.

— Pelo menos os sabores que eles têm *são gostosos* — disse eu assim que entregaram nossos copinhos. — Parece delicioso.

— Arrã — concordou mamãe, mergulhando a colher no sorvete. — Vamos caminhar — disse ela um minuto depois.

Fomos andando devagar pela calçada, passando por diversas lojas ao longo do caminho. Toda vitrine pela qual passávamos estava decorada para o Halloween.

— De qual feriado você gosta mais? — perguntou mamãe. — Halloween ou Natal?

— Hummm, pergunta difícil. — Chupei a ponta da colher enquanto pensava a respeito. — No Natal, temos árvores, luzes e biscoitos. Mas no Halloween, doces, abóboras e sidra.

– Ei, bem lembrado. Adoro sidra.

– Acho que as duas estações são boas para o comércio de Sleepy Hollow – falei.

Mamãe concordou com entusiasmo.

– Você está certíssima!

Ela fez aquela expressão animada de novo e terminou seu sorvete. Enquanto jogava fora o copinho e a colher, deu uma olhada rápida em volta, sorrindo, cheia de mistério.

– Sabe onde estamos? – perguntou ela finalmente.

Raspei o fundo do copinho e joguei-o fora também.

– Sei, no centro da cidade.

– Não, eu quero dizer *onde* no centro.

– Perto do... – Olhei em volta e reconheci imediatamente a fachada. – Minha loja! Estamos na minha loja!

O sorriso de mamãe ficou ainda maior.

– Olhe ali na vitrine.

Olhei. Havia um pedaço de papelão pendurado lá, mas o cartaz de ALUGA-SE sumira. Senti meu coração congelar.

Alguém conseguiu. Alguém alugou o ponto e agora não terei a chance de abrir a Toca de Abbey.

– Foi alugada? – perguntei triste. – Alguém alugou?

– Olhe com atenção – disse mamãe.

Cheguei mais perto. O papelão dizia: FUTURAS INSTALAÇÕES DA TOCA DE ABBEY. Li aquilo, e então me virei para mamãe.

— O que isso significa?

Ela tirou uma chave do bolso e agitou-a na minha frente.

— Hum, o que isso significa? Quer entrar?

— Claro que sim. Mas não entendi. O que está acontecendo?

— Venha comigo. Vamos entrar.

Ela foi até a entrada e colocou a chave na fechadura. Empurrando a porta aberta, fez um gesto para que eu a seguisse. Entrei na loja e não pude acreditar no que via. O lugar estava limpo. *Limpo*, limpinho. Sem teias de aranha, sem janelas sujas. Sem lâmpadas estouradas ou superfícies cobertas de pó. As paredes tinham sido recém-pintadas com uma demão de tinta branca. Algumas estantes novas encontravam-se alinhadas em um canto, e o piso estava realmente brilhante.

— O que você acha? — perguntou mamãe em pé no meio da sala com os braços abertos. — Sei que branco não é a cor mais glamourosa, mas é só uma base. Queria algo diferente daquele tom velho de canela que estava aqui antes.

— É lindo, mamãe. Não posso acreditar que está tudo tão *limpo*. Nunca tinha visto este lugar deste jeito. Mas ainda não entendi...

Segurando a chave, mamãe estendeu a mão na minha direção.

— Parabéns pela formatura, Abbey.

— O quê? Eu...? Você...? *O quê?*

— Telefonei para o sr. Melchom. O aluguel está pago por um ano. Como ficou no mercado por muito tempo, eu o convenci a cobrir o valor da luz e água nos primeiros seis meses, também. Assim, no começo seus gastos serão mínimos.

Eu ainda não podia acreditar.

– Pegue a chave! – Mamãe riu, sacudindo-a para mim.

Estendi a mão e mamãe colou a chave nela. *Isso está realmente acontecendo? Estou mesmo com a chave da minha loja na mão, fácil assim?* Olhei para minha mão.

– Mamãe, eu... eu não sei o que dizer.

Ela colocou os braços em volta de mim e me abraçou.

– Gostou? Não estava certa do que dar a você, então achei que este seria o presente perfeito.

– Ele *é* perfeito. Obrigada. Muito obrigada! Adorei!

Caminhando ao redor da sala, não deixei escapar nenhum detalhe. Era como ver através dos olhos de outra pessoa. Tudo era novo e fresco. De repente, podia ver muito mais. Eu podia me ver *aqui*.

– Mamãe – disse tentando encontrar as palavras para expressar o que estava sentindo –, eu... – Mas não conseguia mesmo encontrá-las.

Não sabia como dizer a ela que estava arrependida por tudo de ruim que já dissera, ou como gostaria que pudéssemos passar mais tempo juntas. Simples palavras não poderiam dizer que ela era a melhor mãe do mundo e que eu estava feliz por ela ser minha mãe.

Ainda assim, de alguma forma, ela sabia o que eu queria dizer, pois balançou a cabeça. Eu apenas sorri.

Ficamos ali mais um tempo depois disso, falando sobre opções de cores de tintas, melhorias na vitrine e que tipo de quadro ficaria melhor nas paredes. Contei para mamãe minha ideia de fazer uma loja temática sobre *A lenda do cavaleiro sem cabeça*, com abóboras e livros antigos, e ela adorou.

Quando cheguei em casa, estava explodindo de emoção enquanto corria até meu quarto. Mal podia esperar para contar a Caspian sobre a loja.

Mas ao abrir a porta eu o vi na cama. Dormindo.

Peguei meu telefone e disquei o número do escritório de Kame e Sophie. Uri atendeu.

– Ei, é Abbey.

– Oi. Tudo bem?

– Caspian está dormindo de novo. – Tentei não parecer em pânico.

Silêncio do outro lado da linha. Em seguida, ele disse:

– Por que você apenas não espera um pouco?

– Como, quanto tempo? – perguntei. – Uma hora? Um dia?

– O tempo que for necessário.

Disse para mim mesma que contasse até dez, tentando não gritar de frustração com aquela resposta.

– Por que isso continua acontecendo, Uri? – perguntei. – Isso significa que ele está fugindo de mim?

Silêncio novamente.

– Vou entender isso como um sim. Um de vocês está por aqui, em algum lugar, não é? – perguntei baixinho.

– Kame. Ele está no bairro. Você quer que ele passe por aí?

– Ele pode fazer alguma coisa?

– Não.

– Então vou esperar. Desde que Vincent não esteja por perto, estou bem.

Ele se despediu, e desliguei o telefone sentindo-me irritada e frustrada. Toda a minha felicidade tinha desaparecido completamente. Acomodei-me perto de Caspian e apoiei o queixo na mão, imaginando quanto tempo levaria para ele acordar desta vez.

Foi difícil conseguir dormir naquela noite, sentindo como se Caspian estivesse muito longe de mim, e acordando a toda hora. Por volta das duas da madrugada, decidi pegar algo na geladeira. Um lanche poderia me distrair, pelo menos por um tempo.

A luz ainda estava acesa na sala quando passei e dei uma espiada. O volume da televisão estava baixo, e passava um filme de faroeste, enquanto meu pai roncava na poltrona. Sacudi minha cabeça e me arrastei de volta para a cozinha.

Achei um sanduíche de peru e queijo na geladeira e o peguei, verificando a data de validade. Ainda estava bom. Cortei ao meio, embrulhei o resto e guardei de volta. Empilhei alguns picles no lado do prato e carreguei meu prêmio para a sala.

Peguei o controle remoto da mão de meu pai e fiquei mudando de canal, parando de vez em quando para dar uma mordida no sanduíche.

Estava passando *Halloween: A noite das bruxas III* e resolvi assistir. O ronco de papai foi ficando mais alto, até que finalmente estendi a mão e o sacudi.

– Papai. Papai, acorde.

Ele se virou.

– Estou acordado. – E em seguida se sentou. – Estou acordado. Que horas são?

– Quase 2h30.

– E o que você ainda está fazendo acordada?

– Não conseguia dormir. Fiz um lanche. – Mostrei o prato.

Ele deu uma olhada.

– Isso é picles?

Dei um para ele. Ficamos ali sentados por alguns minutos, mastigando ruidosamente nossos vegetais em conserva. Quando terminei, coloquei meu prato na mesinha de centro e me estiquei no sofá. A sala estava banhada pela luz azul brilhante da tela da televisão que piscava.

– Ouvi dizer que você e mamãe foram ao centro – disse papai. – Foram ver a loja?

Peguei o controle remoto e baixei o volume um pouco mais.

– Fomos, ela me levou depois da escola. Foi ótimo.

– E aí, o que você acha disso tudo? – perguntou.

– O que eu acho? Estou adorando. A chance de ter a minha própria loja? É o meu sonho.

Papai parecia satisfeito.

– Sabia que você ia gostar.

– Você ainda quer me ajudar com o plano de negócios? – Olhei para ele com o canto do olho. Eu tinha levado muito mais tempo do que pretendia para terminar a maldita coisa.

– Você já terminou o primeiro rascunho?

– Já.

– Então me mostre, que vou dar uma avaliada. Podemos desenvolvê-lo.

Sorri para ele.

– Esse é mesmo um grande presente de formatura.

Ele se inclinou e colocou a mão no meu braço.

– Sua mãe e eu estamos muito orgulhosos de você, Abbey. É preciso muito empenho para decidir o próprio futuro tão jovem, e queremos fazer tudo o que pudermos para apoiar sua decisão. Acreditamos em você e sabemos que vai realizar coisas importantes.

Suas palavras tocaram em algo dentro de mim que desencadeou uma dor agridoce. *Queria* que eles tivessem orgulho de mim.

– Não posso prometer que tudo vai dar certo – disse eu. – Mas prometo que farei o meu melhor. E vou trabalhar o máximo que puder. O apoio de vocês significa muito para mim. Principalmente porque sei que vocês queriam que eu fizesse algo diferente.

Agora meu pai parecia emocionado.

– Não posso nem dizer os pensamentos que passaram pela minha cabeça quando descobrimos que alguém havia arrombado a casa e... – Ele parou de falar e tossiu. – Bem, não quero passar por uma coisa daquelas nunca mais.

Mas o que aconteceu levantou um monte de questões e me fez começar a pensar sobre o futuro. O seu futuro.

O que ele disse despertou algo diferente dentro de mim. Arrependimento.

Toda essa conversa sobre o futuro e a emoção de ter visto a loja hoje, como uma coisa real e tangível, fizeram com que eu me esquecesse totalmente de meu verdadeiro futuro.

Aquele que eu não tinha.

Capítulo Quinze

MAIS DO QUE O MEDO

As pessoas comuns olharam com uma mistura de respeito e superstição...
> – *A lenda do cavaleiro sem cabeça*

Caspian ainda estava dormindo quando precisei ir para a escola na manhã seguinte, e eu odiava ter que deixá-lo para trás. Fiz uma ligação rápida para Sophie, que me garantiu que falaria com mamãe e ficaria de olho nas coisas. Fiquei mais aliviada ao saber que pelo menos ela estaria lá, caso ele acordasse.

Passei a maior parte do dia pensando na Toca de Abbey e no fato de que, apesar de terem me dado meus sonhos de bandeja, eu não viveria o suficiente para vê-los se tornarem realidade. Só saí do meu estado letárgico quando a sra. Marks me chamou, na aula de inglês, para ler o trecho de um poema.

Levantei-me e tossi. Enquanto passava os olhos sobre a página na minha frente, pedaços e peças soltas começaram a formar imagens dentro do meu cérebro, e percebi o ritmo bonito que o poema tinha. Só então comecei a prestar atenção nas palavras.

Nós somos o povo escondido,
perdido, e entre nós
Tantos ninguéns
sequer ainda começaram.
Nossas paredes envoltas em sombras.

Nós somos o povo escondido,
e quando você pensa que o fim chegou
você vai se voltar e ver.
Não há ninguém.

Nós somos o povo escondido.
Todos em um.
Pois escondido você vai se tornar.
Algo além do medo,
mora aqui.

Enquanto a sra. Marks perguntava à turma se alguém sabia sobre quem o poeta poderia estar falando, tudo o que consegui ouvir foram as palavras *Nós somos o povo escondido*, e pensei no que aquilo significava. Pensei sobre isso de uma forma totalmente nova.

O poema era sobre mim. Sobre o que eu iria me tornar.

As sombras eram as pessoas escondidas. A outra metade. Vivendo nas sombras. Parte neste mundo e parte no próximo. Aqui, mas não aqui. E compreendi aquilo de uma maneira que ninguém mais poderia.

Quando o sinal tocou, eu não conseguia tirar aquilo da cabeça. *Algo além do medo mora aqui.*

Eu estava com medo? Sim. E não. Mas eu era especial. Única. Meu talento era ser uma das pessoas escondidas.

Era o que eu estava destinada a ser.

Beth me encontrou depois da aula e me puxou de volta para o presente.

– Você está pronta? – chamou ela enquanto vinha do outro lado do corredor. – Estou com o carro da minha mãe.

– Pronta para o quê?

– Para fazer compras. Para o Baile de Hollow. Hoje é quarta-feira.

– Hum… estou. – Eu não estava entusiasmada com a ideia de não ir para casa ficar com Caspian, mas Sophie não ligara para o meu celular, o que significava que ele ainda não havia acordado. – Claro. É só o tempo de deixar os livros no armário. Não tenho nenhum dever de casa que não possa esperar até amanhã.

Ela se aproximou e ficou esperando ao meu lado.

– Tem alguma ideia de onde devemos ir? – perguntei.

– Em Jersey tem uma loja de vestidos para ocasiões especiais – disse ela, erguendo a sobrancelha. – Eu conheço. Jersey, tudo bem? Mas tenho um amigo que jura que eles têm peças de grife pela metade do preço. Provavelmente pegam as peças depois que caem de um caminhão, mas, ei, não serei eu a reclamar.

– Isso provavelmente vai levar a tarde toda, não vai?

– Hããã... acho que sim. Por quê? Você obedece a algum toque de recolher hoje? – Beth riu.

Sorri sem jeito.

– Não, não. Só quero ter certeza de que minha mãe não vai me ligar e ficar me aborrecendo por isso, tipo, um milhão de vezes. Nada de mais.

– Tudo bem, então vamos – disse ela, batendo palmas.

Enfiei meus livros no armário e saímos. Entramos em um Chevy azul empoeirado estacionado na calçada. Beth ligou o aquecedor assim que nos afastamos da escola e logo começou a falar sobre Lewis.

Saímos da cidade e atravessamos a ponte Tappan Zee. Estiquei as pernas e me ajeitei no assento. Fiquei imaginando se Caspian estaria bem. E se ele estivesse dormindo por muito tempo? E se desta vez não acordasse?

– ... e então ele disse que eu deveria ir com Grant se isso me fizesse feliz. Humpf! Garotos...

Beth me olhou esperando que eu dissesse alguma coisa.

Mas eu estava completamente desligada.

– Sonhando acordada, Abbey? – perguntou com um sorrisinho. – Você sabe que isso tem cura, né? Um garoto bonito. Quer dizer, um cara bonito. Esqueça os garotos. Quem precisa deles?

Sorri de volta.

– Precisamos sair por aí para paquerar? – perguntou ela. – Ah, ou podemos passar um fim de semana na casa de praia! É garantido. Estamos na baixa temporada, mas nunca se sabe quando um salva-vidas bonitão pode aparecer, ou algo assim.

Eu ri.

– Não. Nós não precisamos ir à caça de salva-vidas bonitões. Mesmo assim, agradeço sua boa vontade em me ajudar.

– O que vale é a intenção.

Lembrei-me de que mais alguém dissera aquelas palavras. Caspian me dissera o mesmo certa vez. Desviei os olhos para a janela. Um caminhão passou à nossa direita com dois sujeitos no banco da frente. Estavam emparelhando com nosso carro, e Beth notou.

– Aquele motorista é uma graça – disse Beth, e depois se inclinou e sorriu animada para eles. O motorista buzinou, e o passageiro fez um gesto com a mão que tanto poderia significar *Me liga* ou *Mais um pouquinho*. Não sei dizer qual dos dois.

– Mantenha-nos na estrada, Beth – disse eu com um sorriso nervoso, enquanto ela continuava olhando para eles.

– Nunca se sabe. Estes podem ser nossos pares para o Baile de Hollow.

O caminhão avançou, e o motorista segurou uma folha de papel ao lado da janela com um número de telefone rabiscado. *Ei, fia, manda uma mensságim!* – estava escrito.

Comecei a rir enquanto Beth fazia uma careta.

— Pelo menos temos certeza de que ele sabe soletrar — disse eu.

Ela pisou no acelerador, passando por eles com um sorriso, e sua risada encheu o carro.

— Bom. Tudo bem. No final das contas, acho que nenhum deles era o Príncipe Encantado.

Chegamos a uma ladeira, e ela reduziu a velocidade e pegou a saída vinte e quatro. A estrada cortava uma cidadezinha com limite de velocidade de sessenta quilômetros por hora, e Beth passou por maus bocados. O carro chacoalhou por todo o caminho porque a cidade era praticamente um buraco gigante.

— Estamos procurando a rua da Sarja — disse Beth, prestando atenção nas placas de trânsito. — Superconveniente!

Ela estava logo à nossa esquerda, e Beth entrou. Um edifício de concreto cor de laranja brilhante com um toldo verde e rosa listrado, cercado por lojas vazias. O estacionamento estava lotado.

— Acho que o segredo já era — brinquei. — Parece que todo mundo conhece este lugar.

— Ótimo — disse Beth. — Espero que tenha sobrado algo de bom.

Estacionamos a dois quarteirões de distância e entramos na loja. Duas meninas tentavam carregar uma enorme sacola cheia de roupa que se rasgou na porta de saída, enquanto outra garota empurrava atrás delas, tentando sair.

— Espero que a gente não seja esmagada ou coisa assim – sussurrei enquanto desviávamos do saco de roupa e entrávamos na loja.

— Seguuuuura, peão! – disse Beth, imitando um narrador de rodeio.

Entramos no salão principal e logo vi por que estava tão lotado. O lugar, enorme, era cheio de mostruários, todos separados por estilista, cor ou ocasião. Era uma megaliquidação. Por todos os lados, meninas formavam pilhas e pilhas de vestidos.

— Como vamos encontrar o que queremos? – perguntei, abrindo caminho pela multidão.

— Comece em um canto e vá pegando o que quiser. Pegue também o que você não tem certeza se quer, porque posso querer, e vou fazer o mesmo por você. Mas tenha cuidado. Soube de uma briga que começou na seção Betsey Johnson, e a polícia teve que vir separar. Acusações de agressão e espancamento foram arquivadas.

— Puxa, Beth. – Olhei para ela. – Onde você nos meteu?

— Não se preocupe – disse ela. – Basta ficar perto de mim. Todos os meus anos de atletismo vão ser úteis na hora de atravessar a loja e derrubar a menina que estiver segurando o vestido perfeito.

— Ah, vou ficar bem ao seu lado. Não tenha dúvida.

Resolvemos encarar o desafio e dividimos as seções. Fiquei na ponta de uma arara de metal, selecionando vestidos e gritando para ela quando encontrava alguma coisa.

— Aqui tem um vestido rosa de um ombro só e lantejoulas na barra – gritei. – Você quer?
— Rosa-claro ou escuro? – gritou ela de volta.
— Rosa-escuro.
— Se é do meu tamanho, pegue.

Puxei o vestido do cabide e o pendurei no ombro, e continuei vasculhando as capas de plástico que cobriam as peças. Ainda não tinha certeza do que queria. Roxo? Azul? Ou talvez algo cor-de-rosa? Para combinar com a Beth.

Uma vozinha na minha cabeça começou a sussurrar: *Que cor o Caspian gostaria? Algo verde para combinar com seus olhos? Ou preto, para combinar com a faixa que ele usava no cabelo?*

Tentei *evitar* aqueles pensamentos que me atormentavam o coração.

— Ei, Abbey! – chamou Beth de repente. – E esse?

Ela ergueu um vestido de cetim vermelho-escuro sem mangas que parecia algo que uma bailarina de flamenco usaria para dançar tango. Tinha decote, uma fenda alta na coxa e rosas negras bordadas na parte inferior.

Fui até ela, entreguei-lhe o vestido rosa e peguei o vermelho. Era ousado. Algo que eu nunca me imaginei vestindo, mas que se encaixava perfeitamente na personalidade louca de Ben.

— Acho que gosto! – disse eu. – Vou experimentar.

Com o vestido pendurado no braço, saí à procura de um provador. A fila era quilométrica, mas lá pelas tantas uma das cabines ficou livre e entrei. Tive que rebolar para entrar no vestido, mas ele caiu como uma luva. Eu me olhei no espelho.

A fenda era alta, o decote era baixo, mas ficava muito bem. Segurei meu cabelo no alto da cabeça. Alguns cachos caíram em volta das orelhas, e eu me virei para conferir as costas. Era um vestido sexy, e por um momento me perguntei se não era sexy *demais* para usar num encontro estilo somos-apenas-bons-amigos com Ben. Mas quanto mais olhava, mais queria aquele vestido.

Era perfeito.

Bateram à porta e abri uma fresta, espichando a cabeça para ver quem era. Beth estava ali, mudando uma pilha enorme de vestidos de um braço para o outro.

— Achei que vi você entrar neste provador — disse ela. — Posso entrar? Esta fila é de matar.

— Claro que sim. Mas eu me decidi por este vestido, portanto, minha busca acabou.

Ela deu um leve empurrão na porta, abrindo um pouco mais, e arregalou os olhos.

— Nossa! É perfeito! Ben vai ficar louco por você.

Senti meu rosto queimar.

— *Não* é o que pretendo. Talvez deva pegar outro...

— Se você não levar *este*, Browning, mato você. De forma *cruel*.

— Tem certeza?

— Tenho! — Ela entrou na cabine e empilhou o monte de vestidos no banquinho de troca que ficava no canto. — É este. *Compre!*

— Você tem razão — disse eu. — Vou comprá-lo.

Beth virou-se e se inclinou para escolher um vestido. Pegou um deles, soltou-o da capa de plástico e o pendurou pelo cabide no espelho. Enquanto eu vestia minhas roupas de novo, tudo o que ouvia era o barulho do tecido volumoso enquanto ela lutava para encontrar os buracos dos braços e do pescoço.

– Precisa de ajuda? – perguntei.

– Não. – A cabeça dela surgiu pela gola. – Consegui. – Olhou-se no espelho e fez uma careta. A parte de baixo do vestido branco que ela experimentava saía do seu corpo em uma enorme bola de tecido.

– É... fofo – disse eu.

– "Fofo" não é bem a palavra que eu usaria. "Horroroso" me parece mais adequado. Próximo!

Ela esbarrou em mim enquanto procurava livrar os braços, e tentei ficar fora de seu caminho, mas não havia espaço suficiente. Nós nos mexemos para a frente e para trás, e no fim acabei presa contra a parede.

– Acho que vou sair – disse eu. – Tudo bem para você?

– Pode ir.

Abri a porta novamente e fiquei esperando lá fora.

– Está tendo sorte? – gritei depois de um tempo.

Ouvi um resmungo abafado, e então ela disse:

– Não... Acabei de experimentar o terceiro. E tenho mais uns doze para provar.

Doze? Meu Deus.

– Já que ainda tem tantos pela frente, você se importa se eu der uma volta? Estou entediada.

– Vá em frente.

Comecei a sair, e então voltei.

– Ei. Deixei o meu vestido aí. Você quer que eu pegue?

– Não. Não tem problema.

– Tudo bem. Avise quando encontrar o seu vestido ideal.

Rapidamente deixei o provador e suas cabines para trás e saí da loja. O ar fresco trouxe uma enorme sensação de alívio para minha pele. Nem me dera conta de como estava quente lá dentro.

A maioria das lojas vizinhas estavam vazias, mas fui até uma delas mesmo assim, bisbilhotando através das vitrines sujas para ver o que tinha sido deixado para trás. Uma das lojas ainda tinha um monte de armários e prateleiras cheios do que pareciam garrafas antigas de remédio, empilhadas no alto contra a parede. Eu só podia imaginar o que os velhos rótulos diziam.

Afastando-me da vitrine, subi a rua e encontrei a loja de antiguidades pela qual tínhamos passado no caminho. Era pequena e parecia cheia de tralhas, mas no ritmo que a Beth ia na loja de roupas concluí que teria tempo de sobra para ficar por ali. Por que não dar uma espiada?

Por isso, entrei.

Capítulo Dezesseis

O Vestido Perfeito

O galante Ichabod agora dedicava pelo menos meia hora extra no banheiro, escovando e restaurando seu melhor, e único, terno cor de ferrugem...

– A lenda do cavaleiro sem cabeça

Brinquedos antigos e tralhas abandonadas enchiam as prateleiras da Teia de Aranha e Confusão Antiguidades, uma mistura de exposição malfeita de imóvel para venda com liquidação de loja de um e noventa e nove para entrega do ponto. Ao prestar mais atenção, pude ver restos de etiquetas de preços de uma queima de estoque.

– Legal – murmurei.

Parecia um desperdício de espaço, e eu estava prestes a sair dali quando um baú me deixou interessada. Tinha sido empurrado para fora do caminho, meio enterrado sob uma pilha de casacos de pele roídos por traça na parte de trás da seção de roupas. Mas algo nele chamou a minha atenção...

O baú parecia velho, muito mais velho que qualquer das outras coisas que o cercavam, e estava coberto de adesivos desbotados. Tirei os casacos do caminho e me ajoelhei na frente dele. Os adesivos eram de todos os lugares: Madri, Irlanda, França, Turquia, Indonésia, Brasil.

Havia um pedaço de tecido branco dependurado no canto, saindo pela lateral do baú. Parecia bem delicado.

Tive a intuição de que se tratava de um vestido de noiva. Pensei ter acabado de encontrar o vestido de casamento de alguém, há muito tempo esquecido, mas, quando levantei a tampa e removi uma bandeja de madeira velha cheia de lenços e luvas, vi que estava errada. Era um vestido de baile.

Vasculhando mais fundo, dei de cara com anáguas e camisolas, e cheguei ao começo do tecido branco-prateado. Parecia seda em minhas mãos.

Lentamente, muito lentamente, liberei-o totalmente, e tirei-o do baú. Era o vestido mais lindo que já tinha visto.

A saia cor de pérola era volumosa e caía graciosamente em formato de V, na frente. As mangas forradas, levemente prateadas, eram delicadas e etéreas, enquanto uma sobreposição de renda preta ia do corpete até o chão. Era quase como se alguém tivesse pegado dois vestidos e colocado um em cima do outro, e em seguida, com uma tesoura, feito aberturas de modo que o vestido de baixo pudesse aparecer. Era de tirar o fôlego.

Trouxe-o para junto de mim e senti um leve perfume de rosas. Fechei meus olhos e de repente estava perdida em uma avalanche de imagens nebulosas.

Acenando adeus enquanto seu amado vai para o mar... Esperando por ele com um lenço na mão, molhado de lágrimas... Rosas vermelhas, um dia recebidas em um baile de Natal, e agora secas e prensadas por toda a eternidade... Uma noiva vigilante, andando na praia, enquanto reza para que seu marinheiro encontre a garrafa que ela jogou nas ondas... Um beijo roubado...

Afastei o vestido e olhei para ele.

Aquilo tudo pareceu tão... real.

O que era muito louco. Não fazia ideia da proveniência do vestido ou a quem ele pertencera. E tinha mais... alguma coisa nele me atraía. Mesmo agora, quando o afastava de mim, meus dedos continuavam deslizando pelo tecido macio.

Parecia que era meu. Parecia que eu tinha voltado para casa. Mal respirando, olhei a etiqueta. Foi marcada a lápis, e o tamanho era um número ímpar. Não tinha como saber se cabia em mim, mas não podia deixar o vestido lá. Tinha que experimentá-lo. Uma placa na frente dizia que os provadores ficavam nos fundos, então, fui para lá.

Assim que entrei na cabine, tranquei a porta e pendurei o vestido em um gancho de metal na parte de trás. Camadas de tecidos chegavam graciosamente ao chão, sussurrando para que eu experimentasse o vestido.

Tirei minha roupa rapidamente. Desamarrei a frente do corpete com cuidado, evitando puxar com força: as cordas podiam ser frágeis. Abriu facilmente, e me enfiei nele, puxando o vestido por cima de mim. Prendi a respiração até que cada dobra estivesse no lugar e as cordas da frente novamente amarradas, antes de me atrever a olhar no espelho.

Não era eu. E mesmo assim... era.

Olhei mais de perto, fixando o olhar no reflexo do espelho. De alguma forma, o vestido tinha definido minha cintura e criado uma *quantidade* impressionante de busto que certamente não estava ali antes. As mangas adornavam meus braços, e a renda preta emprestava ao conjunto um tom definitivamente muito alinhado. O tecido encorpado da saia farfalhava de forma delicada quando eu me virava para admirar todos os ângulos. Era gótico. Era vitoriano. Era gótico e vitoriano ao mesmo tempo, e eu estava apaixonada.

Mas onde usaria aquilo?

Não era o ideal para Ben e o Baile de Hollow. Para isso, o vestido vermelho de dançarina de flamenco era mais adequado. E este? Este vestido era puro romance e amor perdido. Puro... *Caspian*.

Assim que esse pensamento veio à minha mente, eu soube. Soube para que o vestido serviria. Eu o usaria para *ele* de alguma forma ou de qualquer maneira. Para quando pudéssemos ficar juntos no primeiro dia de novembro.

A data da sua morte.

Peguei os cordões do corpete e comecei a desfazê-los lentamente, com cuidado. Primeiro, tirei meu braço da manga direita e depois da esquerda. Enquanto passava o vestido pela cabeça, a parte inferior deslizou por mim fazendo um som estranho ao passar pela minha orelha. Quase como o barulho de um rasgo.

Será que alguma parte do tecido tinha se rasgado? Eu o virei para examiná-lo.

A bainha parecia perfeita. Não estava rasgada. E não tinha folhas ou sujeira por perto que pudessem ter causado o som. Virei o vestido e examinei o outro lado. Tinha uma pequena fenda. Mas não se parecia com um rasgo ou um buraco. Era uma fenda perfeita, como se alguém a tivesse cortado.

Puxei para mais perto e olhei-a. Segurei perto da orelha e mexi o tecido em torno da fenda. O farfalhar vinha de dentro.

Enfiei o dedo na fenda e senti algo preso lá dentro. Estava difícil de soltar, mas dei um jeito e tirei um pedaço de papel. Era pequeno, velho e amarelado, com algo escrito à mão em letra cursiva. Ajoelhei-me para pegá-lo.

Segurando o bilhete contra a luz, li o seguinte:

Quando ele vier a morrer,
Leve-o, e desfaça-o em estrelas,
E ele vai enfeitar tão bem o céu
Que o mundo todo adorará a noite
Renegando o esplendoroso Sol.

– William Shakespeare

– Uau! – sussurrei.

Era tão bonito. E alguém pensara tanto nessas palavras que enfiara na roupa para tê-las sempre por perto? Dobrei o papel de volta e coloquei-o dentro do meu bolso. Também queria manter essas palavras perto de mim.

Peguei o vestido, dobrei-o com cuidado no braço e fui perguntar quanto custava. Não importava qual era o preço. Eu ia dar um jeito de pagar.

O atendente da loja era um senhor grisalho, que me olhou por trás do balcão com óculos de lentes grossas e um aparelho auditivo em cada orelha.

– Você quer isso? – perguntou ele assim que me aproximei.

– Não vi uma etiqueta com o preço em nenhum lugar – disse eu. – Estava pensando que...

– É só um vestido velho, não é?

– É, mas...

– As roupas custam dez dólares. Você tem dez dólares?

Dez dólares? É claro que eu tinha dez dólares.

– Tem certeza? Ele custa só isso?

Ele riu.

– Se você quiser me dar mais, senhorita, fique à vontade.

– Ah, não, tudo bem.

Não queria que ele saísse no prejuízo, mas, se esse era o preço, então esse era o preço. Peguei uma nota de dez dólares na minha carteira e dei a ele.

– Você quer uma sacola? – perguntou ele, pegando o dinheiro.

Ofereceu-me uma sacola de supermercado de plástico branco, e vi que preferia morrer a enfiar meu lindo vestido naquela coisa minúscula.

— Pode deixar – disse eu. – Vou carregá-lo assim.

De repente, ele se levantou e ficou me analisando de perto.

— Você pegou isso do baú? – perguntou, estreitando os olhos.

— Que baú? – perguntei na defensiva. Eu não sabia se ele estava tentando tirar mais dinheiro de mim.

— Aquele abandonado no canto. – Ele fez um gesto na direção do baú. – Cheio de adesivos.

Não adiantava mentir. Olhei para ele.

— Foi – admiti com relutância. – Por quê?

— Veio de uma senhora. – Seus olhos se estreitaram, como se ele estivesse tentando se lembrar. – Uma viúva. Ela perdeu... Ela perdeu o... – Uma sombra cobriu seus olhos. – Ela perdeu o marido. No mar, acho.

Um arrepio percorreu minha espinha. *Perdeu o marido... esperando, à beira-mar...*

Exatamente como eu tinha visto a cena. E mesmo que ele estivesse errado, mesmo que o baú não tivesse pertencido a ela, só o fato de ele pensar que sim já era algo assustador.

— Bem, certo – disse ele, de repente, de volta para o presente. – Aproveite bem seu vestido. Agora, tchau.

Assenti e, lentamente, caminhei até a porta, segurando firme o vestido na mão e com o pedacinho de papel dobrado em segurança no meu bolso.

Quando voltei à loja de vestidos para encontrar Beth, ela estava na fila, segurando meu vestido vermelho e um vestido preto e, ao mesmo tempo, tentando alcançar o celular.

– Ei! – disse ela, olhando para mim. – Já ia ligar para você! Você vai mesmo levar o vermelho?

Concordei com a cabeça.

– Aqui está.

Ela me entregou o vestido e então viu o que estava em minhas mãos. – O que é *isso*?

– Hã… um traje de Halloween? – respondi.

– Tudo bem.

Ela me olhou como se eu estivesse louca, em seguida deu de ombros e voltou para a fila. Olhei por cima do ombro dela.

– O que você escolheu?

– Já que você vai com o vestido vermelho sexy de bailarina, peguei algo nesse estilo também. Vamos levar um pouco de brilho latino para o baile de Hollow.

Ela me mostrou o vestido que tinha escolhido. Era supercurto, preto-fosco, com babados que ziguezagueavam ao longo da bainha e subiam por um dos lados.

– Liiiindo! – disse eu.

Ela se aproximou do balcão para pagar, e fiquei logo atrás. Não conseguia ver quem estava no caixa, mas reconheci a voz.

– Só isso que você vai levar hoje? – perguntou uma voz feminina entediada.

De repente, eu a reconheci.

– Aubra? – Saí da fila para poder vê-la.

Ela esboçou um sorriso.

– Ei. – Em seguida, se voltou para Beth. – Dinheiro ou cartão?

– Cartão. – Beth colocou a bolsa em cima do balcão para poder procurar melhor, mas ela caiu. Um tubo de brilho labial e a amostra de perfume que fiz para ela saíram rolando. – Desculpe-me – disse ela, mas Aubra já estava pegando o perfume.

– O que é isso? – Abriu-o e cheirou.

Beth apontou para mim.

– Abbey faz perfumes. Fez esse exclusivamente para mim. – Disse isso com tamanho ar de superioridade que tive que segurar o riso.

Aubra cheirou de novo.

– É gostoso. Baunilha! – Ela tampou o vidrinho e devolveu, com relutância, para Beth, que estava parada com a mão estendida.

– Você pode fazer um desses para mim também? – perguntou Aubra, ignorando Beth e se dirigindo a mim.

– Pagando bem... – Beth respondeu antes que eu tivesse chance de abrir a boca. – É claro que não será esta mesma fragrância, já que este é exclusivo. Mas podemos pensar em alguma coisa.

Lancei um olhar divertido para as duas.

Aubra acenou com a cabeça para Beth, concordando, e em seguida cuidou da sua compra. Ela fez sinal para que eu passasse na frente, e coloquei o vestido vermelho em cima do balcão, tomando cuidado para segurar meu vestido branco. Ela calculou meu total, e dei o dinheiro a ela.

– Então, quando você pode fazer um perfume para mim? – perguntou ela, colocando meu vestido em uma sacola de plástico.

– Hããã, qualquer hora – disse eu.

– Você tem que depositar uma parte do valor – interrompeu Beth. – Metade adiantado, para a compra de material, e a outra metade contra a entrega.

– Quanto vai custar?

– A gente dá um retorno – disse Beth enquanto se aproximava novamente do balcão como quem não quer nada e pegava meu vestido. – Vamos, Abbey. Temos que ir.

Fiz um sinal para Aubra e saí com Beth.

– Isso foi incrível! – exclamou ela, sorrindo para mim enquanto caminhávamos para o carro. – Dá para acreditar? Ela *adorou* o seu perfume!

– Preciso contratar você como minha gerente de vendas – brinquei.

– É, mas você merece – concordou Beth. – Nunca gostei de Aubra. Ela é uma vaca. Vamos ter que aumentar a taxa de material para incluir a parcela "eu odeio você".

Dei uma risada.

– Não podemos fazer isso. Além do mais, nem tenho certeza se *consigo* fazer um perfume para ela.

– Por que não?

– Porque é difícil fazer perfumes para outras pessoas. Especialmente quando eu não as conheço muito bem.

– Mas você não me conhece bem, digo, não bem demais. E você fez um para mim.

– Foi diferente.

– Como?

– Não sei. – Lutei com as palavras. – Apenas... foi.

– Mas é claro que você consegue fazer, Abbey. Vou indicar você para um monte de pessoas que conheço. Elas vão comprar toda a sua produção.

– Vou precisar daquela loja mais cedo do que imaginava – pensei em voz alta.

– Que loja? – perguntou ela.

– A minha loja. Minha mãe pagou o aluguel por um ano de uma loja no centro, como presente de formatura. Para que eu possa começar a Toca de Abbey.

Beth virou-se para me olhar.

– Ela fez isso? *Que fofa!*

– Pois é. Só não acho que vou ter a chance de tocar o negócio.

– Por que não?

– É complicado.

– Bem, complicado ou não, consegui sua primeira cliente, maninha, então acho que preciso me tornar sua sócia.

Fiquei quieta, mas era uma ideia interessante. Nunca imaginei qualquer outra pessoa além de Kristen me ajudando na Toca de Abbey. Imaginar Beth no lugar dela era estranho.

Capítulo Dezessete

A Sessão Espírita

... e campos mal-assombrados, e riachos mal-assombrados, e pontes mal-assombradas, e casas mal-assombradas e, em particular, o cavaleiro sem cabeça, ou o Mercenário Galopante do Vale...

– A lenda do cavaleiro sem cabeça

Caspian finalmente acordara quando cheguei em casa, e eu estava louca para contar a ele tudo o que tinha acontecido.

Escondi o vestido branco atrás do vermelho no fundo do meu *closet* e passei a maior parte da noite falando sobre o presente de formatura que mamãe e papai me deram e minha incursão às compras. Deixei de fora a parte sobre o que tinha encontrado na loja de antiguidades, mas foi ótimo apenas poder ficar espichada na cama e conversar com ele novamente.

A única coisa sobre a qual não falamos foi quanto seu sono durou desta vez. E houve um momento de tensão, quando afofei um travesseiro para ficar mais confortável, mas ele caiu da cama. Caspian tentou alcançá-lo, mas não pôde pegá-lo. Não conseguia agarrá-lo.

Eu me apressei em dizer que estava bem assim e mudei o assunto para uma música engraçada que ouvira no rádio da loja. Mas ele tinha uma expressão preocupada enquanto me escutava.

Como fiquei acordada metade da noite conversando com Caspian, acordei na manhã seguinte me sentindo um zumbi. Cyn deve ter percebido que eu estava me arrastando ao longo do dia na escola, porque ficou perguntando se eu estava bem. Depois do almoço, ela me esperou ao lado do meu armário no corredor, descansando a parte de trás da cabeça contra ele.

– Então, estou pensando em participar de uma sessão espírita – disse ela abruptamente. – Você quer participar também?

Virei-me para ela.

– Você está falando sério?

– Claro. Você já foi a alguma?

– Ah, sim, lógico. Com certeza. – Eu ri com desdém. – Essas sessões são tããããoo comuns por aqui.

– E por acaso não são? Esta *é* Sleepy Hollow, certo? – Ela parecia surpresa. – Achei que numa cidade como esta sessões espíritas seriam um evento semanal.

– Não. – Então me dei conta do que ela disse. – O que você quer dizer com "uma cidade como esta"?

Ela fez um gesto com as mãos.

– Você sabe. Essa coisa toda de cidade mal-assombrada. O patrono desta maldita cidade é um fantasma sem cabeça em cima de um cavalo. Não me diga que você não sente. Percebe-se que tem... alguma coisa aqui. – Seus olhos ficaram vidrados e ela permaneceu fora do ar por um minuto. Em seguida piscou. – Então, você quer vir?

– Onde e quando?

– Precisamos de algum lugar assustador. Conhece algum lugar assim por aqui?

Tinha o cemitério. Mas não era realmente assustador. Pelo menos não para mim. E não me sentia bem ao pensar numa sessão espírita lá. Parecia um sacrilégio.

– Não muitos – disse eu.

– Vamos fazer na minha casa, então. Tem um sótão. Moro na rua Principal, número 24.

– Você tem certeza de que é...? – Eu não achava a palavra, então a olhei, esperando que ela tivesse captado o significado.

– O quê? Assustador o suficiente?

Fiz que sim com a cabeça.

– Ah, tá. – Ela riu. – É assustador o suficiente. Confie em mim. As mortes de mil sonhos residem lá. Consigo sentir. Diabo, *eu* mesma morro um pouco cada vez que tenho que voltar lá.

Ela parecia tão infeliz que realmente me fez ficar mal só de vê-la daquela maneira.

– Então tudo certo, combinado – disse eu apressadamente. – Quando você quer fazer a sessão?

– Hoje à noite.

– *Hoje à noite?* Que é... daqui a pouco.

– Sinto que é o momento certo. Geralmente sigo aquilo que sinto ser certo e não questiono. – Cyn se afastou do armário e se virou em direção ao corredor. – Esteja lá às nove horas.

Ela já estava quase fora de alcance quando me dei conta de que queria perguntar algo a ela.

– Ei, por que exatamente vamos *fazer* uma sessão espírita? – gritei.

– Para invocar os espíritos das sombras e conversar com eles, é claro – gritou ela de volta. – *Muahahaha!*

Contei a Caspian sobre a sessão espírita quando ele veio me pegar, e conversamos sobre isso no caminho da escola para casa. Pensei que seria contra, mas ele me surpreendeu, dizendo que parecia divertido.

– Você vai? – perguntei surpresa.

– Todas as sessões espíritas precisam de um fantasma – falou sorrindo. – Não é esse o objetivo?

Foi bom vê-lo brincando. Pensei que ficara abalado com o incidente do travesseiro na noite passada. Sorri de volta.

– Você vai caprichar no show?

– Meu negócio é agradar à plateia, você sabe.

Havia algo mais por trás de suas palavras, e seu olhar fez meu coração bater mais rápido.

De repente, tudo o que eu conseguia pensar era no vestido branco no meu armário e no fato de que o aniversário da sua morte estava perto.

* * *

Quando chegamos em casa, Sophie estava lá com mamãe e ambas estavam inclinadas sobre a mesa da cozinha. Havia um monte de papéis espalhados entre elas.

– Ei, querida! – disse mamãe, enquanto eu entrava.

Sophie também disse oi e inclinou a cabeça para Caspian quando mamãe não estava olhando. Coloquei minha mochila ao lado da cadeira e fui pegar uma garrafa de água.

– O que vocês estão fazendo?

Mamãe ergueu os olhos, parecendo animada.

– Estou estudando para tirar a minha licença de corretora imobiliária. Sophie está me orientando.

– Ela está, é? – Parei a garrafa d'água a meio caminho da boca. – Por quê? – perguntei a Sophie.

Ela sorriu para mim.

– Já que tenho passado *tanto tempo* aqui ultimamente, achei que seria algo divertido para fazermos juntas.

Tanto tempo. Certo. Dando uma volta, para o caso de Vincent aparecer de novo. Fiz que sim com a cabeça para ela e tomei o resto da minha água.

– Divirtam-se.

Virei as costas e subi para meu quarto com Caspian. Cacey estava lá.

Esperando por nós.

Ela estava xeretando o material de perfumaria que ficava sobre a penteadeira e nem se importou por eu tê-la flagrado mexendo nas minhas coisas.

— Sério, o que está *acontecendo* que todo mundo agora quer meus perfumes? – disse eu.

Ela olhou para cima.

— Ah, oi, Abbey.

— Cacey. – Ergui uma sobrancelha para ela.

Não houve sequer um "Desculpe, estava fuçando as suas coisas enquanto você não estava" ou "Ops, você me pegou!".

Ela apenas sorriu docemente para Caspian.

— Como vai, garoto morto?

— Eu estaria muito melhor se você não estivesse chateando a Abbey. – Ele cruzou os braços e fez uma careta para ela, mas Cacey apenas jogou a cabeça para trás e riu.

— Você o treinou bem, hein? – disse ela dando uma piscadinha para mim. – Ele não é o cãozinho de guarda mais fofo *do mundo*?

Sua voz tinha um tom meloso que me dava nos nervos, e eu quase me vi desejando o cheiro de queimado e a assustadora sensação formigante que ela costumava trazer.

— Você precisa de alguma coisa, Acacia? – perguntei. – Mesmo, *você* deve estar entediada de ficar circulando neste lugar por tanto tempo. Alguma novidade?

— Ooooh, *alguém* andou falando com Uri. Ele deu com a língua nos dentes sobre mim, hein? – Ela balançou a cabeça e depois se sentou na cadeira, sacudindo o pé.

— Ele deu com a língua nos dentes sobre um monte de coisas – disse eu.

– Ah, Uri. – Ela suspirou. – De nós dois, ele é o mais agradável. Se é que você não percebeu isso ainda – disse ela num sussurro exagerado.

Revirei os olhos para ela.

– Tanto quanto Vincent? Que nada. É por isso que estou aqui. A propósito, você está *certíssima*. Estou pronta para ir em frente.

– Vocês têm alguma ideia de onde ele está? – provoquei. – Ou do que ele está fazendo?

– Nada. Nadica. Zero. Não sabemos nada.

Deixei escapar um suspiro frustrado e me afastei na direção da cama.

– Bem, o que vem a seguir? Por favor, pode me dar uma ideia? O que estamos esperando? – Eu não queria dizer isso, mas estava quase pronta para que eles simplesmente me levassem e acabassem logo com tudo.

Olhei para Caspian. *Bem, talvez não tão pronta ainda...*

– Vocês não podem simplesmente usar seus poderes para encontrá-lo? – perguntei. – Vocês podem se comunicar telepaticamente com os outros, não podem?

– Somente com nossos parceiros – respondeu ela. – O que significa que só posso me comunicar com Uri; Sophie só pode se comunicar com Kame... Você entendeu.

– Mas e a tal coisa mais complexa? O poder do bem-estar? Que afeta os outros. Você não pode usar?

Cacey balançou a cabeça.

– Ele só funciona com os humanos. Claro, tem uma pitada de persuasão. Só um pouquinho, mas na maior parte das vezes é apenas *leitura* de memória.

— É como ler a mente?

— Não. Leitura de memória. Exatamente o que eu disse. — Ela parecia irritada.

— Explique.

— Nós podemos acessar lembranças. Qualquer coisa que tenha acontecido com alguém pouco antes.

— Então, espere: você pode ler *todas* as minhas memórias?

Eu me controlei para não corar, mas eu podia sentir o calor subindo enquanto lembranças de Caspian e do quarto de hotel imediatamente inundavam meu cérebro.

— As mais recentes, principalmente. Uri é melhor do que eu em mergulhar cada vez mais no passado. E Sophie e Kame são muito bons. É assim que sabemos muito sobre você e Kristen. Por enquanto, eu posso... — Ela parou de falar e semicerrou os olhos. — Bem, temos uma por aqui — disse, fechando os olhos.

Tentei me afastar. Tentei desesperadamente pensar em alguma coisa, *qualquer coisa* que não fosse Caspian e o quarto de hotel... a toalha... sem camisa.... E então a loção.

— Ai, que horror! — gritou ela. — *Não* quero ver isso, Abbey! NÃO tenho que ver essas coisas! Meu Deus, controle-se Abbeysa. E vista uma camisa, garoto morto.

Caspian apenas olhou confuso.

— O quê?

— Deixa pra lá — disse eu, forçando-me a pensar sobre o cachorrinho que vi na vitrine de uma loja no shopping, no Natal, quando tinha doze anos. Ele era tão fofo e peludo, e eu fiz carinho nele...

– Obrigada – disse Cacey imediatamente. – Obrigada, obrigada, obrigada. Isso foi *muito* melhor.

Olhei para o chão. Meu rosto nunca mais iria ficar normal de novo. Eu sempre teria uma marca vermelha de vergonha ao redor dos meus ouvidos.

– Deeeeee qualquer forma – disse Cacey em seguida –, estou aqui para que saibam que continuamos de olho nas coisas, então permaneçam calmos. Se virem o Vincent, avisem. Não aceitem carona de estranhos. Não comam doces de Halloween que não venham de seus vizinhos, blá-blá-blá. Vocês conhecem todo o manual de segurança. Entenderam?

Olhei para ela.

– Sim, entendemos.

– Ótimo. – Ela se levantou. – Então, fui! – Ela acenou para Caspian, e depois se virou para mim. – Ah, e eu soube de um tal grande baile que vem por aí. Apenas para sua informação: não se surpreenda se me vir com Uri por lá. – Ela começou a caminhar na direção da porta, mas parou. – Eles ainda servem Coca-Cola nessas coisas? Ou preciso levar uma latinha?

Eu só ri. Não podia fazer mais nada.

– Devo entender isso como um não? – perguntou. – Não preciso levar de casa?

– Não – respondi finalmente. – Você não precisa levar seu próprio refrigerante. Lá vai ter.

– Legal. Então, divirta-se. Beba com moderação. E use proteção. – Ela enfiou a mão no bolso de trás e retirou alguma coisa antes de jogar para mim. – E por proteção, refiro-me a isso.

Olhei o que era.

– Um telefone? Já tenho um desses.

– Eu sei, mas ele não tem. – Ela apontou para Caspian.

– Você deu um telefone para *mim*? – perguntou ele, claramente surpreso. Em seguida, a suspeita apareceu em seu rosto. – Por quê?

– Assim, caso precise nos achar imediatamente e não tiver como pegar o telefone dela, você tem o seu.

Caspian e eu nos olhamos. Fazia muito sentido, e não sei como não tínhamos pensado naquilo.

– Ah, e não se preocupe com a conta – gritou Cacey, enquanto saía pela porta. – Você está coberto pelo plano Retornados da Morte de ligações. O contrato de longo prazo, no entanto, é uma encrenca.

Ela riu de novo quando saiu, e um minuto depois a ouvi lá embaixo falando com mamãe e Sophie.

Despenquei na cama, sentindo-me como se tivesse sido atropelada por um caminhão.

Falar com Cacey era cansativo.

Mais tarde, naquela noite, Caspian e eu fomos para a casa da Cyn antes das nove. A rua Principal não era tão longe, então só levaria cerca de dois minutos para chegarmos lá. Fiquei inclusive um pouco surpresa ao perceber como a casa dela era próxima da minha.

No caminho, passamos pela casa do sr. e sra. Maxwell, e notei duas coisas de imediato. A primeira era que, mesmo estando escuro ali fora, a casa parecia *realmente* escura. E... vazia. A segunda era a razão pela qual ela parecia daquela forma: a placa de VENDE-SE no gramado. Parei no meio da rua e me deixei ficar ali, olhando para ela.

– O que foi? – Caspian perguntou, parando ao meu lado.

– Esse é o... Para... Essa é...

Eu não conseguia nem falar. Tudo o que conseguia fazer era apontar.

– Essa não é...

– A casa dos Maxwell – disse eu.

A casa de *Kristen*. Está à venda.

Fiquei ali, só olhando de um lado para outro, para a placa e a casa vazia. Não podia acreditar. Eles tinham apenas juntado suas coisas e se mudado? E Kristen? E o quarto dela?

– Isso não significa que eles não a amem mais – disse Caspian, lendo minha mente. – Você sabe disso, não é?

– Sei, mas como podem...? Por que eles...? Eu não sabia sequer que eles estavam pensando em ir embora – disse eu baixinho.

Caspian ficou lá comigo, em silêncio, até que percebi que íamos nos atrasar para a sessão espírita da Cyn.

– Temos que ir – disse eu relutante em me afastar.

Caspian olhou para mim.

– Tem certeza? Podemos deixar pra lá.

– E perder toda a diversão? – Sacudi a cabeça com firmeza. – Não. Vamos embora.

Porque não importava quanto tempo ficasse lá e desejasse que as coisas mudassem. Os Maxwell tinham tomado sua decisão. Agora era hora de tomar a minha.

Quando chegamos à casa de Cyn, a luz da varanda estava apagada e tivemos que encontrar o caminho da entrada no escuro. A campainha travou quando a apertamos e ficou tocando e tocando e tocando. Eu estava prestes a tapar os ouvidos e dizer a Caspian para irmos embora, quando a porta da frente se abriu e finalmente Cyn apareceu.

Seu cabelo rebelde vermelho e verde estava preso para trás, puxado num rabo de cavalo liso que saía de um chapéu de bruxa. O delineador preto nos olhos fazia com que parecessem maiores e exóticos. Assim que ela se aproximou para me cumprimentar, vi que o vestidinho preto que usava era fino e quase transparente. O ciúme fez sua lamentável aparição, e quase desejei que tivéssemos ido para casa. Não queria que Caspian vislumbrasse qualquer pedaço dela sob aquele vestido.

– Oi, Cyn – disse eu, posicionando-me para bloquear sua visão.

Ela jogou os braços em volta de mim e me deu um grande abraço.

– Que bom que você veio, queriiiida. Gostou do chapéu?

– Adorei.

Ela fez um gesto para que eu entrasse, e cruzei a porta. Caspian veio logo atrás, mas, quando ele passou por Cyn, podia *jurar* que vi os olhos dela grudarem nele por um momento. Prendi a respiração para ver o que ela ia dizer.

Ouvimos um barulho acima de nós, e depois gargalhadas. Os olhos de Cyn se afastaram de Caspian, e ela olhou na direção do sótão.

– Ben está aqui – disse ela, como explicação.
– Ahhhh, entendo. Então a festa já começou.
– Isso mesmo. Siga-me.

Tentei não prestar atenção à sala de estar enquanto passávamos. Não que estivesse suja nem desarrumada. Longe disso. Só dava uma vaga ideia de ser uma sala de estar. Nenhum dos móveis combinava. Não havia quadros pendurados nas paredes ou sobre a televisão minúscula. E não havia sequer um único objeto pessoal à vista.

Cyn me levou para a escada, mas não disse nada. Não sei dizer se ela estava envergonhada pela aparência da casa ou se não se importava. Subimos dois lances e depois chegamos a uma porta, que estava ligada a mais escadas que levavam ao resto do caminho.

– O sótão – disse Cyn lentamente enquanto subíamos. – Cuidado com os morcegos.

Automaticamente, abaixei minha cabeça, e ela riu.

– Estou brincando. Não temos nenhuma ocorrência de morcegos aqui em cima há várias semanas. Bem, pelo menos não vivos. Achei o esqueleto de um em um canto, mas deixei lá. Talvez possamos entrar em contato com seu ex-proprietário esta noite. Você fala morceguês?

Desejei poder voltar, pegar a mão de Caspian e segurá-la. Não queria ver *nenhum* morcego, nem vivo, nem morto. Então tive aquela sensação de zumbido na parte de trás de minha perna, e olhei para ele. Ele sorriu para mim e sussurrou:

– Estou aqui. Não vou deixar os morcegos pegarem você.

Sorri de volta. *Primeiro de novembro, primeiro de novembro, primeiro de novembro.*

Alcancei o último degrau, e o cômodo se abriu em um espaço amplo. Algumas cadeiras haviam sido dispostas em semicírculo, mas quase todo mundo estava sentado no chão, espalhado ao longo de um tapete persa com uma panela preta de ferro fundido no centro.

Ben, é claro, já tinha tirado os sapatos.

– Ei, garota – chamou Beth.

Ela estava sentada perto de um menino que não reconheci, mas que parecia um pouco mais novo do que nós. *Grant?*

– Ei, Beth. Ben. – Acenei para os dois.

Cyn apontou para uma menina que eu não conhecia, sentada ao lado do Ben.

– Aquela é Sara, da minha aula de artes, e Mark.

Sua mão apontou para um menino esparramado em uma enorme cadeira de couro. Ele levantou um dedo, e então o abaixou novamente.

– E Grant. – Beth entrou na conversa. – Da aula de informática.

Ela me olhou, e sorri para indicar que tinha entendido.

– Ei, Grant! – disse eu. Ele era bonito e fazia o tipo nerd.

– Oi, Abbey! – respondeu ele.

De repente, Ben encenou algo que parecia um truque de mágica, fazendo uma vela "desaparecer", e a menina que estava ao lado dele, *Sara*, encorajava seus movimentos. Ao tentar fazer com que a vela reaparecesse, esbarrou na tampa da panela preta que se encontrava no meio do tapete. Ela caiu no chão, e todos riram.

– Onde você quer que eu me sente? – perguntei a Cyn, esperando que Caspian conseguisse encontrar um lugar perto de mim.

– Tanto faz.

Percebi que eles já estavam sentados em um círculo quase fechado, com um espaço ao lado de Sara. Lancei-lhe um pequeno sorriso quando me sentei ao lado dela. Minhas costas estavam escoradas em uma coluna, mas havia espaço suficiente para Caspian se sentar atrás de mim, e foi o que ele fez.

– O que devo fazer? – perguntou ele baixinho, assim que nos acomodamos. – Fazer coisas se mexerem? Levitar?

Dei de ombros como resposta. Não sabia o que mais ele poderia fazer. E eu *realmente* não sabia o que Cyn já tinha planejado.

– Talvez eu só faça as cortinas se mexerem ou algo assim.

Dei uma olhada nas cortinas brancas transparentes penduradas em uma janela próxima. Em seguida, acenei discretamente a cabeça para ele. Era um bom truque. Não queria que ninguém ficasse *muito* assustado.

Seja franca. Você não sabe o que ele pode ou não pode fazer, e não quer descobrir aqui, na frente de todos. E se ele tentar mover algo e não conseguir tocá-lo? Você realmente quer ver isso e não ser capaz de reagir?

Afastei bruscamente esse pensamento e tratei de sorrir. Não queria pensar nisso agora.

– Podemos começar? – perguntei em voz alta, com um tom de alegria forçada. – Vamos começar a sessão!

Ben vibrou e bateu com as mãos no chão.

– Isso aí! – disse. – Vamos ver alguns fantasmas!

Cyn foi até um pequeno armário e tirou alguns fósforos e velas. Em seguida, voltou e os exibiu para nós.

– Vamos usar velas vermelhas, verdes e pretas esta noite – disse ela. – Vermelhas para o amor, porque queremos que os espíritos saibam que viemos com amor em nossos corações. Pretas para o véu, pois eles terão que atravessá-lo para chegar até nós. E verde para a proteção. Não queremos ninguém aqui que não seja bem-vindo.

As velas eram passadas de mão em mão, e acabei com uma vermelha. Cyn acendeu a primeira e, em seguida, levantou-se para apagar as luzes. As chamas tremulavam e a cera escorria enquanto acendíamos as velas uma na outra.

Quando Cyn voltou, sentou-se do outro lado do círculo e com os pés descalços e esticados na frente. Do seu lado havia um vaso de plantas.

Ela enfiou a mão dentro do vaso e tirou um pouco de terra, resmungando algo para si mesma e esfregando a terra entre os dedos. Fechou os olhos por um momento e, quando os abriu, jogou a terra na panela preta que estava no tapete.

– Todo mundo pronto?

Assenti.

Foi então que ela percebeu que eu tinha uma vela vermelha.

– Abbey... – Ela parou e franziu o cenho, parecendo muito concentrada.

– Preta – disse ela de repente. – Você precisa de uma vela preta.

Tudo bem. Troquei olhares com Sara. Seu rosto estava ansioso.

– Você. – Cyn apontou para ela. – Troque sua vela.

Sara de maneira obediente me entregou sua vela preta, e eu lhe dei a minha vermelha.

– Assim é melhor. – Cyn acenou com a cabeça. – Certo, Ben, você vai acender as velas na panela?

Ele se inclinou e acendeu.

– Temos uma vela de cada no vaso sagrado – entoou Cyn. – Preta para o véu, vermelha para o amor, verde para a proteção. Há também um círculo de terra. – Ela parou e sussurrou: – Também conhecida como sujeira. – E Sara deixou escapar uma risadinha. Cyn continuou:

– Para manter as velas juntas e agir como uma força de aterramento. Viemos da terra e a ela voltaremos.

Eu podia sentir meu queixo caindo devagar enquanto a observava. *Aposto que nem Cyn acreditava no que estava dizendo. Ela provavelmente tirou essa fala do* The Vampire Diaries, *ou algo desse tipo.* Mas eu tinha que tirar o chapéu. Ela definitivamente encarnou à perfeição o papel de antiga sacerdotisa pagã.

– Agora, todo mundo feche os olhos e se concentre – disse ela. – Pense em alguém com quem você gostaria de falar e repita seu nome continuamente em sua mente. Vou começar o feitiço *agora*.

Assim que ela disse isso, olhei para Ben, e seus olhos encontraram os meus. *Não pense em Kristen, não pense em Kristen, não pense em Kristen*, supliquei mentalmente para ele. Por mais que eu quisesse de forma desesperada vê-la ou ouvi-la, não queria que fosse dessa maneira.

Não desse jeito.

Ben desviou o olhar, e não consegui decifrar o que ele estava pensando.

É só fingir, eu disse a mim mesma. *Ela não vai conseguir, de qualquer maneira. Esta é apenas uma coisa estúpida que adolescentes estúpidos fazem. Relaxe, Abbey. Apenas relaxe.*

Eu estava quase me convencendo quando Cyn começou a falar novamente.

— Levante o véu, venha para fora — disse ela com urgência. — Levante o véu, venha para fora. Levante o véu, venha para fora. Eu imploro. Levante o véu, venha para fora. Levante o véu, venha para fora. *Levante o véu, venha para fora!*

Na última vez em que disse isso, sua voz virou um grito e minhas costas estaquearam. Eu me endireitei e respirei fundo. Todos os pelos do meu braço estavam arrepiados, e o frio correu pela minha espinha.

Capítulo Dezoito

Uma Mensagem

Mas tudo aquilo não era nada para os contos de fantasmas e aparições que se sucederam.
– *A lenda do cavaleiro sem cabeça*

— Há alguém chegando? – perguntou Ben para Cyn, inclinando-se na direção dela. – Oláááááá. Você está entre nós?

– Quem está aqui? – perguntou Sara. – Tem alguém entre nós?

Alguém riu. Acho que foi Beth.

– Você pode pedir para minha avó aparecer? – perguntou Sara em voz alta e ansiosa. – Rosa White. De Boston, Massachusetts. Você pode trazê-la? Ela está aqui?

– Calma, garota – murmurou Beth.

Então Grant sussurrou algo para ela, que se virou para ele, rindo.

– Estou captando... o Michael Jackson – disse Ben de repente. – Uhu! Estou sentindo uma vontade doida... doida... de dançar! – Ele se levantou e fez algo que parecia o *moonwalk*, cantando *Billie Jean* o tempo todo.

Beth bateu palmas para ele bem quando Ben estava prestes a pegar no...

– Ei, *vocês* – interrompeu Sara. – Isto aqui é coisa *séria*.

– Silêncio!

Todos nós olhamos para Cyn. Seus olhos estavam fechados, mas ela exibia uma expressão determinada no rosto.

– Tem alguém na porta. Tentando entrar.

Ela ergueu a cabeça, mas manteve os olhos fechados. Quando falou novamente, havia algo diferente no tom de sua voz, e ela não conseguia completar um pensamento.

– ... Tenho que avisar... – disse ela. – Problemas. Vindo. Problemas.

Todos nós assistimos, atônitos, quando seu corpo começou a sacudir.

Em seguida sua cabeça caiu para a frente.

– Ah, droga – disse Beth, finalmente quebrando nosso silêncio chocado. – Ela está tendo uma convulsão ou coisa assim?

Eu não podia dizer se isso tudo era parte do show ou se algo realmente estava errado. De qualquer maneira, porém, era demais. Estava durando muito tempo.

– Cyn? – Tentei sair de onde estava. – Cyn, você está bem? – Fui colocar minha vela no chão, e, no instante em que ela saiu das minhas mãos, a cabeça de Cyn se ergueu. Seus olhos se abriram, e ela gritou. Um grito rouco e terrível.

Todos nós engasgamos.

Cyn começou a chorar. Cobriu o rosto com as mãos, e depois, de repente, apontou para mim.

– Você é a próxima! Você é a próxima, e ele está vindo, e é melhor ter cuidado. Ele quer você e vai dar um jeito de ter você. Você é a próxima! Você é a próxima! Você é a próxima!

Eu estava congelada. Ela estava falando sobre ele. *Vincent*. Seria Kristen tentando me alertar sobre o seu assassino? Ou aquela encenação toda era apenas Cyn brincando comigo?

– Ei, tudo bem, chega – disse Ben. – Acho que isso já é suficiente, Cyn. Você nos assustou de verdade. – Ele tentou colocar a mão em seu braço, mas ela se desvencilhou.

– Se você acha que o que aconteceu antes foi ruim, é só esperar – disse Cyn. – Um pouco de sangue não é *nada*! – Ela chorou de novo. – Ele vai picar você em pedacinhos! Vai arrancar seu coração e sua alma da mesma forma que fez comigo. Nada vai impedi-lo!

Cyn estendeu a mão para mim, bateu na panela e quase a derrubou. Alguém derrubou uma vela, e ela rolou pelo chão, para longe do grupo. Várias cabeças se viraram para olhar.

– Vamos, Abbey – disse Caspian atrás de mim, de pé. – Não sei o que está acontecendo, mas ela está completamente louca.

Recuei. Encontrava-me um pouco mais próxima a ele, mas não conseguia me mover nem mais um milímetro. Estava desesperada para não escutar mais nada do que ela dizia e, ao mesmo tempo, aflita para ouvir mais. Cyn avançou. E depois agarrou meu rosto.

— Abbey, Abbey, você pode me ouvir? — perguntou ela

— Kristen? — sussurrei tão baixo para que ninguém pudesse me ouvir. — Kris, é você?

Ela colocou a mão na minha bochecha e, de perto, vi os olhos dela. Eu teria reconhecido aqueles olhos em qualquer lugar. Não eram os olhos de Cyn. Eram de Kristen.

— Sinto muito — disse ela com urgência. — Desculpe por isso ter acontecido com você. Desculpe... por minha causa... — Suas palavras desvaneceram.

— Está tudo bem, Kristen. Está tudo bem. Apenas fique. *Por favor.* Fique! — Não consegui mais falar.

Ela sorriu novamente.

— Você foi a minha melhor...

— Tenho tanto para contar — respondi. — Tanta coisa que você não sabe. Tanta coisa para falar! — Quando me dei conta, estava agarrando suas mãos com força.

Seus olhos se arregalaram.

— Tenha cuidado, Abbey! Tenha cuidado!

E depois, como que aproveitando a deixa, todas as velas se apagaram.

Alguém gritou, e um súbito ataque de pânico dominou o quarto.

— Quem pegou no meu traseiro? — gritou Beth.

– Faz isso parar, faz isso parar – dizia Sara em voz baixa.

Mark gritou para que alguém achasse o maldito interruptor de luz, e permaneci imóvel. As mãos de Cyn estavam frias, e ela se encontrava completamente calma.

– Consegui – disse Ben. As luzes do teto logo se acenderam. – Estão todos bem?

Olhei para Cyn. Ela parecia confusa. Porém, o mais importante é que ela parecia... ela. Seus olhos eram verdes novamente. Não marrons.

– Por que estou aqui? – perguntou Cyn. Então ela viu nossas mãos. – Aconteceu alguma coisa?

– Do que você se lembra? – perguntei rapidamente. E bem baixinho. – Alguma coisa? Você se lembra de ter começado a sessão?

– Não. Foi divertido?

Eu não sabia quanto devia lhe contar. O que tinha acabado de acontecer aqui? Então concordei:

– Sim. Foi muito divertido.

O restante da sala estava zunindo com os cochichos. Ninguém prestava atenção em nós, mas eu não podia ficar ali. Não poderia me sentar de novo e fingir que nada acontecera, quando parecia que eu estava sendo virada de cabeça para baixo.

– Preciso ir – disse eu. – Estou ajudando... vou ajudar minha mãe hoje à noite. Com um projeto.

– Você está bem? – perguntou Caspian. – Amor, você está bem?

Equilibrando-me, inclinei a cabeça de leve para ele.

– Então... sim. Acho que vejo você na escola – disse eu para Cyn. – Obrigada por me convidar.

Segui na direção das escadas antes que ela pudesse me dizer mais alguma coisa, gritei um rápido adeus para Beth e Ben e os deixei para trás o mais rápido que pude. Parecia que todas as minhas terminações nervosas estavam tinindo juntas e se batendo sob minha pele como se eu tivesse tocado em um fio ligado e não pudesse me livrar da sensação.

Caspian me seguiu pela casa. Quando saímos pela porta da frente, ele finalmente falou:

– Que diabo foi *aquilo*?

– Não sei. Acho que... – Fiz um gesto de dúvida. – Acho que era Kristen.

– Abbey. – Ele parou de andar. – Não era ela.

– Por que não?

– Porque ela não está aqui. Ela está morta.

Cruzei os braços.

– *Você está* morto. E ainda posso ver você.

– É diferente. – Correu a mão pelos cabelos. – Você *sabe* que é diferente.

– Mas era ela, Caspian. Eu sei! Os olhos de Cyn mudaram e tudo o mais. Ela estava contatando Kristen ou algo assim, e Kristen estava tentando me avisar. Sobre Vincent. Por que você não acredita em mim?

Ele suspirou.

– Só não acho que era ela. Podemos concordar em discordar? Tudo o que me preocupa é se você está bem ou não. – Ele se aproximou e colocou a mão perto do meu rosto. O zumbido fraco onde a sua mão teria tocado a minha pele era uma distração bem-vinda.

– Estou bem – falei baixinho. – Mesmo. Estou bem.

Ele olhou para mim, seus olhos verdes revelando preocupação.

– Então, vamos para casa?

Assenti. Não sei se isso significava que a conversa tinha acabado ou que discutiríamos mais assim que chegássemos lá, mas não me importei. Tudo o que eu queria era a segurança da minha cama.

– Isso. Vamos para casa.

Assim que entrei pela porta da frente, mamãe deu um pulo.

– Onde você *estava*? – perguntou ela.

– Na casa de uma amiga – disse eu, cansada. – Por quê?

– Porque eu não sabia e estava preocupada com você.

– Eu estava bem, mamãe. – Fui até a geladeira pegar uma maçã.

– Você não pode simplesmente...

– Simplesmente o quê? Simplesmente sair com uma amiga? Não desrespeitei o toque de recolher, então qual é o problema?

De repente ela se aproximou e me envolveu em seus braços. Pega de surpresa, só fiquei parada ali.

– Você está certa – sussurrou ela enquanto me abraçava com força. – Sou apenas uma mãe que se preocupa demais. E eu me preocupo porque tenho algo importante para perguntar.

Tentando não transparecer minha impaciência, eu disse:

– O que é?

– Você acha que... – Ela fez uma pausa. Em seguida, começou de novo: – Acha que seria possível você ficar na casa de uma amiga durante o fim de semana do Halloween? Talvez na casa de Beth? Ou de Cacey?

– Por quê? – perguntei desconfiada.

– Seu pai e eu gostaríamos de sair para umas miniférias. Tem uma pousadinha romântica em Connecticut que há anos estou louca para conhecer, e agora é baixa temporada. Podemos fechar o pacote por um preço ótimo e ainda conseguir acomodações melhores.

Ela parecia esperançosa, e senti um pouco dessa esperança passando para mim. Mamãe e papai iriam ficar fora de casa no fim de semana do Halloween? Isso significava que eu teria *todo o dia* primeiro de novembro para ficar a sós com Caspian.

Um Caspian palpável.

Vou ter a chance de ficar com Caspian. Aqui. Sozinha! Esse pensamento era bom o suficiente para me fazer esquecer o que tinha acontecido na casa de Cyn.

– Posso, mamãe – disse eu com um sorriso, olhando para Caspian. Ele também estava sorrindo. – Posso ficar na Beth.

– Sério? Isso é ótimo! Estou tão feliz que está bem para você, Abbey. Eu não queria pressioná-la, com as coisas sendo assim tão... incertas.

"Incerta" deve ser o código para o arrombamento.

– Você e papai merecem muito um fim de semana. Espero que vocês se divirtam. E aproveitem. – *Tudo bem, isso é um pouco demais... Mas faço qualquer coisa para tirar vocês de casa.*

Ela sorriu radiante até que finalmente me desvencilhei do abraço.

– Combinado. Vou para a cama agora. Tenho escola amanhã.

– Tudo bem, querida. Durma bem. Vejo você de manhã.

– Boa noite! – disse eu, tentando esconder o enorme sorriso que cobria meu rosto. Eu não iria "dormir bem" esta noite *mesmo*. Essa história toda era muito emocionante.

E acontece que eu estava certa sobre a parte de não conseguir dormir. Mas não era por causa do entusiasmo. E sim por causa dos pesadelos.

Minha cama estava fofa e macia – de um jeito muito estranho –, e eu me agitava, tentando encontrar um canto em que me sentisse melhor. Tentei jogar uma das mãos por cima da cabeça para ajeitar o travesseiro, mas minha mão ficou onde estava. Não se movia.

Franzindo a testa, olhei para minha mão. O quarto estava escuro demais para ver alguma coisa. Mudando de posição, fui me virar e mudar de lado. Mas esbarrei em algo duro. E frio.

O medo tomou conta de mim, e eu meneei meus ombros, forçando minha mão a se mover um centímetro. Ela se moveu abruptamente para a esquerda e bateu em algo frio e duro.

Franzindo a testa novamente, tentei me sentar. Tentei me concentrar. Eu não *conseguia me mexer.*

— Socorro! — *Abri a boca para formar a palavra, mas nenhum som saiu. Minha garganta flexionava e articulava, mas não saía nenhuma voz.*

— Socorro!

Tentei novamente. Engasguei. Nada.

— *Ninguém pode ouvir você, sua boba* — *disse uma voz no meu ouvido.* — *Somos só você, eu e os vermes.*

Apertei meus lábios enquanto a repulsa virava meu estômago. Não é ela. Não é Kristen!

— *Estava esperando por você* — *disse ela com uma voz monótona.* — *Agora podemos ficar eternamente juntas aqui e guardar todos os nossos segredos. Todos os nossos segredos, para sempre.*

Cerrei minhas pálpebras, mantendo-as o mais fechadas possível. Isso é um sonho. Você está sonhando. Não é real. Apenas abra seus olhos e você vai ver. Isto é um sonho. É tudo um sonho.

De repente, havia uma luz por trás dos meus olhos fechados, e quando os abri pude ver uma prancha de madeira sendo levantada sobre a minha cabeça. Um torrão de terra atingiu meu rosto, caindo perigosamente perto da minha boca, e pude sentir o gosto de terra.

Na mesma hora, uma nuvem de terra caiu sobre mim, e eu sabia que não havia esperança. Cercada por madeira dura e fria. Em cima da minha cabeça. Debaixo dos meus pés. Dos dois lados... Estava em um caixão.

Não conseguia mais segurar o grito de medo e angústia. E desta vez o som saiu.

Minhas mãos se abriram e agarraram as bordas das minhas roupas. Meu belo vestido vitoriano branco que estava guardando para o aniversário da morte de Caspian.

– Não! – gritei, olhando para ele. – Não! Isto não é real!

Uma sombra caiu sobre mim, e olhei para cima. Vincent estava ali, sua cabeça escura bloqueando a luz solar.

– O que você acha? – perguntou ele, seus dentes ficando monstruosamente maiores a cada palavra. – Essa é sua nova casa. Construí especialmente para você.

– Deixe-me sair daqui! – Minha voz estava funcionando agora, assim como meus punhos. Eu os bati nas laterais da madeira o mais forte que podia. – Deixe-me! Sair!

– E deixar sua melhor amiga lá para apodrecer sozinha? – Vincent riu. – Eu não podia fazer isso. Seria apenas... cruel.

Sua risada encheu minha cabeça. Sua voz era tão alta que enfiei os dois dedos nos ouvidos para tentar abafá-la enquanto uma rosa vermelha foi jogada em cima de mim.

– Das cinzas para as cinzas – disse ele, e em seguida jogou outra. – Do pó ao pó.

– Nãããão! – gritei novamente. – Nããão!

– Isso é o que acontece. Depois. – A voz da Kristen retornara. – Isso é o que acontece depois que você se apaixona – disse ela. – Só tire isso de mim.

Sua mão ossuda se enrolou no meu pulso. Com cada fibra do meu ser, eu queria arrancá-la. Queria desesperadamente sair daquele buraco e deixar tudo para trás. Mas, em vez disso, fiz algo pior.

Eu me virei para olhá-la.

Ela era apenas uma cabeça de esqueleto, sem pele e com apenas uns chumaços de cabelo. Sua mandíbula se mexia rangendo para a frente e para trás como uma dobradiça, e os dentes pareciam que estavam prestes a cair das cavidades.

Meu estômago se manifestou. Eu ia passar mal.

– Você deveria saber! – A cabeça gargalhou. – Olhe para mim. Basta olhar para mim!

Capítulo Dezenove

TELEFONE

... é uma das histórias favoritas frequentemente contadas sobre a vizinhança em torno da fogueira nas noites de inverno.
— *A lenda do cavaleiro sem cabeça*

Na manhã seguinte, contei a Caspian sobre meu sonho, e ele ficou tão perturbado quanto eu. Pensou que talvez tivesse algo a ver com o que havia acontecido na sessão espírita, mas eu não tinha muita certeza. No fundo, estava preocupada de que fosse tudo uma metáfora do meu inconsciente sobre o medo que sinto da morte e tudo o mais.

Estava pensando sobre isso na escola, no intervalo para a quarta aula, quando encontrei Cyn. Ela vinha pelo corredor na minha direção e desviei para o outro lado.

Cyn se apressou em me alcançar tão logo me viu.

— Abbey, espere! — gritou ela.

Fiquei tentada a ignorá-la. Não conseguia parar de pensar naquele sonho, e sentia como se nuvens negras sobre a cabeça me acompanhassem a cada passo que eu dava. Eu realmente não estava a fim de falar sobre o que tinha acontecido com ela e Kristen. Mas a esperei mesmo assim.

— O que foi, Cyn? — perguntei devagar.

Ela olhou em volta e me puxou para o lado dos armários vazios.

— Eu queria falar com você sobre a noite passada. Você está brava comigo?

Passei os livros para o outro braço.

— Não. Não tem nada a ver com você. Só estou de mau humor.

— É por causa do que você ouviu?

— Ouvi o quê?

— É estúpido.

— O que é? — perguntei. — O que é estúpido?

Ela deu uma olhada pelo andar.

— Deus, preciso de um cigarro. — Deu uma olhadela para mim. — Estou tentando parar.

Ela estava usando uma porção de pulseiras que balançavam para a frente e para trás à medida que se mexia. Era uma explosão de sons que lembravam unhas arranhando um quadro-negro.

Eu queria sacudi-la até que ela engasgasse.

— *Fala logo*, Cyn — disse eu finalmente.

— É o palhaço do Mark. Ele contou para um monte de gente o que aconteceu na sessão espírita.

O que eles sabem? O que eles ouviram?

— O que ele contou para as pessoas?

– Sobre as luzes apagando. Mark disse que você se apavorou e teve que ser socorrida. Eu disse a ele que ele era um cuzão, e então risquei a lateral do carro dele para ter certeza de que entendeu.

– Obrigada.

Tentei parecer séria, mas não pude fazer outra coisa senão rir. Ele estava espalhando boatos sobre eu ter medo do escuro, e Cyn pensou que eu iria me importar? Era como aquela brincadeira que a gente costumava fazer no ensino fundamental: telefone sem fio. Só Deus sabe no que o boato havia se transformado agora. Aquilo era muito engraçado.

– Por que você está rindo? – perguntou ela.

Engasguei com outra gargalhada.

– Porque – disse eu – isso é a coisa mais idiota que eu já ouvi. Comparado às coisas que falaram de mim quando Kristen morreu... – Sacudi minha cabeça. – É preciso muito mais do que isso para me chatear.

– Ah, tudo bem. Que bom que você achou engraçado – disse Cyn.

– Achei engraçado. Mas obrigada por me defender. Eu realmente gostei.

Ela me olhou com uma mistura de humor e descrença no rosto. Em seguida, sua expressão ficou séria.

– Abbey, eu disse alguma coisa para você na sessão? Algo sobre ter cuidado?

Agora era a minha vez de fazer gestos nervosos. Enfiei o salto do meu sapato no piso de madeira e bati meu dedo contra a base da porta dos armários.

– Não me lembro. Talvez. Por quê?

– Só tenho essa sensação. Às vezes eu tenho esses... Não sei como dizer. São apenas... sentimentos. Mas este me diz que você deveria tomar cuidado. Eu sei que você me avisou para ficar de olho, mas acho que você deveria fazer o mesmo. Combinado?

O segundo sinal tocou. Agora eu estava tecnicamente atrasada para a aula.

– Está bem, vou fazer isso – disse eu, tentando parecer indiferente, e me virando.

– Tudo bem entre nós? – perguntou ela.

– Claro. Vejo você depois.

Eu me virei para olhá-la mais uma vez enquanto caminhava na direção oposta. Ela ainda estava parada ao lado dos armários, franzindo a testa, brincando distraída com as pulseiras no braço. Eu não sabia o que estava acontecendo com ela, ou o que queria dizer, mas de algum jeito, de alguma forma, Cyn tinha contatado Kristen.

Agora eu só tentava imaginar quanto tempo iria levar para ela entender isso.

Não esperei Caspian me pegar depois da escola e fui direto para casa. Quando cheguei lá, encontrei um recado de mamãe dizendo que chegaria tarde da noite porque estava tendo aulas de lei imobiliária com Sophie.

– Sem problema – falei alto para o recado.

Eu só queria ver Caspian. Assim que pensei em seu nome, parei. *Onde está Caspian? Ainda está lá em cima no meu quarto?*

Subi as escadas de dois em dois degraus, sabendo, apenas sabendo, o que eu iria encontrar. *Por favor, não o deixe adormecer. Apenas permita que esteja acordado. Desenhando.*

Minha mochila caiu no chão com um barulho seco quando o vi. Ele estava dormindo de novo, mas não na cama. Em vez disso, encontrava-se caído sobre a cadeira. Seu bloco de rascunho e os lápis estavam na mesa, na frente dele.

Não parecia confortável, e seu rosto... Seu rosto era a pior parte. Estava retorcido em agonia, numa careta que deve ter acontecido um pouco antes de ele ter caído no sono e despencado naquele lugar escuro. Parecia que seus sonhos o estavam assombrando.

Corri até ele e me ajoelhei ao seu lado, estendendo a mão.

Ela o atravessou sem aquele formigamento familiar. Eu não podia fazer nada. Não era possível movê-lo ou alisar seu cabelo para trás. Não podia acordá-lo e dizer-lhe que tudo iria melhorar.

Mexi no meu bolso e encontrei meu telefone. Disquei o número de Sophie e Kame, mas caiu na caixa postal. Desliguei e tentei novamente, mas aconteceu de novo. Finalmente decidi ligar para o único outro número de Retornado que tinha no meu telefone.

O número de Cacey.

Ela não tinha sequer gravado um recado de recebimento de mensagem em sua caixa postal, apenas uma mensagem automática repetia o número para o qual eu tinha discado e me pedia para deixar uma mensagem. Rosnando de frustração, esperei pelo bipe e então disse:

– Pessoal! Estou tentando ligar para vocês. Essas coisinhas chamadas celulares não funcionam se vocês não atenderem do outro lado, sabiam? Caspian está adormecido de novo. E... não parece bem. Será que algum de vocês pode vir me ajudar a movê-lo? Liguem para mim, ok? Tchau.

Fui em direção à cama e me sentei na cabeceira, determinada a manter vigilância até que alguém me ligasse.

Mas a ligação nunca veio. Duas horas e mais seis tentativas depois, atirei o telefone do outro lado do quarto. *Aquilo tudo tinha que significar alguma coisa. A sessão espírita, o aviso da Kristen, a dor aparente no rosto de Caspian. Algo está acontecendo.*

Minha cabeça estava latejando, provavelmente porque eu precisava jantar, mas não estava com fome. Depois de uma última olhada para Caspian, desci as escadas e comi algumas bolachas com chá. Era insosso, mas pelo menos fez minha cabeça parar de doer.

Ao me levantar para jogar fora o pacote de bolachas vazio, parei quando vi o contêiner de reciclagem ali perto. Havia duas latas vazias em cima (de amoras em conserva), e um estranho pensamento atravessou minha mente. Sobre um jogo que costumávamos jogar no ensino fundamental. Telefone...

Diabo. Precisava de algo para me manter ocupada.

Peguei as latas e lavei, depois as sequei com papel toalha. Em seguida, arranquei os rótulos e os joguei fora.

Encontrei o barbante na gaveta de tralhas e puxei uma faca afiada do balcão. Posicionando a faca em cima da lata, martelei com meu punho, e a lâmina atravessou, abrindo um buraco. Fiz o mesmo com a outra lata. Depois puxei um longo pedaço de barbante, enfiei uma ponta através do buraco e dei um grande nó. Deixei bastante folga e amarrei a outra ponta em um nó no buraco da outra lata.

Apanhei as latas e voltei lá para cima. Eu me senti um pouco idiota quando cheguei ao meu quarto, olhando para meus telefones caseiros de lata, e demorei alguns minutos até realmente ter coragem de usá-los.

Enfiei uma das latas entre dois livros para prendê-la, apoiei os livros na orelha de Caspian. Em seguida, puxei a corda até que ficasse esticada e levei a outra lata para dentro do meu armário. Consegui fechar a porta e passar o barbante por baixo dela, assim pude me sentar lá dentro. De alguma forma, eu me sentiria menos idiota se não tivesse que encará-lo enquanto falasse em uma lata de amora vazia.

Apoiei minha cabeça na parede.

– Testando, testando. – Suspirei. – Um, dois, três.

Não houve resposta, mas eu não estava esperando que houvesse. Acho que o que desejava era a chance de alguém me escutar.

– Não sei se isso vai funcionar – disse eu, colocando a parte aberta da lata perto da boca. – Isso é uma brincadeira que fazíamos na terceira série. O barbante está esticado, assim, você pode ouvir o som e as palavras através dele. Como um fio de telefone.

O urso de pelúcia sentado perto de mim me olhava com um olho de vidro. Eu o puxei para o meu colo e acariciei seu pelo escuro e macio.

— Estou realmente assustada — sussurrei, esperando que de alguma forma Caspian pudesse me ouvir, onde quer que ele estivesse. — E se eu não conseguir? E se eu não for forte o suficiente? E se eu disser aos Retornados que... eu não quero morrer? E se eu implorar por uma segunda chance?

Lágrimas brotavam por trás dos meus cílios, mas eu me recusava a deixá-las cair.

— Ah, Caspian. É disso que mais tenho medo. E se eu não for forte o suficiente para estar com você? — Sacudi minha cabeça. — Não sei se eu posso vir a me tornar um nada. Se posso me tornar apenas uma sombra de vida. E se você pensar que eu não o amo o suficiente para querer ficar com você?

Abracei forte o urso contra meu peito.

— Tenho todos esses pensamentos sempre indo e vindo em minha cabeça. *Quero* ficar com você. Quero mais do que qualquer coisa. Então como pode existir uma parte de mim que não queira? Como pode haver uma parte de mim que queira ficar? Essa parte quer coisas... outras coisas. Como a minha loja.

Fechei os olhos e permaneci em silêncio por um minuto. Era como se o estivesse traindo de alguma forma. Ao confessar tudo isso, estava expondo todos os meus desejos e medos mais secretos. Era constrangedor. E esmagador.

– Mas ainda quero *você* – disse eu. – Então por que tenho que escolher? Tudo o que quero tem um preço. Eu *deveria* estar feliz por ficar com você. E ainda quero...

Abaixei a lata. Afastei-a dos meus lábios. Eu não podia lhe dizer o que eu realmente queria: ele *vivo*, Kristen viva, Vincent Drake fora de cena e nada mais de Retornados perambulando em volta de nós.

Erguendo a lata de volta para me despedir, sussurrei:
– Tudo o que eu quero é que saiba que eu amo você. E espero ser forte o suficiente para você. *E gostaria que pudesse ouvir estas palavras...*

Caspian finalmente acordou, dois dias depois, na sexta-feira, o dia do Baile de Hollow, e fiquei doente de preocupação por ele o tempo todo em que esteve adormecido. Cacey me ligou de volta, mas não atendi ao telefone, e ela não deixou mensagem. Ele não conseguia se lembrar de quanto tempo perdeu, e isso me assustou. Mas nós realmente não falávamos sobre isso. E com quem mais poderíamos falar?

No caminho para a escola naquela manhã, peguei um atalho pelo cemitério, e Caspian foi comigo. O túmulo de Kristen estava apenas alguns metros adiante, e fui ficando mais apreensiva à medida que me aproximava. Aquela seria uma grande noite. Devagar, fui chegando perto da lápide.

– Oi, Kris. – Varri com a mão algumas folhas mortas que estavam em cima da pedra. – Hoje é o Baile de Hollow. – Estava frio lá fora, e enfiei minhas mãos nos bolsos. – Eu vou com Ben. Espero que... espero que não tenha problema.

Uma sensação estranha e espinhosa desceu por baixo do meu couro cabeludo, e olhei. Em pé, na minha direção, do outro lado do cemitério, havia um homem mais velho, de terno branco, olhando para mim.

Apertei os olhos e olhei de volta, certa de que já o tinha visto em outro lugar. Ele parecia familiar.

Mas a lembrança não me veio.

– Tenho que ir para a escola – sussurrei para Kristen. – Só queria que você soubesse que estarei pensando em você. Sinto saudade. E te amo.

Coloquei minha mão sobre a pedra, mas quando olhei de novo o homem tinha ido embora.

Capítulo Vinte

O BAILE DE HOLLOW

A noite caía quando Ichabod alcançou o castelo de Heer Van Tassel, que ele encontrou apinhado com a nata da região.
– *A lenda do cavaleiro sem cabeça*

Fiz planos de última hora com Beth e Ben para o Baile de Hollow logo depois que a campainha tocou para a última aula.

– Pegamos a limusine às sete ou sete e meia hoje à noite? – perguntou Ben. – Tenho que avisar ao motorista.

– Sete e meia – respondi.

Ben assentiu.

– Seu vestido é vermelho, não é? – perguntou.

– Como você...

– Contei para ele – disse Beth. – Sim, é vermelho – ela confirmou.

– Vou usar uma gravata-borboleta vermelha, então, e estarei lá por volta das sete e meia para pegar vocês. Vou usar meu terno ultrassexy. – Ben ergueu as sobrancelhas para nós antes de se afastar.

Beth riu, e revirei os olhos para ela. Mas não pude conter um sorrisinho também.

– Você vai ao cabeleireiro comigo? – perguntou Beth assim que ele se foi. – Minha tia trabalha lá e faz cabelo e maquiagem. Posso pedir para ela cuidar de você.

– Ótimo, claro, acho que sim. – Cabelo, maquiagem, o vestido... tudo parecia um processo pelo qual passar.

Beth se animou.

– Genial! Então, largue seus livros e vamos, garota! O tempo está voando, e precisamos ficar lindas.

Não havia nem sinal de Caspian quando fui até meu armário, então mandei uma mensagem para ele:

Vou ao cabeleireiro com Beth.

Alguns segundos depois, veio a resposta dele:

Tudo bem, divirta-se.

Virei-me para Beth com um sorriso forçado. *Isto é divertido*, disse a mim mesma enquanto saíamos. *Saia e divirta-se com sua amiga.*

Tentei manter meus pensamentos e minha expressão felizes enquanto nos dirigíamos para o salão. Mas mesmo com as risadas contínuas de todas as outras veteranas em volta de nós, também se arrumando para o baile, eu não conseguia parar de pensar o que era isto: minha última chance de passar um tempo com Beth e Ben. Os Retornados não teriam permanecido em volta todo esse tempo se não estivesse para acontecer logo. Se o dia em que eu deveria morrer não estivesse próximo.

Enquanto colocavam cílios postiços e minhas unhas eram lixadas, aparadas e pintadas, ficava cada vez mais difícil manter o sorriso no meu rosto.

– Cabelo preso ou solto? – perguntou a tia de Beth, Lucinda.

Não respondi rápido o suficiente, e Beth cutucou meu braço.

– O que *você* acha? – perguntei.

– Se você quer ficar sexy, sugiro preso. – Ela deu um sorriso malicioso. – E se o encontro *der certo*, você sempre pode soltá-lo depois.

– Que tal meio preso, meio solto? – respondi. Eu realmente não queria ficar sexy para o Ben. Aquilo parecia muito... estranho. – Podemos puxar um lado para trás e, quem sabe, prender uma flor?

– Oooh, uma rosa vermelha. Sim, isso mesmo – disse Lucinda. – Vai ficar linda com a cor do seu cabelo.

Beth estava na cadeira logo ao lado, tendo seu cabelo escuro puxado para cima e falando com o braço direito de Lucinda sobre Grant.

– Legal – disse ela, parando para me olhar enquanto Lucinda começava a trabalhar. – Boa escolha.

– Obrigada! – Sorri de volta para ela.

Quando finalmente terminamos, Beth me deixou em casa. Caspian estava lá em cima, sentado à minha mesa. Estava lendo um livro, portanto entrei em meu quarto silenciosamente para não perturbá-lo.

– Ei, Astrid – disse ele.

Meu nome especial fez meu coração saltar, e fui até ele. Mesmo depois de todo esse tempo, meu primeiro instinto quando o via era tentar colocar meus braços em volta dele.

– Oi – respondi, tímida.

Ele olhou para mim.

– Você está linda.

– Obrigada. – Meu rosto queimava.

– Esta é a grande noite, hein?

– É, sim.

– Você vai tomar cuidado?

– Vou. Cacey disse que ela e Uri vão estar lá, sendo assim, não se preocupe com Vincent. Além disso, não acho que ele iria tentar alguma coisa. Tem muita gente. Ele parece preferir me aterrorizar quando estou sozinha.

Ele se levantou e se aproximou.

– Tenha cuidado com Ben, também. – Seu tom era meio de brincadeira, mas a parte séria ainda estava lá. – Sei que fui eu quem meteu você nisso, mas você ainda é a minha garota.

Fiquei ali um tempo, apenas olhando para ele, tentando transmitir o que eu estava sentindo sem palavras. Em seguida, ele pigarreou e se afastou com um passo.

– Não quero interrompê-la. Você provavelmente deveria estar se arrumando.

– Pois é – respondi, lamentando afastar-me dele.

– Você se importa se eu ficar aqui em cima? – perguntou baixinho, sem me fitar nos olhos. – Acho que não aguento ver você assim. Toda arrumada e... linda. Para ele.

– Não, não, tudo bem. Não quero que você se sinta desconfortável. Na verdade, vou me vestir lá embaixo. Tem mais... espaço lá. Tem certeza de que você está tranquilo com a situação?

Ele balançou a cabeça.

– Claro. Gosto do Ben. Ele é um cara legal.

Fui até o *closet* e escondi o vestido branco vitoriano atrás do vestido vermelho na capa plástica. Queria fazer uma surpresa para Caspian com ele, vesti-lo no andar de baixo quando chegasse em casa. Minha garganta se contraiu com a expectativa nervosa. *Hoje, à meia-noite, será oficialmente primeiro de novembro. Dia de aniversário da morte de Caspian.*

Eu estava pronta, e ainda assim *não* tão pronta. E se ele não gostasse do vestido branco? E se ele achasse que era muito antiquado ou odiasse minha aparência com ele? E se...

Chega de "e se...". Uma coisa de cada vez. Baile de Hollow agora. Caspian mais tarde. Primeiro enfrente o Baile de Hollow com Ben.

Pendurei o vestido no braço e peguei no armário aberto um sapato preto de tiras.

– Acho que nos veremos quando eu voltar, está bem? – disse a Caspian ao me dirigir para a saída.

Ele concordou.

– Mamãe e papai vão sair hoje à noite para passar o fim de semana fora. Só voltarão na tarde de segunda-feira, assim... – Minha garganta estava apertada, e eu não queria começar a chorar e arruinar todo o trabalho duro de Lucinda. – Queria que você fosse meu par no baile – disse suavemente. – Vou sentir sua falta.

Caspian concordou novamente, e lançando um último olhar atrás de mim saí pela porta. Deixando meu namorado morto para trás, para que eu pudesse sair para dançar com outro. Tudo porque ele queria isso de mim.

Mamãe estava fora de si de tanta animação quando desci para me vestir, e a cada cinco segundos vinha dar uma olhada em mim. Depois da quarta interrupção, eu disse a ela:

– Pare. Acalme-se. Se precisar de algo, eu chamo.

Ela estava com a câmera em punho quando enfim saí do banheiro e imediatamente começou a tirar fotos.

– Mamãe, nem estou completamente vestida! – disse eu. – Preciso colocar os sapatos.

– Eu sei, mas – *clic!* – este é um momento tão emocionante que eu – *clic!* – quero ter certeza de que vou ter fotos de tudo. – *Clic!*

Ignorando-a, fui para o sofá e me sentei para colocar os sapatos.

Mas meu vestido era muito apertado e eu não conseguia me curvar. Fiquei me contorcendo em ângulos esquisitos.

– Ei, mãe, acho que agora eu preciso de uma ajuda.

Ela veio rápido.

– Pronto. Deixe que eu cuide disso.

Enfiei meu pé no sapato, usando a beirada do sofá para me equilibrar, e mamãe o afivelou. Em seguida, fez o mesmo com o outro.

Papai entrou na sala assim que ela terminou e assobiou.

– Você está linda, querida!

Mamãe o pegou e o puxou para o meu lado, para tirar algumas fotos, enquanto eu olhava para o relógio.

Ainda tinha que aguentar mais quinze minutos disso até que Ben chegasse.

– Tudo bem, mamãe – disse eu com os dentes cerrados. – Vamos tirar umas fotos.

Ela fez com que papai e eu posássemos ao lado da lareira, ao lado da janela, na frente da geladeira. Em seguida, quis algumas fotos dela comigo. Posamos na frente do espelho do banheiro, ao lado de um vaso de flores, na frente da escada...

Nunca fiquei tão feliz ao ouvir uma buzina de carro lá fora. Ben chegou adiantado. Um minuto.

– Ooooh, que bom. Ele está aqui! Agora posso tirar umas fotos de vocês dois! – guinchou mamãe.

Olhei para papai.

– Não se preocupe – sussurrou ele. – Vamos sair às 19h15, assim, você não vai ter que aturar isso muito mais.

– Tudo bem, obrigada, papai – disse eu. – Porque todo esse negócio de foto *já* cansou.

Mamãe correu para abrir a porta quando Ben bateu, e ele ficou parado ali, parecendo acanhado. Tinha uma dúzia de rosas brancas nas mãos.

– Entre! – disse mamãe. – Você está lindo!

Ben estava com um terno cinza risca de giz e uma gravata vermelha. Tenho que admitir: ele *estava* muito bonito. Era realmente um terno ultrassexy.

Ele entrou em casa.

– Já que você disse que não queria um arranjo no vestido, Abbey, trouxe estas rosas.

Ele me entregou as flores.

– Posso? – pediu ele, puxando uma das rosas. Fiz que sim, e ele se virou e a entregou para mamãe. – Esta é para a senhora.

– Oh, bem... eu só... eu... – Mamãe ruborizou em dez tons de vermelho, mas parecia extasiada.

– Uau, você é adorável! – disse eu para Ben.

Ele sorriu.

– Deixem-me tirar umas fotos! – disse mamãe, pegando minhas rosas. – Só vou colocá-las na cozinha. – Antes que eu pudesse apressar Ben para sairmos, ela estava de volta. – Ok, agora vamos tirar algumas fotos bem aqui.

Mandou que ficássemos na frente da lareira e das escadas. Ben não estava se importando e apenas sorria. Tiramos fotos do lado de fora, na frente da casa, ao lado da limusine, subindo degraus... até que finalmente eu disse que precisávamos pegar a Beth e seu par.

Mamãe começou a ficar chorosa, e foi aí que começou o festival de abraços.

– Divirtam-se! – disse ela. – Comportem-se. Cuidem-se e tudo o mais.

Ela se agarrou a mim e dei tapinhas nas suas costas.

— Tudo bem, mamãe, tudo bem.

— Seu pai e eu vamos viajar esta noite e voltamos na segunda – disse ela. – Deixei um dinheiro extra na mesa de jantar. Não se esqueça de pegar. Você vai ficar na Beth ou na Cacey?

— Vou ficar na Beth.

Anotei mentalmente para dizer para Beth sobre minha "estada" na casa dela durante o fim de semana. Assim, se mamãe ligasse, ela saberia o que dizer.

— Vai ficar tudo bem, mamãe. Vocês dois, divirtam-se também, combinado? Amo vocês – sussurrei para ela.

Ben me ofereceu seu braço.

— Até logo, sr. e sra. Browning! – disse ele. – Vou cuidar bem dela!

— Tenho certeza de que sim – disse eu, e revirei os olhos.

Mas, de novo, ele só sorriu para mim.

Pisando com cuidado, segui pelo caminho da frente de nossa casa até a limusine Hummer que nos esperava, enquanto mamãe e papai acenavam adeus. No momento em que a porta do carro fechava, olhei para cima. Estávamos bem em frente ao meu quarto, e pude ver Caspian olhando pela janela.

Alguma coisa molhada escorreu pela minha bochecha, e eu limpei. Olhando para a ponta do meu dedo, vi que era uma lágrima.

Dei batidinhas rápidas nos cantos dos olhos e disse a mim mesma para parar. Estaria de volta em algumas horas e tudo ficaria bem. E então ficaria com Caspian.

Mas meu coração ainda doía quando o carro partiu.

* * *

Quando chegamos à casa de Beth, ela estava lá fora, rindo e posando para fotos com Grant.

– Parece que ela vai com aquele cara da aula de informática – falou Ben, olhando pelas janelas escuras.

– É o que parece.

– Ei, Abbey – disse ele repentinamente. – Sabe aquela sessão espírita na casa da Cyn na outra noite? – Sua voz estava baixa. – Achei que talvez você quisesse falar com a Kristen. Se você tivesse a chance. Mas estou contente que você não tenha dito nada. Ela não se sentiria bem com todo mundo por lá, sabe?

Fiquei bem surpresa por Ben estar falando sobre aquilo e também por ele ter sentido a mesma coisa.

– Pensei a mesma coisa sobre você – respondi. – Que você talvez quisesse falar com ela. Fiquei contente por... não ter acontecido.

– Acho que ela gostaria do fato de estarmos aqui juntos – disse ele.

– Também acho – disse eu. – Também acho.

– Ainda sonho com ela – disse ele baixinho, com um olhar distante. – Não sei o que isso significa, mas acho que é boa coisa. – Em seguida, ele sacudiu a cabeça. – Ei, chega disso. Vamos pegar os dois companheiros da nossa festa e nos divertir. O que acha?

– Vamos nessa! – Dei um grande sorriso para ele, tentando afastar Kristen da minha mente. Tentei esquecer que Ben vinha sonhando com ela, enquanto eu, a melhor amiga dela, tinha apenas pesadelos.

Chegamos ao baile às 20h15, e a sala da recepção estava linda, toda decorada em azul-pálido, branco "sujo" e prata. Você jamais adivinharia que aquele lugar era um centro de convenções.

Beth estava *maravilhosa* com seu vestido preto, e Grant estava adorável e engraçado. Entre ele e Ben, nenhuma de nós conseguia ficar mais de cinco minutos sem rir.

Avistei Uri segurando uma lata de Coca-Cola em uma das mãos, e ele me deu um breve aceno. Sorri de volta para ele, antes de alcançar Beth e Grant de novo. A única coisa que faltava era Cyn, e percebi que eu *estava* realmente sentindo falta dela.

– Ei! – disse eu para Beth, entre as músicas. – Você sabe onde a Cyn está? Será que ela veio?

Beth balançou para um lado, com as mãos sobre a cabeça assim que a batida da música começou.

– Não vi Cyn ainda.

– Ah... – Dei mais uma olhada em volta. – Vou dar uma checada lá fora, para ver se ela está fumando.

Beth concordou, mal percebendo quando saí. Ela dava a impressão de estar se divertindo muito com Grant. Parecia que escolhera o acompanhante certo.

Quando saí, o ar frio da noite entrava pelas partes que o tecido escasso do meu vestido deixava mais expostas, e estremeci. Pelo jeito, não havia ninguém do lado de fora.

Pensei em ligar para Caspian para saber o que estava fazendo e ver se sentia a minha falta tanto quanto eu sentia a dele. É como se estivesse dividida em duas. Uma parte minha adorava estar no baile com Ben e ver Beth tão feliz. Ter esta chance de viver isso com meus amigos era mais do que eu poderia ter esperado.

Mas a outra parte de mim ansiava por estar em casa com Caspian. Esperando o relógio dar meia-noite...

Uma voz vinda do beco ao meu lado me chamou a atenção, e vi uma menina de vestido rosa tentando praticamente subir em um rapaz que estava em pé perto dela. O rapaz desviou, afastando-se, e vi um lampejo de cinza.

Ben?

– Não, Ginger! Estou aqui com outra pessoa.

Suas palavras confirmaram que era ele, e tentei me esconder nas sombras. Se eu conseguia vê-los, provavelmente eles também conseguiriam me ver. E eu não queria isso.

– Mas você não quer? – gaguejou ela com sua voz de bêbada. – Esperei a noite inteira por você. Vem cá. Só me dê um beijinho...

– Ginger, estou falando sério. Eu disse...

Então saí das sombras.

– Ben? – chamei. – Ben, estava procurando você. Você me prometeu a próxima dança. – Caminhei até ele, e a garota, Ginger, estava praticamente caindo para fora do vestido. Seu cabelo e maquiagem estavam horríveis. Tive uma pontinha de pena dela.

— Ele é meu, sua vaca — disse ela, tropeçando na minha direção e tentando continuar em pé. — Vai encontrar um homem para você em outro lugar, ô!

Minha compaixão pela garota? Passou bem rápido. Ben afastou-a delicadamente para o lado.

— Ela está certa, Ginger. Você vai ficar bem aqui fora?

— Você está *me deixando*? Deixando *tudo isso*? — Ela parecia ofendida, mas ainda tentou fazer um gesto com o cabelo. — Tudo bem. Que seja. *Tchau.*

A garota cambaleou desajeitadamente de volta para a porta da frente, deixando Ben e eu parados ali. Consegui aguentar trinta segundos antes de explodir em gargalhadas.

— Você sabe escolher, hein, Ben? — disse eu. — Outra ex?

— Lamentavelmente — respondeu ele. — Pronta para outra dança?

— Se você consegue dar conta de tantas *admiradoras*... — disse eu, rindo.

Voltamos para dentro, onde o DJ estava anunciando que a próxima música seria "para as damas". Eu me virei para Ben.

— Você está pronto para outra dança, cara ultrassexy?

Ben espanou uma poeira imaginária da gola do terno e fez um movimento bobo com as mãos.

— Eu já nasci pronto.

Peguei sua mão estendida e o segui até um espaço vazio na pista de dança. Ben colocou os braços em volta da minha cintura, e abracei seu pescoço. Uma introdução lenta começou a tocar, e o espaço em torno da gente rapidamente ficou cheio de corpos ansiosos.

Deitei a cabeça em seu ombro e fechei os olhos. Ben era um cara legal. Um cara *muito* legal, mas não era o cara certo para mim. E tanto eu quanto ele sabíamos disso.

Levantei a cabeça depois de alguns segundos de vaivém e olhei para ele.

– Você é uma ótima pessoa, Ben – disse eu. – Eu não sei se já lhe disse isso, mas você é.

Ele olhou para baixo.

– Obrigado, Abbey. Você também é ótima.

– Estou grata por ter tido a chance de conhecê-lo melhor – disse eu. – E só para deixar registrado, acho que você e Kristen teriam formado um ótimo par. Queria que isso tivesse acontecido.

– Eu também – disse ele baixinho.

Deitei a cabeça de novo em seu ombro.

Estávamos quase no final da música quando uma repentina melancolia me preencheu. A tristeza, clara e avassaladora, apossou-se de mim, e não era apenas a música lenta ou as letras românticas.

De alguma forma, sabia que aquela era a última vez que eu veria Ben. Reduzi meus movimentos e parei de repente, movendo minhas mãos do seu pescoço para os braços.

– Ben – disse eu aflita. – Quero que você tenha o melhor de tudo o que a vida tem para oferecer. A melhor escola, o melhor emprego, a melhor casa, a melhor esposa, os melhores filhos, a melhor família... Seja feliz, está combinado?

Ele baixou os olhos. Eu estava puxando as mangas do seu terno.

– Combinado, Abbey. Mas não é um pouco cedo demais para isso? Quero dizer, ainda faltam seis meses para a formatura.

– Eu sei. Mas eu só quero... Só quero ser feliz. Só quero que você seja feliz.

Ele me olhou de um jeito estranho.

– Vamos deixar os votos de felicidade para...

Uma Beth à beira do choro de repente abriu caminho no meio da multidão e nos interrompeu. Parei imediatamente e estendi a mão para ela.

– O que houve de errado? – perguntei, acima do barulho. – O que aconteceu? Você está bem?

– É o Grant. Eu nunca deveria tê-lo trazido!

Eu a puxei para o lado da pista de dança, e Ben nos seguiu.

– O que aconteceu? – perguntou ele.

– Alguma coisa com o Grant – gritei mais alto que a música.

Pensando que estaria um pouco mais silencioso longe do palco principal, deixei Ben para trás e arrastei Beth até uma das mesas. Coloquei meus braços em torno dela enquanto ela tentava parar de chorar. Seus ombros tremiam de dar pena.

– O que aconteceu, querida? – perguntei. – Pode me contar?

— Ele é um palhaço — disse ela. — Estava se agarrando com aquela garota bêbada lá fora. Fui até lá encontrar você e em vez disso encontrei *ele*. — Ela explodiu em lágrimas novamente. — Eu nunca deveria ter escolhido ele em vez do Lewis.

Ben chegou bem a tempo de ouvir a última parte.

— Eu vou encontrá-lo — disse ele, num tom ameaçador.

— Eu estou bem, estou bem mesmo — disse Beth repentinamente. Afastando-se de mim, ela parou, reta, e arrumou o cabelo. — Não preciso dele. Vou ligar para Lewis.

Antes que eu pudesse impedi-la, ela estava pegando o celular na bolsa. Beth se afastou um pouco e vi que ela conversava com alguém. Um minuto depois ela voltou, fechando o aparelho.

— Ótimo. Lewis não pode vir. Ele está em casa com o irmão mais novo doente e não pode deixá-lo sozinho.

Ela parecia tão triste que eu quis fazer o que pudesse para deixá-la melhor. Olhei para Ben.

— Você pode chamar a empresa de limusine?

— Posso, claro. — Ele pegou seu celular. — Rapidinho.

Depois de dez minutos de espera, Ben finalmente conseguiu falar com alguém e acertou com o motorista para que voltasse cedo.

— Vamos todos embora agora — disse eu. Em seguida, olhei para Ben. — A não ser que você queira ficar.

— Não posso deixar vocês abandonarem seu baile de formatura por minha causa — protestou Beth. — Vou ficar bem. Posso voltar sozinha de táxi.

Ben e eu nos entreolhamos.

– Eu vou com ela – disse ele automaticamente.

Beth começou a protestar de novo, mas eu não iria deixá-la.

– Pelo menos fique *você*, então, Abbey – disse ela. – Daí o Ben pode voltar e vocês podem se divertir.

– Não, eu...

– Por favor! – Ela parecia tão triste que eu não pude deixar de concordar.

– Tudo bem. Você manda.

– Ótimo. – Beth enxugou as lágrimas do rosto.

O telefone de Ben vibrou, e ele olhou.

– É a empresa de limusine. O carro está aqui.

– Tem certeza que você está bem? – perguntei para Beth novamente.

– Estou um pouco envergonhada, mas estou bem – disse ela. – Você fica aqui. Aproveite.

Ela olhou firme para mim, então, de repente me abraçou.

– Cuide-se, Abbey – disse ela baixinho. – Combinado?

– Combinado.

Afastei-me dela. Era uma coisa estranha para ela dizer, mas Beth já estava se virando para Ben.

– Pronto?

Ele estendeu o braço e ela o pegou.

– Tente não se aproveitar dela esta noite, certo, Ben? – disse eu com um sorriso, vendo-os partir. – Não faça nada que eu não faria.

— Sou um absoluto cavalheiro — gritou Ben de volta, com uma piscadinha maliciosa. — Vejo você em uma hora.

Beth acenou para mim, e eles desapareceram pela porta.

Eu ainda estava na pista de dança quando a música seguinte começou. Em segundos, *The Ghost of You*, do My Chemical Romance, estava tocando.

Fiquei lá, o baixo crescendo mais alto, a batida ficando mais forte. As palavras eram assustadoras e ecoavam em meus ouvidos enquanto eu fechava os olhos. A música me tomou inteira, e me peguei balançando no ritmo dela, cantando junto. *"At the end of the world, or the last thing I see... You are, never coming home, never coming home... Never coming home, never coming home."*

Foi então que percebi que estava chorando. Esfreguei as duas mãos no rosto, enxuguei as lágrimas e parte da minha maquiagem, antes de voltar para a mesa onde minha bolsa se encontrava. Queria ir para casa. Caspian estava lá enquanto eu estava aqui, e era quase... Dei uma olhada em meu celular. *Quase meia-noite.*

Olhei rapidamente à minha volta, mas não vi Cacey nem Uri para perguntar se eles poderiam me dar uma carona, e não estava disposta a ficar esperando. Não sabia quanto tempo Beth e Ben iriam levar. *Talvez eu pudesse ir a pé.*

Coloquei meu telefone de volta na bolsa e tinha acabado de tirar a mão dele quando, de repente, ele tocou. Não reconheci o número.

— Alô?

– Abbey? Ei, é a Cyn. Eu sei que isso é um bocado estranho, mas... você ia me ligar?

Tive uma sensação assustadora na minha nuca. Dei uma risada fraca.

– Você está me perseguindo, Cyn? Eu estava neste exato minuto pensando em quem eu poderia chamar. Preciso de uma carona do baile para casa.

– Vou explicar tudo quando eu chegar aí – disse ela. – Me espere do lado de fora.

Enquanto eu esperava por Cyn, mandei uma mensagem para Ben dizendo que estava pegando outra carona para casa, e ela apareceu em um Audi prateado cerca de cinco minutos depois.

– Carro novo? – perguntei, com uma sobrancelha erguida. – Caramba, Cyn. Você estava escondendo isso, é?

Ela destravou o lado do passageiro.

– Não é meu. Eu... peguei emprestado. Para esta noite.

Entrei. O interior era todo em couro preto, brilhoso, e detalhes cromados. Ela acelerou o motor, rindo enquanto eu lutava freneticamente para prender o cinto de segurança.

– Você realmente tem uma queda por carros, hein? – perguntei.

– Você não sabe nem a metade. É uma espécie de hobby que tenho.

Passei a mão sobre o painel liso na minha frente, admirando.

– Sério, Cyn. Onde você pegou isso? É alugado?

– Não. Não é alugado. Já disse, peguei *emprestado*.

O jeito com que ela falou "emprestado" me deixou insegura.

– Nós não vamos ser paradas porque estamos andando em um carro roubado, vamos? – perguntei, séria. – Eu realmente não preciso disso agora.

– A policia não vai aparecer.

Olhei feio para ela.

– Confie em mim – disse ela. – Faço esse tipo de coisa o tempo todo.

– Você rouba carros o tempo todo? – Eu sabia que meu queixo estava caindo.

– Não roubo. Tudo bem, *tecnicamente* é roubo. Mas vejo isso mais como pegar emprestado. Sempre devolvo pela manhã. E eles nunca ficam sabendo.

– Nunca ficam sabendo? Você não seria amiga de Kame, seria? Ou de Sophie? E que tal Cacey e Uri?

– Quem? – Ela franziu a testa, e tentei ler seu rosto e ver se estava blefando. – Não conheço nenhuma dessas pessoas.

Olhei para ela bem de perto.

– É sério. Eu realmente não conheço, de verdade – disse ela.

– Então, o que você quer dizer com "eles nunca ficam sabendo"?

Ela deu de ombros.

– É uma espécie de dom que tenho. Digo a alguém que quero pegar o carro emprestado, e a pessoa o empresta. Em seguida, digo que vou devolvê-lo pela manhã, e os donos nunca se lembram de nada. É só questão de... uso das palavras.

Aquela nova informação estava confundindo as coisas para mim.

– Você está lançando algum tipo de feitiço sobre eles? – brinquei.

Ela olhou atentamente para mim.

– Se eu dissesse que sim, o que você pensaria?

– Honestamente? – Olhei para fora da janela antes de responder. Estávamos quase na minha casa. – Sou surpreendentemente liberal.

– Não sei se é isso mesmo – admitiu ela. – Um feitiço ou qualquer coisa assim. Tudo o que eu sei é que tenho essas sensações. Como a desta noite, ao ligar para você. Isso, e o fato de que as plantas parecem gostar de mim. Talvez eu seja um pouco bruxa.

Avistei minha casa e fiquei aliviada. Normalmente, teria ficado feliz em continuar conversando com Cyn sobre a coisa esquisita que acontecia com ela, mas naquele exato momento tudo o que eu podia pensar era em Caspian.

Ela seguiu pela entrada de carros e o estacionou. Destravei minha porta e coloquei a mão na maçaneta.

– Se você quiser falar sobre isso depois, é só me ligar. Eu ficaria agora, mas tenho... algo mais que precisa ser cuidado.

Ela olhou para a casa. Estava escuro, exceto por uma luz na cozinha, e então concordou. Abri a porta e saí do carro.

– Obrigada pela carona, Cyn. – Virei-me para dizer.

Ela piscou para mim.

– Divirta-se, Abbey.

Fiquei ali em pé parecendo confusa enquanto ela se afastava. *Ela sabe sobre Caspian? Não é possível...*

Endireitei os ombros e me voltei para a casa. Alguma coisa me dizia que, mesmo que Cyn *tivesse* uma ideia do que estava acontecendo, ela não iria contar a ninguém. Pelo menos não tão cedo.

Dei uma olhada no meu telefone novamente, segurando a respiração. Era meia-noite e treze. Primeiro de novembro.

Dia do aniversário da morte de Caspian.

Capítulo Vinte e Um

Primeiro de Novembro

Quando ele entrou na casa, a conquista de seu coração estava completa.

— A lenda do cavaleiro sem cabeça

Minhas pernas tremiam enquanto eu caminhava até a entrada da frente, e respirei. Coloquei a mão na maçaneta, girei-a devagar e em seguida empurrei a porta aberta. Um rastro de pétalas de rosas vermelhas me recebeu, mostrando o caminho pela sala e pela cozinha. Fui seguindo as pétalas e encontrei um bilhete que dizia: *Astrid, venha me encontrar aqui em cima.*

Coloquei minha bolsa sobre o balcão, tirei os sapatos e me dirigi em silêncio até o banheiro do térreo. Meu vestido branco estava pendurado atrás daquela porta. *Por favor, que ele goste disso em mim...*

Respirando fundo mais uma vez, abri o zíper das costas do meu vestido vermelho e o tirei, pendurando-o na outra ponta da banheira. Puxei o vestido branco para baixo e o tirei delicadamente da capa plástica. O tecido sedoso sussurrou pela minha pele assim que entrei nele, e eu quase podia ouvir os suspiros suaves de outro tempo e lugar. De outra mulher, que usara este vestido antes de mim, para encontrar o homem que amava antes que fosse tirado dela para sempre.

Demorei a amarrar o corpete porque minhas mãos estavam tremendo, mas finalmente, *finalmente* estava pronta.

Eu me virei e olhei no espelho, um pouco atordoada novamente com meu decote milagroso. O vestido estava tão lindo quanto na primeira vez que o experimentei. Era como se tivesse sido feito para mim.

Minha maquiagem, no entanto, já não estava bonita. Arranquei os cílios postiços e limpei as manchas de rímel debaixo de cada olho. Felizmente, tinha uma bolsa de cosméticos sobressalente debaixo da bancada, assim pude retocar meu *blush* e o brilho dos lábios. Não queria exagerar. Não combinaria com este vestido.

Fiquei na dúvida se soltava ou não o cabelo, mas decidi mantê-lo preso. Caspian quase não me vira usando o cabelo assim, e eu queria surpreendê-lo. Tirei a rosa que Ben tinha me dado e a coloquei sobre a pia.

Depois de uma última olhada, saí do banheiro e subi as escadas lentamente.

Podia sentir a aspereza do tapete do corredor sob meus pés descalços, e tentei focar naquilo. Meu coração parecia dançar em meu peito, e, a cada passo que dava, eu me aproximava mais e mais da realidade que me esperava poucos metros adiante. *Por favor, por favor, que ele goste de mim...*

Por favor...

O topo da escada fora iluminado com velas, e mais pétalas de rosa estavam espalhadas pelo chão. Elas levavam até o meu quarto.

Abaixei-me para pegar uma das pétalas de rosa e senti a suavidade de veludo entre meus dedos. *Isto é um sonho. Só pode ser.*

A porta do meu quarto estava aberta, e pude ver mais velas acesas lá dentro. O caminho de pétalas de flores me levou até a cama, e eu nem mesmo percebi que estava segurando minha respiração, até que coloquei o pé dentro do quarto.

Caspian estava sentado lá. Desviando o olhar.

Prendendo a respiração, sentindo meu peito apertado e minha mente enevoada, aproximei-me da cama. Fui para mais perto dele.

Caspian vestia um smoking preto clássico, camisa branca e gravata escura. Seu cabelo estava penteado para trás, mas eu poderia dizer que aquela faixa preta teimosa não queria ficar no lugar, e seus olhos verdes estavam cintilando e extraordinariamente brilhantes à luz das velas. Eram como dois globos flamejantes que me olhavam com intensidade.

Ele se levantou e deu um passo. Depois outro.

Prendi novamente a respiração.

– Você – suspirou, passando a mão pelo meu rosto – é a coisa mais linda que eu já vi.

E em seguida ele me tocou.

Uma onda de emoção correu por meu corpo, e rocei meu rosto na palma da sua mão, fechando meus olhos, passando minha bochecha contra sua mão como um gatinho exigindo ser acariciado. *Exigindo* ficar mais perto.

Achando difícil de acreditar que tinha se passado um ano inteiro desde a última vez que senti sua pele, meus dedos estavam ansiosos e aflitos, deslizando pelo seu casaco. Pelo ombro. Pelo seu cabelo. Estendi a mão... *e ele era real!*

Caspian me alcançou ao mesmo tempo, e ficamos suspensos em algum lugar entre o querer e o precisar. Sua mão livre se enlaçou com a minha, e *senti*. Tudo o que estava lá, tudo o que o fazia ser *ele*, eu senti. O calor sólido de seus dedos. A delicadeza da sua mão. Mesmo os pequenos montes e sulcos que eram parte de suas juntas.

Ele segurou minha nuca, e uma ofuscante, louca, doce onda de emoção me cobriu. O espaço entre nós tinha ficado lá por *tanto* tempo, e agora eu estava pressionada contra ele, e rindo e chorando, e tentando não deixar minha maquiagem escorrer para todos os lados de novo...

E eu podia *sentir*.

Nós podíamos sentir.

Ele era real, e eu era real, e tudo aquilo era *muito* real.

Ergui meu rosto, procurando cegamente pelo dele. Com as mãos, ele traçou minhas bochechas, meus lábios, minhas sobrancelhas, meu queixo. Toda parte do meu corpo que Caspian podia tocar, ele tocou. Lentamente. Dolorosamente. E o tempo inteiro eu estava ficando louca, com um fogo me queimando por dentro e me dilacerando.

– Por favor, por favor. – Eu me ouvi suspirando. – Por favor...

Então ele me beijou. E eu estava perdida.

Se acreditei estar queimando antes, *agora* era como um afogamento. Meus lábios abriram os dele com urgência, e eu queria mais. Não era o suficiente. Não estava próxima o bastante.

Eu me joguei contra ele e passei a mão procurando por dentro do seu casaco. *Mais perto*. Eu queria ficar mais perto.

A camisa estava me atrapalhando, e eu queria gritar de raiva. Apressadamente, desabotoei o botão de cima e abri caminho em direção à pele.

Eu o encontrara, e ele era meu.

Caspian gemeu e me puxou mais forte contra ele. Podia senti-lo inteiro, mesmo através do meu vestido. Nós recuamos, e subitamente senti uma parede atrás de mim. Minhas mãos subiram, entrelaçando-se no seu cabelo, e suas mãos desceram. Por todo o meu colo.

Não podia parar de beijá-lo. Prová-lo. Tocá-lo. E minhas mãos o percorriam livremente. Tinha uma vida inteira de toques para compensar em um período tão curto de tempo.

Ele se afastou um pouco e beijou meu pescoço, eu tremi. Ele parou em um ponto sensível perto do lóbulo da minha orelha, e meus joelhos quase cederam.

– Hummmmmm – disse eu.

– O que é isso? – sussurrou Caspian, levantando um pouco a cabeça

– Não pare. Foi isso que eu disse.

– Ah, sério? – Ele enlaçou seus dedos nos meus e colocou minhas mãos contra a parede. – Porque achei que pareceu mais um gemido que palavras.

– Mmm-hmm – disse eu, movendo minha cabeça para lhe facilitar o acesso. – A mesma coisa.

Ele voltou sua atenção para minha orelha, e mal percebi que ele estava olhando para o meu vestido até que ele recuou.

– Você vestiu isso para me torturar, não é? – disse, erguendo a cabeça, os olhos brilhando em um verde-escuro.

– O que você quer dizer? – Olhei para baixo.

Ele soltou uma das minhas mãos e puxou os cordões.

– *Isto*. É uma tortura. Você tem ideia de quanto tempo vai levar para desamarrar isto?

Uma terrível emoção me atingiu, e respirei fundo, fazendo com que os cordões esticassem. Balancei a cabeça.

– Quanto tempo?

– *Muito* tempo. Tempo demais. E seu cabelo preso, sexy desse jeito, e esses cachos caindo e me provocando... – Ele traçou um dos cachos soltos com o dedo, e então gemeu novamente. – Tortura.

De repente, passou o braço em volta de mim, fomos para a cama e caímos sobre ela. Ele me puxou para cima dele, e minhas pernas se enroscaram em volta de seu corpo, como um mar de pétalas de rosa, e as saias do meu vestido se espalharam ao nosso redor. Caspian passou a mão suavemente pelo meu rosto.

– Esperei *muito* tempo para fazer isso – disse ele. – E acho que eu preciso fazer de novo.

Deixei que ele me puxasse de novo para outro beijo, e desta vez nós dois estávamos perdidos. Eu queria cada vez mais sua pele. Ele brincou com o canto dos meus lábios, e abri minha boca para ele. Mas Caspian se afastou.

Tentei puxá-lo para perto novamente, oferecendo-me em troca de mais, quando ele foi na direção do canto do meu olho. Beijou lentamente o lado do meu rosto traçando um caminho até meu pescoço. Libertei uma das mãos e soltei meu cabelo, que caiu à nossa volta, e Caspian rosnou um pouco ao mergulhar as duas mãos nele.

Minha pele estava ficando quente. Muito quente. E eu queria tirar meu vestido. *Agora*.

Recuei e ele tentou vir atrás. Mas eu o segurei com a palma da minha mão. Balançando a cabeça, dei-lhe um sorriso tímido e voltei minha atenção para sua camisa. O resto dos botões era fácil, e logo seu peito estava nu. Passei a ponta dos dedos por sua pele, e ele estremeceu.

– Provocação – sussurrou ele.

– Provocação? Não. Isto – puxei a ponta do cordão do meu corpete, e a linha superior de cordas se soltou – é provocação.

Caspian umedeceu os lábios.

– Isso é definitivamente uma provocação.

– E isto? Do que você chamaria isto? – Puxei os cordões de novo um por um, removendo-os lentamente. Expondo cada vez mais a pele.

– Uma provocação muito, muito grande?

Balancei a cabeça.

– Sua vez.

Ele não hesitou. Empurrou para trás as mangas da camisa e tirou-a. Sob o brilho das velas, sua pele tinha um tom entre dourado e acobreado. Ele era *lindo*.

– Como isso funciona? – perguntei baixinho, olhando para minha mão que descansava sobre o seu coração. Eu podia senti-lo bater. – Não achei que teríamos a chance...

Ele colocou um dedo sobre meus lábios.

– Não sei. Apenas aceite. Isso é tudo que importa agora. Fique comigo. Aqui e agora.

Assenti vacilante e, em seguida, coloquei sua mão nos cordões do meu corpete. Enrolei a ponta solta em seu punho.

– Por que você não termina? – A parte superior do vestido caiu aberta, e ele se sentou, puxando-me para mais perto dele.

– Você é linda, Abbey – disse ele. Seu tom era silencioso e reverente.

– Apague as velas mais próximas – pedi baixinho. Ainda estava nervosa. – Por favor.

Em poucos segundos as velas ao redor da cama estavam apagadas, e eu mal podia ver seu rosto. Busquei-o novamente, já sentindo falta do sabor dos seus lábios. Ele tocou os dele nos meus e eu o puxei. Para cima de mim.

Nós nos beijamos por um longo tempo. Sua mão quente pousou na minha perna nua, e, quando ele me tocou, o fogo corria em minhas veias. Peguei seu rosto e segurei-o próximo ao meu. Olhando em seus lindos olhos, eu disse claramente:

– Quero você. Cada parte de você.

Ele ficou imóvel.

– Tem certeza?

– Sim.

– Não quero que você sinta como se tivesse que...

– Sim.

– Ou se arrepender mais tarde...

– Caspian, *sim*.

– Eu só queria dar a você algo bom para recordar. Desde...

– *Sim, sim, sim* – disse eu desesperadamente, vorazmente. – Deixe-me com algo bom para recordar. Por favor. Eu amo você, Caspian. Quero que você me ame.

Ele pegou meu rosto com as mãos em concha e gentilmente afastou um cacho para o lado.

– Eu também amo você, Abbey. Mais do que a vida. Mais do que a morte. Mais do que a eternidade.

Então eu me senti afogar novamente, mas desta vez não estava sozinha. Agora ele estava comigo. E me guiava. E estávamos nos afogando juntos. Mais próximos do que a vida, do que a morte e de tudo o que existisse entre elas.

Abri uma pálpebra e imediatamente tentei imaginar onde estava. Sentia meus braços e pernas pesados, como se eles ainda estivessem adormecidos. Eu me mexi para virar de lado e senti uma pontada de dor em músculos que eu nem sabia que tinha.

Meus olhos abriram completamente e avistei Caspian. Percebi que estava deitada de costas, meu cabelo espalhado ao meu redor, meu vestido não cobrindo tudo o que deveria, e eu vibrava inteira. Uma sensação simultânea de exaustão e contentamento se espalhava por mim.

Caspian estava deitado perto de mim, o lençol enrolado na cintura. Posso dizer que eu estava corando mesmo quando olhei para ele.

– Aquilo foi… intenso – disse eu.

Ele levantou uma sobrancelha.

– Mmm-hmm.

– Foi… hããã… intenso para você?

– Muito intenso. – Ele se aproximou e passou um dedo na ponta do meu nariz. – E a espera valeu muito a pena.

Agora eu estava corando ainda mais, um sentimento ridiculamente feliz de satisfação me inundando.

– Como eu consegui manter meu vestido?

– Sorte? Habilidade? Pura força de vontade? – disse ele. – Nós estávamos um pouco ocupados demais para pensar nisso.

Agarrei os lençóis para puxá-los em volta de mim. De repente, estava me sentindo exposta.

Ele gentilmente afastou uma mecha de cabelo do meu rosto.

– Não vá sentir vergonha de mim agora – disse ele.

Eu me ergui e peguei sua mão, sorrindo para ele.

– Não sinto. – Então, olhei para baixo e para o lençol ao qual eu também estava desesperadamente agarrada. – Tudo bem, talvez eu sinta. Um pouco.

Ele também sorriu.

– Temos só vinte e uma horas – sussurrei, olhando para o relógio. Estávamos com as horas contadas. Eram quase três da manhã.

– Temos *mais* vinte e uma horas – corrigiu ele. – Vinte e uma horas para ficarmos juntos. – Estendeu a mão para a camisa branca do smoking no chão. – Acho que deveríamos dançar. Já que não conseguimos aproveitar juntos sua formatura.

Quando ele olhou para o lado, aproveitei o momento para juntar a parte de cima do meu vestido. Um dos cordões balançava livremente, no fim do corpete, mas estava faltando o outro.

– Você viu meu cordão? – perguntei. – Eu tinha dois.

Ele deu uma olhada em volta, casualmente.

– Não. Não vi. Acho que você vai ter que se virar com apenas um.

– Um só não vai amarrar tudo.

– E isso é um problema?

Dei uma risada.

– Acho que se você não está reclamando...

Ele juntou as mãos.

– Não estou reclamando.

Sorri, puxando o cordão para cima, e o estiquei na posição. Ele escorregou através dos furos do corpete com facilidade, mas definitivamente não era possível deixá-lo bem amarrado como antes. Quando olhei novamente, Caspian já tinha colocado sua camisa de volta.

– O smoking deu um toque legal – disse eu. – Como você o conseguiu?

– Uri. Ele me ajudou com várias coisas. O smoking, as rosas... Levei um tempo para arrumar tudo porque... – Ele desviou o olhar.

Recolhi minha saia e fiquei em pé. Minhas pernas e coxas doíam, como se eu tivesse corrido uma maratona, e levei um segundo para me acostumar àquela sensação. Caspian foi até um aparelho de CD em cima da lareira e apertou um botão. O jazz encheu o ar, e quando ele voltou até mim estendeu a mão.

Dançamos quatro músicas, e eu queria que nunca terminasse. As velas queimavam devagar, a maioria delas já tinha terminado. Olhei para ele, e Caspian estava olhando para mim. Seus olhos estavam bem abertos e focados.

– O quê? – perguntei.

– Só você. Estou feliz de estar com você – explicou ele.

– Eu também – suspirei. – Eu me sinto toda quente e grudenta por dentro. Como biscoitos com gotas de chocolate.

– Eu não me lembro do gosto do chocolate.

– Não? – Olhei para ele, incrédula.

– Não.

– Então, precisamos corrigir isso. Vamos lá. Vamos fazer algo no forno. – Agarrei sua mão e levei-o até a porta, parando ao longo do caminho e apagando o restante das velas acesas.

Ele me seguiu até a cozinha, e acendi uma luz. Não demorou muito tempo para juntar os ingredientes, e logo estávamos ambos cobertos até o cotovelo de massa de biscoito.

– Prove isso – pedi a ele, depois de misturar metade de uma embalagem de gotas de chocolate.

Ergui uma colher até seus lábios, ele provou um pouco e engoliu. Um olhar cômico atravessou seu rosto.

– Não sei se eu gosto – disse ele, lambendo o canto da boca. – É... esquisito.

– Esquisito? – Acenei com a colher na frente dele. – Esquisito? De que planeta você é?

Ele riu.

– Tudo bem. – Tirei minhas mãos da massa e apanhei a embalagem de gotas de chocolate. Peguei uma porção e estendi para ele.

– Experimente. Diga se isso é estranho.

Ele aproximou a cabeça e abriu a boca. Seus lábios envolveram meu dedo quando me afastei. Seus olhos encontraram os meus.

– Delicioso – disse ele.

Então, com um olhar malicioso no rosto, ele enfiou a mão na tigela de massa e jogou uma pequena porção em mim. Ela caiu no meu rosto.

– *O quê?* – gritei. – Você não fez isso! Está começando uma guerra de comida?

Seus olhos disseram tudo, e ele me provocou atirando outra porção de massa.

Retaliei com uma das mãos cheia de farinha. Ela se espalhou pela sua cabeça, cobrindo seus cílios e sobrancelhas, e eu não conseguia parar a explosão de gargalhadas que de repente comecei.

Em seguida, ele me jogou açúcar, e gritei de novo enquanto os grãos frios corriam pela frente do meu vestido. Minha única opção era mais farinha, e ele também estava rindo, mesmo quando uma porção dela explodiu na frente do seu terno.

Caspian avançou, com os dedos cobertos de massa de biscoito grudenta, e eu ri enquanto recuava. A cozinha estava uma bagunça, nós estávamos uma bagunça, e eu tinha massa no rosto, açúcar dentro do vestido e a ameaça de mais uma carga vindo em minha direção.

– Trégua, trégua! – gritei, erguendo minhas mãos em sinal de rendição.

– Ok, para que haja uma trégua, vós tereis de pagar uma recompensa – rosnou ele, imitando um terrível sotaque de pirata.

Eu não conseguia parar de rir ao ver suas sobrancelhas brancas e me dobrei gargalhando. Ele aproveitou e me segurou no chão, com os dedos grudentos segurando os meus enquanto montava em mim.

– A recompensa! – disse ele. – Acho que podemos chegar a um acordo.

Ele colocou a mão sobre meus lábios e lambi seu dedo.

– Hummmm – disse eu. – Massa de biscoito de chocolate nunca foi tão gostosa.

Seus olhos ficaram escuros e seus lábios encontraram os meus.

– Você está certa.

Capítulo Vinte e Dois

Perdendo Tempo

Mas se existia um prazer naquilo tudo, enquanto se aconchegava confortavelmente no canto da chaminé de uma câmara preenchida pelo brilho avermelhado da fogueira crepitante...
— *A lenda do cavaleiro sem cabeça*

Saímos da cozinha e cambaleamos de volta para o andar de cima.

Estávamos quase na cama quando me dei conta de que ainda nos encontrávamos cobertos de comida.

— Estamos imundos — disse eu, afastando minha boca da dele. — Estamos cobertos de farinha e açúcar e... — limpei meu rosto — ... massa de biscoito.

Caspian se afastou.

— Você está certa. Tenho uma ideia. Fique aqui.

Sentei na beira da cama enquanto ele se dirigia ao banheiro. Um instante depois, ouvi o som de água correndo na banheira.

– Espere dez minutos e depois entre – disse ele lá de dentro.

Sentei e esperei. Uma espera *excruciante* de dez minutos. Em seguida, levantei-me e fui até o *closet*. Eu tinha um roupão de banho extra. Pendurei o vestido depois de tirá-lo e vesti o roupão.

A água parou de correr. A banheira estava cheia.

– Você está pronto? – provoquei, aproximando-me. – Essa banheira não é grande o suficiente para duas pessoas, você sabe.

Entrei no banheiro. O vapor embaçava o espelho. Caspian estava esperando na borda da banheira, sem paletó, as mangas da camisa arregaçadas, o cabelo e o rosto totalmente limpos. Um conjunto de toalhas roxas e uma toalha de rosto estavam na bancada. Montes de grandes bolhas de sabão escapavam pela borda da banheira.

Ele fez um gesto amplo com os braços.

– Este banho é para a senhora, *milady*.

– Você preparou um banho para *mim*? – Eu estava impressionada. E um pouco nervosa em tirar o roupão na frente dele. Mergulhei um dedo na água. – Você poderia...? – Olhei para o meu roupão.

Ele insinuou um sorriso, mas virou-se.

– Assim é melhor?

Tirei o roupão e entrei rápido na água.

– Muito melhor.

Afundei na banheira, e deixei escapar um gemido de satisfação. Estava divina. Na temperatura certa. Joguei a cabeça para trás e deslizei para dentro da água por um segundo, molhando meu cabelo.

Quando voltei à superfície, Caspian tinha se virado de volta e estava escorado em um joelho, no chão ao meu lado.

— Está bom?

— Ótimo. Você é incrível.

Seu sorriso era lindo, e me aproximei para beijá-lo. Meus dedos demoraram no seu cabelo e eu não queria deixá-lo ir.

Mas vou ter de...

Minha garganta apertou, e pigarreei bruscamente. Não queria este tipo de pensamento se intrometendo agora no nosso tempo juntos.

— Bem — disse eu —, agora que dançamos e fizemos biscoitos, mesmo que tenhamos nos esquecido de colocá-los no forno... Qual a próxima coisa que deveríamos fazer?

— A lua? — sugeriu ele. — Las Vegas? Rússia? Tailândia à meia-noite?

— Ooooh, você é um romântico. O que mais?

Ele recitou uma lista de coisas a fazer e lugares a ver, e inclinei a cabeça para trás e ouvi. Não importava que não pudéssemos fazer nada daquilo. Apenas ouvi-lo falar como se tivéssemos um futuro era suficiente para mim.

Estendi a mão para o pacote de juta com sais de banho que eu sempre mantinha na borda da banheira e despejei um punhado dentro. Os sais ficaram avermelhados nos meus dedos, e mexi minhas mãos na água para que se dissolvessem rápido, enquanto a memória de outro tempo e lugar me atingia. Outro banho no qual coloquei sais na água. Mas ele não estava comigo, portanto tudo o que eu podia fazer era imaginar. Agora era uma experiência completamente diferente.

Uma crosta de sal bateu na minha mão, eu a ergui da água e fiquei olhando para ela. A pequena pedra de sal estava se desintegrando devagar, e entendi que todo esse tempo usei estes sais de banho como se fosse uma coisa normal do dia a dia, e não tinha ideia. Não tinha ideia de que poderia não ter anos pela frente para tomar mais banhos. Anos para apenas sentar e aproveitar o conforto morno da água em minha pele, o perfume preenchendo minhas narinas, a sensação sedosa deixada pelos óleos... *Normal. Diário. Acontecimentos cotidianos. Coisas que eu tinha como garantidas por muito tempo.*

– Astrid? – A voz de Caspian interrompeu meus pensamentos.

Ergui os olhos.

– O quê?

– No que você está pensando?

Estou pensando neste pedaço de sal na minha mão e refletindo sobre as maravilhas da vida.

– Só sobre como isso é legal – respondi sorrindo. – Pode me dar a esponja?

Ele a pegou, mas, em vez de entregá-la para mim, enfiou o braço na banheira, mergulhando-a. Depois de torcer o excesso de água, passou um pouco de sabonete nela e a esfregou lentamente no meu braço estendido.

Prestando atenção a cada dedo, lavou minhas juntas, meu dedo, minha palma. Depois passou a toalha por todo o meu braço novamente.

– Tenho dois braços, Caspian.

Tirei minha outra mão da água e ele ensaboou o outro braço também. Largando a esponja, pegou um pouco de água entre as mãos e despejou nos meus braços para enxaguar as bolhas restantes. Em seguida, pegou de novo a esponja e começou a passá-la nos meus ombros.

Lentamente, ele a passou na frente do meu pescoço e depois nas minhas costas. Segurei todo meu cabelo e o ergui em cima da cabeça. Ele molhou e passou a esponja em círculos pelos meus ombros enquanto eu me inclinava para a frente, encolhendo as pernas.

Sua mão se moveu para a frente. Passou para baixo, e eu me inclinei para trás, dando a ele mais espaço. Meu joelho saiu da água, e ele seguiu pela minha coxa até meu joelho.

O rosto de Caspian estava tão próximo que tudo o que eu podia fazer era virar minha cabeça para beijá-lo. Mas me segurei. Resisti. Não queria distraí-lo de sua tarefa...

... e então eu o agarrei.

Usando as duas mãos, puxei sua camisa para perto de mim, sem me importar em ensopá-la. Ofereci meus lábios como sua recompensa. O banheiro ficou mais quente, o vapor da água subia em curvas preguiçosas, e eu queria entrar nele. Para envolvê-lo em meu corpo e nunca mais deixá-lo ir embora. Para me fundir com a sua pele.

Devo ter puxado sua camisa um pouco forte demais, porque, quando vi, ele estava perdendo o equilíbrio e caindo na água junto comigo.

A água espirrou, atingindo nossos rostos, e engasguei com meu riso. Ele também riu, o cabelo pingando enquanto a água corria num fluxo constante.

Nosso riso não continuou depois que percebi que suas mãos, que antes estavam usando as bordas da banheira para se equilibrar, agora se apoiavam em minhas coxas.

Ele percebeu também.

– De fato, não tem espaço suficiente para duas pessoas nesta banheira – disse ele.

– É, acho que terminei meu banho agora. Pode me passar a tolha?

Caspian saltou para fora da água e pegou uma das toalhas roxas. Estendendo-a o mais que podia, ele a segurou na minha frente. Saí da banheira. E me encostei nele.

Ele esticou a mão cegamente para o roupão que eu largara no chão e o estendeu para mim.

– Você quer... – Suas palavras morreram. Ele tentou de novo. – Ahãã... isto também, quem sabe?

Puxei as pontas da toalha contra meu corpo.

– Não preciso disso.

Caspian deu um passo para trás para me olhar.

– Sei que provavelmente não deveria dizer isso, mas você está adorável.

Foi a melhor coisa que ele poderia ter dito. A coisa mais perfeita que poderia ter dito, porque, com meu cabelo molhado e despenteado, a toalha úmida em torno de mim, e toda minha linda maquiagem lavada, estava me sentindo qualquer coisa, menos adorável.

Então me aproximei dele e soltei a toalha, deixando-a cair aos nossos pés.

E depois... bem... meio que saltei em cima dele.

Ele me pegou. E me envolveu em seus braços. E eu o abracei pelo pescoço, enrolando minhas pernas na sua cintura. Tudo o que eu conseguia pensar era em quanto eu o queria novamente.

Meu... Amor... Eram as palavras que passavam repetidamente pela minha cabeça, em meio à névoa.

Ele se encostou à pia, e eu me prendi a ele. *Mais perto. Mais fundo.* Ele me segurou com um braço e usou a mão para subir pela minha perna. Ele acariciou a parte de trás do meu joelho e eu queria gritar *Sim*, enquanto ele me levava às alturas. Seus dedos deslizaram pelas minhas costas, acariciando minha coluna, e arqueei como um gato ao sol morno, tentando sufocar um gemido.

Acho que, então, gritei.

Não éramos nada mais além de toque, gosto e sensações. A toalha estava debaixo de nós. O chão veio ao nosso encontro, e depois fiquei pensando que eu nunca soube como o assoalho podia ser confortável.

Caspian me carregou para o quarto, e deitei a cabeça no seu peito. Eu mal podia pensar. Mal podia me mover. Mal podia manter meus olhos abertos.

A toalha estava enrolada em mim de novo. Eu me aconcheguei mais profundamente nela e também nele.

Minhas pálpebras estavam pesadas, mas eu não queria dormir, não queria desperdiçar um único segundo de nosso precioso tempo juntos.

Entrelaçando nossos dedos, ajeitei minha cabeça de forma a conseguir ouvir a batida do seu coração. Eu só teria esta única chance.

– Fique comigo – sussurrou ele. – Fique acordada para mim.

Mas eu já estava apagando.

A luz do sol estava entrando pela janela quando acordei novamente. Eu me ergui e logo olhei para Caspian, deitado do meu lado. Ele se espreguiçou e se virou para me encarar, os olhos verdes cintilando ao sol.

Afastei um pouco do cabelo em seu rosto e sussurrei:

– *Leve-o, e desfaça-o em estrelas,/ E ele vai enfeitar tão bem o céu/Que o mundo todo adorará a noite/ Renegando o esplendoroso Sol.*

Ele tocou minha mão e a levou aos lábios, beijando a palma.

– O que é isso?

– Algo que encontrei escrito em um pedaço de papel. Shakespeare.

– Hummmm. – Ele se esticou preguiçosamente, e toquei a tatuagem no seu braço.

– Eu recitei para você, sabe? – murmurei, falando quase que comigo, não com ele. – Mesmo que você não pudesse me ouvir, eu falava com você.

– Ouvi cada palavra – disse ele. – Cada suspiro, cada súplica. Cada emoção sincera que você dirigiu para mim... eu ouvi todas elas. E as guardei.

Passei um dedo pelo seu peito nu.

– Você sabe, queria tocar a tatuagem nas suas costas desde que você a mostrou para mim pela primeira vez, e agora eu posso.

Ele se virou, e o desenho nas costas dele agora estava bem diante dos meus olhos. Suas clavículas ficaram proeminentes quando ele colocou a cabeça sobre os braços.

Deixei meu dedo deslizar sobre sua pele, seguindo a tênue linha preta enquanto ela descrevia curvas e repetia padrões. Sua pele era morna – algo que imaginei, quando pensava em como seria este dia.

– Isso é estranho? – perguntei.

– O quê?

– Viver. Ser real. Apenas por um dia. – Agora minhas duas mãos deslizavam por sua pele.

– Nos primeiros dois anos, foi estranho. Realmente estranho. Este ano? Não tenho reclamações.

– O que vamos fazer? – Eu me encostei nele e respirei as palavras em sua pele, estimulando os músculos a ondularem para a vida. – Como vamos voltar ao que era antes, quando não éramos capazes de nos tocar, depois disto?

Ele suspirou profundamente, mas não respondeu.

Passamos o restante do dia na preguiça. Descemos as escadas e nos enroscamos no sofá para ver filmes, apenas aproveitando a chance de ficarmos embrulhados em cobertores e um no outro. Fizemos pipoca e bolos de chocolate. E, para o jantar, foi um simples espaguete.

Caspian me disse que era o melhor espaguete que ele já tinha comido.

Enquanto a noite caía e as sombras vinham afastando cruelmente o restante da luz do dia, uma nuvem negra se abateu sobre mim. Nosso tempo estava se esvaindo. Já eram oito horas da noite. Tínhamos apenas mais quatro horas. Quatro horas para compensar um ano sem nos tocarmos.

Nem de longe era o suficiente.

Finalmente nos vestimos. Ele colocou um jeans e uma camiseta velha que tinha sido do meu pai, e vesti um jeans com um suéter azul-escuro. Peguei um cobertor de flanela grande e fiz uma caneca fumegante de chocolate quente para nós, e depois fomos para a varanda da frente. O balanço estava lá fora, assim como as estrelas.

Ficamos abraçados no escuro, seguros no nosso cobertor grande e confortável. Uma das mãos dele repousava no meu quadril, e uma das minhas descansava segura contra seu coração. Ele cantarolava uma canção de ninar suave enquanto eu olhava para o céu da noite e fazia um pedido depois do outro silenciosamente.

A hora foi desaparecendo. E meu coração começou a doer.

– Astrid – disse ele, repentinamente, afastando seu corpo do meu. – Tenho algo para você. – Ele procurou algo no bolso do seu jeans.

Eu poderia dizer pela mudança na sua linguagem corporal que ele estava nervoso.

Sentei-me.

– O que é isso?

Ele estendeu a mão, abrindo seus dedos devagar, e lá estava um anel.

A pedra era oval, com uma cor entre vermelho-rubi e rosa-alaranjado. Delicadas nervuras de metal escuro a entornavam, mantendo a gema no lugar. Oito pequenas pedras parecidas pontilhavam as bordas. Mesmo sob a luz fraca, ela brilhava.

– Era da minha avó – disse ele baixinho. – Meu pai me deu há muito tempo, e eu o mantive seguro na caixa de tesouros que encontramos atrás da minha antiga casa. Não posso exatamente pedir que se case comigo, por mais que deseje isso, uma vez que passo a maior parte do meu tempo escondido do resto do mundo. – Abri minha boca para interromper, mas ele sacudiu a cabeça. – Deixe-me terminar.

Concordei, e ele continuou:

– Mas quero que você fique com ele como uma promessa de *meu* para sempre. Seja o que for. O que eu puder lhe dar. Você tem tudo isso. Tudo de mim.

Estendi minha mão esquerda trêmula, e ele colocou o anel em meu dedo. Encaixou perfeitamente.

Levei a mão em concha até seu rosto, o anel definitivo junto à minha pele. Como se sempre tivesse estado lá.

– Também prometo para sempre – jurei. – Seja o que for. O que eu puder lhe dar. Você tem tudo isso. Tudo de *mim*.

– Astrid – suspirou ele, fechando os olhos. – Astrid...

Também fechei meus olhos, e nossos lábios se encontraram. Palavras desvairadas de amor e de eternidade foram trocadas entre nós. Declarações de votos sagrados que significavam mais do que qualquer coisa que já tivéssemos dito. E quando comecei a sentir gosto de sal, sabia de onde vinha.

Não me preocupei em enxugar as lágrimas do meu rosto.

Capítulo Vinte e Três

O Dia Seguinte

A hora era tão sombria quanto ele próprio.
— *A lenda do cavaleiro sem cabeça*

Meus pés estavam frios, e me perguntei por que os cobertores não os cobriam completamente. Tentei enfiar meus dedos mais para dentro dos lençóis, mas senti apenas uma superfície dura embaixo de mim. Abri os olhos e olhei em volta.

Estava do lado de fora de casa, no balanço da varanda. Um cobertor de flanela escorregava de cima de mim.

Caspian estava sentado nos degraus da frente, olhando para o quintal. Ele deve ter ouvido eu me mover, pois se virou.

— Bom dia, linda.

— Bom dia. — Enrolei o cobertor mais firmemente em volta dos meus ombros e fui sentar perto dele. — Desculpe, peguei no sono.

Seu sorriso era triste.

– Tudo bem.

Sem pensar, encostei minha cabeça nele. Ou pelo menos tentei.

A sensação de estar caindo me atingiu e me endireitei rápido. Nosso tempo tinha acabado. Era dois de novembro. Ele não podia mais me tocar.

Eu sabia que não conseguiria esconder as lágrimas, assim, levantei-me rapidamente.

– Vou entrar. Eu preciso...

Mas não consegui terminar. Corri para a segurança do banheiro e sentei na beirada do vaso sanitário, chorando até que meu coração não aguentasse mais e eu não tivesse mais lágrimas.

Quando terminei, ainda não me sentia nada bem. Tudo o que eu queria era poder falar com alguém. Alguém que tivesse passado por isso. Alguém que soubesse exatamente o que eu estava sentindo. *Katy. Vá falar com Katy.*

Katy era a pessoa perfeita para conversar! Ela *esteve* na mesma situação em que me encontro agora. Exatamente.

Tropeçando nos meus próprios pés, eu mal conseguia me lembrar de subir as escadas e me vestir. Caspian estava sentado na beirada da janela, olhando para fora. Ele deve ter entrado enquanto eu estava no banheiro.

– Vou dar um passeio – disse eu.

Mas ele não respondeu.

Coloquei uma calça jeans diferente e uma camiseta. Peguei minha jaqueta e fui até ele.

– Ei – disse eu, suavemente. – Você está me ignorando?

Ele olhou para mim, os olhos distantes.

– O quê? Não. Desculpe. Só estou distraído. Pensando.

Quis tocar sua mão. Seu rosto. *Qualquer coisa*. Em vez disso, enfiei as mãos bem fundo em meus bolsos.

– Não vou demorar.

– Aonde você vai? – perguntou ele.

– Encontrar Katy.

– Quer que eu vá com você?

Respondi cuidadosamente, tentando evitar explicações sobre por que eu queria conversar com ela.

– Está tudo bem. Acho que, depois de ontem, eu só preciso... Acho que só preciso de algum tempo. Para lidar com toda essa coisa de não-ser-capaz-de-tocar de novo.

Suavizei minhas palavras com um sorriso, e ele sorriu de volta.

– Tudo bem – disse ele. – Leve seu telefone e tome cuidado. Estarei aqui.

Sorri de novo para ele, mas caminhei silenciosamente para fora do quarto, minha cabeça cheia de perguntas que não tinham respostas fáceis.

Abri caminho pela floresta que me levaria à casa de Katy e Nikolas, e, quando cheguei lá, Nikolas estava trabalhando no quintal novamente. Ele me viu chegando e acenou, animado.

– Oi, Nikolas! – cumprimentei.

A porta da frente estava aberta, e ele chamou Katy para que se juntasse a nós. Ela saiu com agulhas de tricô nas mãos.

– Abbey! – disse ela. – Estou tão feliz em ver você.

Corri até ela e a envolvi em um abraço. Ela cheirava levemente a lavanda e chá.

– Também estou feliz em ver você – disse eu. – Como vocês estão?

– Estamos bem, e você?

– Bem. Eu estava esperando que pudéssemos tomar um pouco de chá e colocar o papo em dia.

– Perfeitamente. – Ela olhou de jeito familiar para Nikolas. Ele apenas sorriu. – Vou voltar para minha tarefa, então – disse ele. – E deixar as senhoritas sozinhas.

Ele se afastou de nós, e Katy me levou para dentro. Sentei enquanto ela colocava uma chaleira de água para ferver no fogo. A sala estava quente e aconchegante, e tirei o casaco.

– Como estão as coisas com Caspian? – perguntou ela, sentando-se ao meu lado.

– Primeiro de novembro foi o aniversário de sua morte – disse eu, tentando não ruborizar. – Passamos a data juntos. – Ela assentiu, mas não disse nada. – Na verdade, é por isso que estou aqui. Tenho algumas perguntas para você, se você não se importa. Você é a única que conheço que era como eu.

– Vou fazer o que eu puder – disse ela. – O que você quer saber?

– Como você soube que estava preparada para ficar com Nikolas para sempre? Você ficou com medo? Preocupada? Alguma vez duvidou de si mesma?

Katy estendeu as mãos sobre a mesa.

– Minha situação era diferente, Abbey. Eu estava doente. Sabia que me restava pouco tempo de vida. Não foi uma escolha difícil para mim. – Ela me olhou diretamente nos olhos. – Porém, você está passando por um momento difícil, não é?

– Estou. Mas eu sei que vai acontecer em breve comigo, também. Caspian tem estado... Bem, ele tem perdido sua capacidade de tocar as coisas. E ele cai naquele sono profundo. Vai para um lugar escuro, onde não pode acordar. Algumas vezes são horas, até mesmo dias, antes de voltar para mim.

– E você está preocupada com o futuro de vocês juntos? – adivinhou Katy.

Eu me inclinei para a frente.

– E se eu o completar e acabarmos infelizes? – Contei a ela sobre a Toca de Abbey e como mamãe pagou o aluguel para meu primeiro ano. – E se eu começar a me ressentir do fato de nunca ter tido a oportunidade de possuir meu próprio negócio? Ou de fazer perfumes de novo? E se eu começar a jogar na cara dele que estou presa aqui? Seja lá onde for *aqui*.

A chaleira assobiou e ela se levantou para preparar o chá. Katy voltou com duas xícaras, e em seguida foi pegar o leite e o mel. Preparei o meu enquanto esperava ela se sentar novamente.

Finalmente, ela disse:

– Quem disse que você nunca mais vai ter a chance de fazer perfumes de novo?

– Vou estar morta. Como vou conseguir ingredientes e as outras coisas?

Ela fez um gesto por toda a volta da cabana, para os ramalhetes de flores secas que decoravam as paredes.

– Os ingredientes estão em volta de você. Óleos vêm das plantas, não vêm?

– Bem, sim, mas... – Tomei um gole do meu chá e pensei sobre isso. Eu *tinha* meu destilador de plantas. Desde que tivesse acesso a isso, e a flores secas ou ervas, poderia fazer meus próprios óleos essenciais. – Na verdade, acho que ainda *poderia* fazer meus perfumes. Se tudo desse certo.

Ela concordou, um sorriso sábio no rosto.

– Você não tem que desistir de tudo o que ama por aquele que você ama.

– E como posso ter certeza disso? – perguntei aflita.

– Você deve descobrir o que está dentro do seu coração – respondeu ela.

Recostei-me na cadeira, brincando com a asa da delicada xícara de chá.

– *Sei* que amo Caspian – disse eu. – Sei disso sem nenhuma dúvida. Mas também amo meus amigos. Minha família. Os planos para minha loja. Por que estou sendo forçada a escolher entre eles? Por que eu?

– Por que existem crianças sem pais? Por que o mundo está cheio de pobreza e doença? – perguntou ela. – As coisas são assim. Precisamos aceitar algumas delas.

— Sim, mas doenças podem ser curadas. A pobreza erradicada. Essas coisas podem ser mudadas com o poder do homem e com dinheiro suficiente.

— Mas você não pode curar a morte — disse ela baixinho.

— Você está certa — concordei. — Essa é a única coisa que não tem saída.

Enquanto eu terminava meu chá, não queria que a conversa com Katy acabasse num clima tão pesado, portanto mudamos de assunto e falamos de tricô e tipos de pontos e de lãs. Quando me dei conta do tempo que já tinha passado ali, eu disse para ela que precisava ir. Precisava voltar para Caspian.

Nossa despedida foi esquisita. Não sabia quando teria a chance de vê-la novamente, então apenas a abracei e prometi que logo estaríamos juntas outra vez.

Disse adeus para Nikolas quando saí, mas ele se ofereceu para me acompanhar até a borda da floresta.

— Você teve mais algum desentendimento com Vincent? — perguntou ele enquanto caminhávamos.

Eu estava um pouco afastada dele e me voltei para poder olhá-lo completamente.

— Não. Não sei o que aconteceu com ele. Eu não sei se ele se foi ou o quê. Gosto de pensar que foi isso mesmo, mas não tenho muita certeza. Por quê?

— Você falou com os outros Retornados? — perguntou ele casualmente, mas senti como se tivesse algo por trás daquela pergunta.

– Falei. Mas por quê? Sobre o quê? Uri me contou mais sobre seu passado e o que eles realmente são, mas tenho a impressão de que eles não estão me contando tudo.

– Você sabe que os Retornados precisam ajudar um Sombra e sua outra metade a se completarem – disse ele devagar. – Você já pensou sobre quais deles vão ajudar *você* a fazer a travessia?

– Vincent é... – O horror tomou conta de mim, e me senti mal. – Vincent é um dos meus Retornados? – perguntei. – Será que ele é o que vai me ajudar?

– Não tenho certeza, mas tenho minhas suspeitas – respondeu Nikolas.

Dei meia-volta sem realmente enxergar nada e saí acenando um arremedo de adeus. Não podia falar. Não podia pensar. Mal podia respirar. Vincent era um dos *meus* Retornados? Eu tinha que voltar para Caspian. Tinha que falar com ele sobre isso.

Todo esse tempo? Todo esse tempo e ele supostamente seria um dos que iriam me ajudar a fazer a travessia? Para me ver no meu momento final e me ajudar a chegar até Caspian? E os outros Retornados sabiam? *Era isso que eles não queriam me contar? Que eu não seria capaz de completar Caspian porque* meu *Retornado não queria fazer seu trabalho?*

As árvores roçavam o meu rosto conforme eu passava por elas, suas cores escuras se fundindo. Eu não conseguia mover minhas pernas com rapidez suficiente. Minha mente estava gritando NÃO, NÃO, NÃO. Não poderia ser Vincent. Ele não poderia ser...

Minha cabeça estava abaixada, eu tentava ver meus pés para não tropeçar em outra pedra, quando uma sombra cobriu minha visão. Olhei para cima.

– Olá, querida – disse Vincent. – Há quanto tempo não nos vemos.

E em seguida ele me deu um soco no rosto.

Quando acordei, logo percebi que meu maxilar doía pra caramba e eu estava deitada no assento de um carro estranho. No banco de trás. Minhas pernas estavam esticadas, e eu podia sentir o couro sob as minhas mãos.

Um motor rugia enquanto ganhávamos velocidade, e a sensação ruim dentro de mim combinava com a dor no meu maxilar. Eu não podia ver o motorista, mas sabia quem era.

Eu estava no carro de Vincent. E não tinha ideia de para onde ele me levava.

O pânico começou a fazer meu cérebro disparar, e fiquei ali por uns bons dez minutos apenas deixando o medo tomar conta de mim. Finalmente, disse para mim mesma que tudo o que eu precisava fazer era ficar calma. Se eu pudesse sair do carro, poderia correr. Onde quer que a gente estivesse, eu poderia correr para um telefone, ou uma casa ou algo assim.

Aquilo me acalmou um pouco e me concentrei em visualizar a mim mesma correndo pela estrada, para longe *dele*. Meus dedos tatearam lentamente pelo meu bolso. *Meu telefone.*

Mas ele tinha sumido. *É claro.*

O carro rodou pelo que pareceram horas, e eu não tinha absolutamente nenhuma pista de em qual direção estávamos indo. Tudo o que eu podia fazer era ficar deitada quieta e preservar minha força. E tentar não pensar no fato de que o molar do lado esquerdo da minha mandíbula mexeu um pouco agora.

Desgraçado.

Finalmente paramos. O carro foi desligado.

– Você ainda está acordada aí atrás? – perguntou Vincent.

Eu o ignorei.

– Aaaaabbeeeeeey. Eu perguntei: você está acordada?

Meu dedão começou a coçar. Eu me imaginei coçando-o, mas não ajudou, e aquilo estava me deixando louca. Levantei-me subitamente, tentando aliviar a tensão.

– Sua fingida – disse Vincent. – Eu sabia!

Meus olhos abriram a tempo de ver Vincent se inclinando sobre o assento, e então houve uma dor lancinante no meu maxilar, quando ele apertou exatamente no ponto em que tinha me batido.

– Aaaaaaaaaarrrrrgggghhhh! – gritei, e ele aproveitou o momento para enfiar um lenço na minha boca.

Antes que eu pudesse fazer qualquer coisa, ele o estava amarrando em torno da minha cabeça. Ergui minhas mãos para arranhá-lo, rasgá-lo, fazer *qualquer coisa*, e ele prendeu meus pulsos com lacres de plástico.

Lágrimas de humilhação escorreram pelo meu rosto. *Sou tão estúpida!*

Estivera tão ocupada pensando em como iria fugir dele que nem mesmo tinha me dado conta do meu próprio corpo. Se tivesse, teria percebido que minhas pernas estavam amarradas.

– Tenho um lenço novo para você – disse ele educadamente. – Deve estar gostoso e fresquinho. Você pode me agradecer depois.

Virei a cabeça para trás e o fitei.

– Seus olhos dizem que você quer me matar, mas suas lágrimas dizem que você é *quase* um bebê.

Ele soltou minhas mãos, e chutei o assento com as pernas por pura frustração.

Tudo o que consegui foi arranhar um pouco o couro.

Porém, ele percebeu. Assim, fiz de novo.

– Não. – Sua voz era mortal.

Chutei mais forte. Minhas pernas não estavam se mexendo muito, mas meus sapatos tinham solas pretas que deixavam ótimas marcas de borracha no que parecia ser um interior de couro novinho em folha.

– Pare com isso – disse ele novamente. – Não. Faça. Isto.

Chutei o mais forte que pude, e ele se inclinou e tocou meu maxilar. Uma dor como nunca senti se espalhou por mim e partiu minha cabeça em duas. Gritei de novo, mas o lenço abafou o som. Ele simplesmente manteve o dedo ali, pressionando o nervo, até que tudo o que pude fazer foi gemer. E parar de chutar.

Ele tirou um pouco a mão.

– Você vai parar?

Fiz que sim com a cabeça.

– Bom. Agora vamos entrar. É lá que é a festa.

Ele saiu do carro e deu a volta por trás. A porta se abriu, e então ele agarrou a frente da minha jaqueta, tentando me puxar para fora do assento. Caí no chão e senti o impacto nos meus joelhos. A calçada era de cascalho, e eu sabia que estaria dolorida no dia seguinte.

Vincent tentou me colocar em pé, mas eu não conseguia com as pernas amarradas. Continuei caindo. Finalmente ele grunhiu, levantou-me e me pendurou no seu ombro. Fiquei de cabeça para baixo, meus cachos balançando de um lado para outro enquanto ele caminhava.

Eu me mexi um pouco, testando para ver se conseguiria me libertar, ou talvez machucá-lo de alguma forma, mas a mão firme pegou na minha bunda. Imediatamente, parei de me mexer.

– Acredite em mim – disse ele, com um tom de desagrado na voz –, eu também não gostaria de estar tocando em você. Apenas fique quieta. Estamos quase lá.

De cabeça para baixo o mundo parecia diferente, mas pouco a pouco comecei a organizar as coisas. Quando paramos em frente a uma porta de madeira, já sabia onde estávamos. Mesmo naquela posição.

Vincent me levara até a nossa cabana. A cabana da minha família, bem isolada na floresta.

A cabana onde ouvi pela primeira vez a notícia sobre a morte de Kristen.

Ele procurou por uma chave, em seguida abriu a porta e entrou.

Com um braço, ele me jogou do outro lado da sala e despenquei no sofá. Ele trancou a porta da frente e colocou a chave no bolso. Voltando-se para mim com um sorriso maligno, ele deu um tapinha no bolso.

– Isso vai ficar bem guardado aqui. Você está confortável?

Olhei para ele e mentalmente lhe prometi uma morte lenta e agonizante.

– O que acha do lugar? – Ele fez um gesto exibindo a sala. A lareira estava acesa, mas todas as janelas estavam completamente tapadas. – Fiz algumas melhorias. Dei um jeito nas saídas e entradas. Cortei a linha telefônica, claro. É evidente que tem sido insuportavelmente chato ficar aqui nessas últimas semanas, mas eu dei um jeito de me manter ocupado. – Seu sorriso ficou malicioso. – Ah, os sacrifícios que fiz por você!

Minhas mãos podiam estar presas, mas isso não significava que eu não podia virá-las. E foi o que fiz.

Ele se aproximou e sentou ao meu lado, apoiando os pés em cima da mesa de centro na frente do sofá.

– Eu ia tirar a mordaça da sua boca, mas para quê? Acho que vou deixar por mais uma hora.

Eu me afastei dele, e ele pegou uma revista que estava por perto. Eu começava a perder a sensibilidade nas mãos, quando ele finalmente olhou para cima.

– Você não vai gritar, vai? – disse ele. – Se gritar, ninguém vai ouvir. Só não quero ter que ouvir seus miados.

Balancei negativamente a cabeça.

Ele estendeu a mão para a parte de trás da minha cabeça e desfez o nó. Cuspi o lenço fora e respirei fundo.

– O que você *quer* de mim? – explodi. – Por que me trouxe aqui?

Vincent zombou.

– Eu não quero nada *de* você.

– Então, estou aqui por quê...?

– Você está aqui para ficar o mais longe possível de Caspian e de Sleepy Hollow.

– Por quê?

– Por que você apenas não cala a boca agora? Pare de falar. É irritante.

– Posso tomar um copo d'água? E talvez um Advil? – perguntei. – Minha mandíbula está doendo. Deve ser, ah, não sei, talvez porque *você me deu um soco na cara*!

Vincent deu um suspiro de proporções épicas e se jogou no sofá.

– Ótimo.

Ele vasculhou algumas gavetas atrás do Advil, e em seguida me deu um pouco de água.

Engoli as pílulas e toquei suavemente meu maxilar sensível. Então, estendi as mãos para ele.

– Pode me soltar?

Ele puxou um canivete e cortou o plástico. Esfreguei as mãos, tentando trazê-las de volta à vida. Ele guardou o canivete e foi até o fogo, jogando uma lenha nova nele.

– Olhe para mim! – disse ele. – Estou virando um verdadeiro homem da montanha.

– O que devemos *fazer* aqui exatamente? – perguntei. – Ler livros? Fazer palavras cruzadas? Aaaa, eu sei! Vamos jogar Banco Imobiliário junto da lareira!

– Você pode fazer o que quiser. Eu vou ver a última temporada de *Supernatural*.

Revirei os olhos para ele.

– Ah, ótimo.

– Ei! – disse ele. – Passei por um monte de problemas para me certificar de que você teria suprimentos. Eu não sou insensível, você sabe. Comprei comida, água, até papel higiênico. De que mais você precisa?

– *Suprimentos?* Quanto tempo você pretende me manter aqui?

– Hoje é dia dois de novembro, então... não será por muito mais tempo. – Ele pareceu decepcionado. – No final das contas, acho que você não vai precisar de todo esse material. – Então, ele se iluminou. – Mas podemos ficar mais tempo, se você quiser.

Capítulo Vinte e Quatro

LAÇOS DE SANGUE

... um indivíduo digno do nome de Ichabod Crane, que peregrinou... em Sleepy Hollow... Ele era alto, mas extremamente magro... com orelhas enormes, grandes olhos verdes inexpressivos...
– *A lenda do cavaleiro sem cabeça*

Antes que eu pudesse responder, Vincent foi até o aparelho de DVD e pegou o controle remoto. Voltando até mim, apoiou os dois pés estendidos no meu colo. Afastei-os com uma careta.

– Não sou seu apoio para os seus pés. Obrigada.

Meus próprios pés estavam começando a doer, e massageei a pele que estava apertada contra os lacres de plástico.

– Será que você poderia cortar isso, por favor?
– Deixe-me pensar... Não.

Ele apertou PLAY, e uma bola de fogo apareceu na tela. Dois caras correram para fora de um prédio, cada um segurando uma espingarda.

— Eu já vi esse episódio! – disse ele. – Dean vai direto para o inferno por isso. Ou espere! Deve ser o Sam desta vez. Não consigo diferenciar um do outro.

Eu não queria implorar para ele. Mas a dor estava se tornando insuportável.

— Vincent, por favor – pedi. – Tire isto de mim?

— O que você vai me dar em troca?

Ele levantou a cabeça e lentamente deslizou seus olhos pelo meu corpo. Cada terminação nervosa minha encolheu, e minha pele parecia que queria sair correndo, gritando. O que eu teria de dar exatamente para ganhar minha liberdade?

— Eu, hã... Eu... – Engoli em seco.

— E aí?

Meus pés poderiam me derrubar. Eu me arrastaria até a porta se fosse necessário.

Vincent inclinou um ouvido para mim, esperando.

— Preciso ir ao banheiro – disse, em vez de responder.

— Eu levo você. – Ele se levantou e estendeu a mão.

Ignorei.

— Você tem cinco segundos para se decidir – disse ele. – Ou você não irá até amanhã de manhã.

Relutantemente, segurei sua mão e tentei me equilibrar. Tentar dar um passo era praticamente impossível, e cambaleei.

— Não consigo – disse eu. – Preciso dos meus pés.

Vincent me lançou um olhar de desdém.

— Posso fazer xixi aqui mesmo no chão, se você quiser – sugeri.

Ele puxou a faca novamente e cortou o lacre. Meus pés se soltaram, e suspirei aliviada. Porém, o alívio durou pouco, porque ele me prendeu pela cintura com um dos braços e segurou firme.

Ele me levou aos trancos até o banheiro e me empurrou para dentro. Abri a água para fazê-lo pensar que eu estava lavando as mãos e medi a pequena janela sobre a banheira.

Muito pequena.

Vincent bateu à porta.

– *Rápido*, estou *esperando*.

– Estou indo. Estou indo – gritei de volta.

Eu me agarrei às bordas da pia, olhei para o espelho e virei a cabeça para ver meu maxilar. Tinha uma tênue mancha amarela e rosa, uma contusão começando a se formar. Toquei e sibilei enquanto a dor ecoou pela minha cabeça novamente. *Hora do plano B, Abbey. Você precisa sair daqui.*

A maçaneta mexeu.

– Abra. Ou eu vou arrombar. E daí qualquer xixi que você queira fazer vai ser na minha frente.

Fechei a torneira e abri a porta. Vincent agarrou meu braço de novo e me levou de volta para o sofá. Afastando-me para bem longe dele, fui rapidamente para o outro canto e me encolhi como uma bola. Quanto tempo iria levar para alguém me encontrar?

– Por que você está fazendo isso? – perguntei baixinho, imaginando quanta informação eu poderia tirar dele.

– Fazendo o quê?

– Bem, me perseguindo. Deixando coisas no meu armário. Visitando meus pais vestido como um pastor. E então... simplesmente desaparecendo. Por que fez isso?

Ele pareceu animado.

– Gostou das unhas? Achei que dariam um toque bacana. E aquele perfume? *Muito* caro. A roupa de pastor foi a minha favorita. Dificultava os movimentos, no entanto. Prendia a circulação.

Ele sorriu para mim enquanto eu o fitava com um olhar de *Você é louco*.

– Ah, qual é. Eu tinha que fazer *alguma coisa* para me manter ocupado. Estava matando tempo.

– Matando tempo até o quê?

– Até isto, é claro. Você é meio burra, né?

Sentei.

– O que você quer dizer?

– Eles não lhe contaram? Aposto que foi ideia de Sophie. Ela é uma vaca.

– Por que *você* não me conta?

– Seu namoradinho não anda experimentando alguns sintomas estranhos ultimamente? Talvez perdendo sua capacidade de *tocar*? – Ele ergueu um dedo. – Ou ele de repente começou a tirar sonecas bem compridas?

Pensei em mentir para ele, dizendo não, essas coisas nunca aconteceram. Mas, à exceção de Uri, ele parecia ser o único Retornado disposto a me dizer alguma coisa.

– Sim, por quê?

– E você. – Ele apontou para mim. – Você não reage mais da mesma forma aos Retornados, não é? Não sente mais cheiro de queimado ou gosto de cinzas?

Balancei negativamente minha cabeça.

– O que tudo isso significa? – Minha voz virou um suspiro.

– Significa que seus amiguinhos Retornados têm mentido para você. Aposto que desde o início. – Ele parecia deliciado. – Por acaso, você sabe o que é o dia três de novembro?

– Não.

– É a razão de você estar aqui. A razão pela qual seu garotão perdeu a capacidade de tocar e fica preso no sono escuro tão frequentemente. É porque você não reage da mesma forma aos Retornados. Porque está chegando perto. Está quase na hora.

Esperei que ele me dissesse. Era óbvio que era o que ele queria fazer.

– O dia D – disse Vincent.

– Não é verdade – respondi. – Não existe uma data exata. Os Retornados ainda não descobriram quando ou como eu vou morrer.

– Não o seu... O dele. – Vincent sorriu.

– Mas como pode ser isso? Caspian já morreu. Eu fui ao seu túmulo.

– Você acha mesmo que Gasparzinho, o Fantasminha Camarada, ficaria por aqui para sempre? Ficar com você, neste mundo, e então vocês poderiam dar umazinha uma vez por ano? – Ele me lançou um olhar aborrecido.

Tentei o máximo que pude não deixar minhas bochechas corarem, mas acho que não tive muito sucesso.

– Como Caspian pode morrer *de novo*? – perguntei, desesperada em não deixar a conversa se desviar.

– A resposta curta é: você.

– Eu vou matá-lo?

Vincent caiu na gargalhada, e em seguida seu rosto ficou completamente imóvel.

– Não, você vai ficar aqui comigo. Mas Caspian não pode ficar sem você. Depois da meia-noite de três de novembro, ele não existe mais.

– Como posso impedir que isso aconteça? Como posso completá-lo?

– Morrendo.

– E você – engoli em seco – vai ser aquele que vai me matar?

– Não, não, não. – Vincent me deu tapinhas na cabeça. – Lembra? Nós já tivemos essa conversa. No seu quarto? Quero manter você *viva*.

– Mas por quê? Não entendo. Por que você iria querer me manter viva?

– Porque, se você morrer, você pode completá-lo.

Era um círculo vicioso sem respostas.

– Por que você se importa se eu o completo ou não? – perguntei. – Se você é um Retornado, então você ajudou a outros Sombras antes. Por que não a gente?

Ele cruzou as pernas.

– Isso tudo remonta aos Retornados originais. Existe um boato de que Deus e o diabo fizeram um acordo e escolheram seis representantes do céu e seis representantes do inferno para ajudá-los com o negócio de morte/ceifar almas. Os representantes eram separados em grupos de dois, um metade anjo, outro metade demônio. Ou um de luz, outro de escuridão. Um yin, outro yang... blá-blá-blá. Você entendeu. Ao longo do tempo, eles foram designados para ajudar um grupo de almas em particular a fazer a travessia, Sombras e suas metades. Entendeu até agora?

– Entendi.

– Ótimo! – Ele aplaudiu. – Um dia, os seis grupos já estavam por aqui há muito tempo, milhares de anos, no final das contas, e estavam prontos para ir embora. Os Sombras, os únicos humanos autorizados a ficar na Terra depois de suas mortes, foram escolhidos para o lugar deles. E deram um nome para aqueles Sombras. – Ele olhou para mim como se estivesse me dando uma dica. – Quem você conhece que atua em grupos de dois? Um bom, um mau... Bem, falando de forma geral.

– Grupos de dois... Os Retornados?

– E o prêmio vai para...! – Ele tocou seu nariz e apontou para mim. – Sim, os Retornados.

– Espere um minuto... Então você está me dizendo que os Retornados substituíram os grupos originais de anjos e demônios, e todos os Retornados um dia foram Sombras? Que também foram humanos?

– Blim, blim, blim! Deem um prêmio para essa menina! – Ele aplaudiu novamente.

Olhei para ele.

– *Você* já foi humano!

– Não fique tão chocada. Jesus!

Minha cabeça estava rodando.

– É por isso que nenhum dos outros sabia o que fazer? – perguntei. – Por que supostamente você deveria ser o meu Retornado? Um dos que iriam me ajudar a atravessar?

Ele se recostou e colocou as duas mãos atrás da cabeça. Seu sorriso dizia tudo.

Meus dedos se cravaram no sofá e me dei conta de estar apertando o tecido.

– Por que eu? – perguntei com os dentes cerrados. – O que havia de tão especial comigo e com Caspian que fez você decidir que não queria mais realizar seu trabalho? Explique-se, Vincent Drake. O que era tão *desgraçadamente importante* que você não podia simplesmente nos deixar em paz?

– Ah, por favor – zombou ele. – O problema não é com você. É comigo. Tudo isto aqui *é sobre mim*. Você sabe como é ser imortal? Não ter responsabilidades? Ou contas? Nada de problemas com dinheiro ou preocupações de onde virá sua próxima refeição? – Ele respirou fundo, fechando seus olhos por um momento. – É muito legal. É isso que é.

Ele se aproximou de mim e colocou seu rosto a apenas alguns centímetros do meu.

– O destino dos mortais está em minhas mãos. Sempre que venho à Terra, *eu* sou responsável por suas vidas e suas mortes. – Ele sorriu para mim. Um sorriso louco e belo. – Eu gosto dessa sensação. E não quero que termine. Simples assim.

– Mas por que terminaria? Vocês não são os novos grupos ou coisa assim? Ocupando o lugar dos anjos e demônios?

– Não somos os Retornados originais, sua idiota. Não existem muitos de nós, mas devem existir outros. Você tem um determinado tempo para fazer seu trabalho, depois é substituído pelo próximo grupo de Sombras. E aqueles Sombras estão por aqui. Conhecidos como Nikolas Degenhart e Katrina Van Tassel, do cemitério de Sleepy Hollow.

Esfreguei meus olhos. Acomodar tanta informação nova dentro do cérebro estava fazendo minha cabeça girar.

– E... daí? Você fez tudo isso porque vai perder seu *emprego*?

– Não é tão simples assim – explodiu ele. – *Nunca* é simples assim. Quando você é um Sombra, você vive para sempre, amarrado a um lugar. Sombras são porteiros de espaços sagrados. Sabe, cemitérios, tumbas, altares antigos de adoração? – Assenti, porque parecia que era o que ele queria que eu fizesse. – Quando você se torna um Retornado, vaga para sempre pelo mundo inteiro. Quando você deixa de ser um Retornado, você vai para outro lugar.

– Para onde vocês vão?

– Não sei. Mas onde quer que seja, de lá você não volta. E isso não vai acontecer comigo.

– Como você sabe quais Retornados irão embora?

– Ninguém sabe. Esse é o problema.

– Então como *você* sabe? – perguntei.

Sua voz ficou aparentemente calma.

– Porque sou o mais velho. Sou o que está por aqui há mais tempo. E porque tive uma ajudinha.

Sentando, ele tirou a camiseta que estava usando e mostrou o peito. Estava coberto de tatuagens pretas. Eram pequenos símbolos ondulados, repetidos um após o outro, um em cima do outro. Eu não podia dizer onde um terminava e o próximo começava.

Não aguentei. Caí na risada.

– Você teve ajuda de um *tatuador*?

Ele esperou até que minha risada acabasse e então jogou a camiseta para o lado.

– Já terminou? – Havia algo no tom da sua voz que me fez parar.

– Terminei – disse eu, obediente.

– São feitiços de proteção. – Ele apontou para uma sequência. – Eles me mantêm escondido dos outros. O xamã que fez isso sabe o que somos e me disse o que iria acontecer na cidade. Era a vez de mais dois Retornados, e eu seria aquele que iria ser substituído. Não posso deixar isso acontecer.

– É por isso que você não quer me deixar completar Caspian.

Vincent assentiu.

– Se vocês não se completarem, então os outros dois precisam ficar. Existe um equilíbrio em tudo. Se eu não posso evitar, *vou* atrasar o processo.

– Então onde entra Kristen nisso tudo? Como você pôde pensar que ela era a outra metade de Caspian?

Ele pareceu irritado consigo mesmo.

– Não sei como consegui errar *desse jeito*. Eu fiz toda a pesquisa sobre Caspian Vander. Cresceu na Virgínia, mudou-se para White Plains, sua mãe teve de abandoná-lo quando ele era um bebê, ele tinha a ligação com Sleepy Hollow... blá-blá-blá. Talvez tenha sido a preferência por ruivas turvando meu julgamento.

– "Conexão com Sleepy Hollow"? – Olhei confusa para ele. – O que você quer dizer com isso?

– A conexão dele está no sangue. Literalmente. Ele é descendente de Ichabod Crane.

– Descendente de...? *O quê?*

– Os olhos verdes? – Ele fez uma careta. – Você leu *A lenda do cavaleiro sem cabeça*, não leu? Ichabod Crane é descrito como tendo olhos verdes. A lenda era verdadeira. Ele era uma pessoa real e teve um monte de filhos. Caspian é um dos seus tatatatatataranetos. Porém, não me inclua nesse número de tatatas.

Era verdade? *Poderia* ser verdade? Caspian tinha olhos verdes incomuns e me disse mais de uma vez sobre a atração que sentia por Sleepy Hollow. Essa era outra maneira pela qual estávamos conectados? Eu, com meu amor pela cidade e Washington Irving, e ele através de um laço de sangue?

Quais seriam as chances?

Vincent abriu a boca para dizer algo, mas o barulho de um carro parando na calçada o interrompeu.

– Droga. – Ele apontou para mim. – *Você*. Fique aqui. Estou falando sério. Vou ver quem é.

Olhei por cima da lareira enquanto Vincent se levantou e foi até a porta da frente. Ali eu vi minha oportunidade: uma tora meio queimada saindo do fogo. Quando ele virou as costas, vi minha chance.

E não a deixei escapar.

Capítulo Vinte e Cinco

FAÇA A COISA CERTA

O espírito dominante, entretanto, que assombra essa região encantada, e parece ser o comandante em chefe de todos os poderes do ar, é a aparição de uma figura a cavalo...
— *A lenda do cavaleiro sem cabeça*

Não parei para pensar. Corri até a tora, peguei-a e fui em direção a ele. Vincent se virou um segundo depois, e cravei a ponta em brasa bem na parte de cima do seu peito, direto na sequência de tatuagens que ele disse serem seus feitiços de proteção.

Ele gritou de raiva enquanto sua pele chiava e se partia, as bordas da ferida aberta ficando pretas de fuligem. Uma grande marca de queimadura surgiu, e ele olhou para ela, o choque tomando conta de todo o seu rosto.

Segurei firme na madeira, mal percebendo que ela estava quente, e apontei para ele, brandindo-a como a única arma que eu tinha.

Ele deu um passo na minha direção, mas a porta da frente abriu repentinamente, e o homem do terno branco, o homem que estava no hospício e que esteve me olhando no cemitério, entrou na cabana.

– Grifyth! – gritou ele.

Então tudo aconteceu ao mesmo tempo, numa fusão de movimentos que me deixou atordoada, quando o homem derrubou Vincent e eles passaram voando por mim. O homem do terno branco atirou Vincent dentro do banheiro e bateu a porta, trancando-a. Pegou uma cadeira da cozinha e a colocou sob a maçaneta. Não demorou muito para as batidas começarem do outro lado.

Olhei para ele.

– Quem é você e o que está fazendo aqui?

– Bem, eu *estava* vindo para resgatar você – disse ele num tom divertido. – Mas parece que já estava dando um jeito sozinha.

Ele estendeu a mão para mim.

– Venha. Vamos embora.

Aparentemente, eu não tinha muita escolha, porque ele já estava me puxando atrás dele, e minhas pernas o seguiam.

– O que vai acontecer com Vincent? – perguntei.

– Ele não vai estar de bom humor quando sair, mas temos que levar você de volta para os outros Retornados.

Ele me levou até um carro cinza parado lá fora. Entramos.

– Qual é seu nome? – perguntei.

– Pode me chamar de Monty.

– Você sabe onde Caspian está?

Ele fez que sim.

– Está com os Retornados. Mas ele não tem muito tempo.

Ele parecia triste quando ligou o carro, mas pisou fundo e fomos embora. Fizemos o trajeto uns bons cinquenta quilômetros por hora acima do limite de velocidade enquanto íamos para Sleepy Hollow, mas algo me dizia que não seríamos parados por nenhum policial.

– Você estava no hospício, não estava? – perguntei. – Gray's Folly?

– Estava.

– Como Uri sabia que você estaria lá?

– Passei muito tempo lá quando era humano. O lugar foi batizado em minha homenagem, na verdade.

As peças do quebra-cabeça estavam começando a se encaixar. Mas a maior de todas, a mais óbvia de todas, ainda não se encaixara, e eu queria lidar com ela delicadamente. Não sei por quê, mas ele me pareceu alguém com a alma ferida.

– Monty... posso perguntar uma coisa?

Ele concordou.

– Você é parceiro de Vincent? Sua outra metade?

A tristeza cortou seu rosto, junto com algo mais. E eu sabia que a resposta era sim.

– Como pode ser? – perguntei. – Deduzi que os Sombras fossem masculinos e femininos. Um casal apaixonado?

– A maioria é. Mas quando Grifyth era criança... Desculpe-me, quero dizer Vincent. Quando ele era criança, estudava na minha escola. Ele morreu lá, mas continuei vendo-o por todos os lados. Pensei que estava sendo punido por não tê-lo salvado.

– Não tê-lo salvado? Como ele morreu?

A expressão de Monty era de dor.

– Afogado.

Vincent se afogara? Agora fazia sentido. Sombras e suas outras metades *tinham* um envolvimento amoroso. Mas para Monty aquilo era como uma missão.

– Então quando você descobriu que estava assim como eu, você superou sua culpa e o completou, certo?

Ele suspirou.

– Certo. Mas isso foi há muitas vidas atrás.

Passamos pela enorme ponte coberta enquanto dirigíamos por Sleepy Hollow, e olhei para trás por um momento. Isso fez com que eu lembrasse ao encontro do que eu estava correndo. Se eu iria salvar Caspian, se iria completá-lo, só havia uma coisa da qual tinha certeza: teria que morrer primeiro.

Estendi a mão para tocar a dele logo que chegamos ao cemitério e disse:

– Obrigada, Monty. Não sei o que teria acontecido se você não tivesse vindo. – Em seguida, saí do carro, sem saber se ele iria me seguir, mas sabendo aonde tinha de ir.

Para o rio. Para o local onde Kristen morrera.

Eles estavam todos lá, esperando por mim, formando um pequeno círculo, com Uri e Cacey de um lado, e Kame e Sophie do outro. Caspian estava parado no meio, gesticulando e falando alto.

Fui correndo. Voando. Em direção à ponte. Em direção a *ele*.

Ele me encontrou no meio do caminho, e tropecei, as mãos estendidas em sua direção. Elas o atravessaram, claro, mas eu estava tão feliz em vê-lo que nem me importei.

– Onde você *estava*? – perguntou ele. – Ah, Deus, Astrid. Estava tão preocupado! Não sabíamos onde procurar, mas não queria sair daqui para o caso de você vir. O que aconteceu? Por que você não...

– Vincent esteve aqui – expliquei. – Ele me levou para a cabana da minha família. Ele me sequestrou.

Monty veio atrás de mim, e os outros o cumprimentaram. Ele não parecia muito confortável perto deles, mas Uri deu um tapa nas costas dele, e eu o ouvi dizer:

– Eu sabia que você iria ajudar.

Caspian chegou perto de mim.

– Ele *levou* você? Ah, amor. Ele a machucou?

Meus olhos se desviaram dos dele.

– Ele foi... o cara encantador de sempre.

Caspian me olhou, estreitando os olhos.

– O que ele fez?

– Ele meio que usou o punho para me derrubar – admiti. – Na minha cara.

– Caramba! – exclamou Cacey. – Ele realmente *foi* ao fundo do poço.

Caspian olhou para ela.

– Depois – disse eu. – Não temos muito tempo.

– Por quê? – perguntou Caspian, desconfiado. – É isso que eles estão dizendo. Alguém pode me dar uma ideia do que isso significa?

– À meia-noite será dia três de novembro – respondi. Olhei para Cacey. – Vincent me contou tudo. Sobre os Retornados originais. Sobre o fato de vocês todos um dia terem sido humanos. Por que vocês não me contaram? Por que vocês mentiram?

Kame levantou a mão.

– Certas coisas que *não podíamos* contar, Abbey.

Eu me virei para Uri.

– *Você* me contou praticamente tudo. Por que não me contou sobre o que poderia acontecer a Caspian? Era tão difícil assim? Tive que descobrir através de *Vincent*!

– Tudo isso era novo para nós, Abbey – respondeu Uri. – Vincent e Monty eram os únicos autorizados a contar alguma coisa. Nós estávamos aqui apenas para encontrar Vincent e levá-lo de volta, para restabelecer o equilíbrio.

– Ah, *qual é*! Você tinha que saber alguma coisa. Todos os sinais estavam lá. Você podia não saber a data exata, mas sabia que estava se aproximando.

– Bom, agora você sabe e é isso aí – disse Cacey.

– Precisamos tratar de um grande problema aqui, Acacia – disse Kame. – Você sabe disso.

Troquei olhares com Caspian.

– Qual é o grande problema?

– Vincent é o seu Retornado – respondeu Kame. – Isso significa que ele precisa ajudar você a atravessar.

– Mas ele não quer fazer o serviço. Então isso significa que vou ter que fazê-lo – disse Monty. – E vou precisar da ajuda de todos.

– Nada precisa ser feito – disse Caspian. – Vamos apenas manter as coisas do jeito que estão. – Ele suavizou o tom. – Primeiro de novembro virá novamente no próximo ano, Astrid.

Fechei meus olhos brevemente, mas isso não impediu as lágrimas de virem.

– Você não entende – disse a ele. – Todas as últimas mudanças recentes, você perdendo sua capacidade de pegar os objetos, caindo em sono profundo... Isso tudo significa algo mais. Se eu não completá-lo agora, você vai embora. Sem mim.

Caspian olhou em volta para que um dos Retornados dissesse a ele que eu estava errada.

A resposta veio de Cacey.

– Seu tempo acabou, querido.

Ele olhou para o chão, enquanto a surpresa tomava conta de seu rosto, e minhas lágrimas vieram mais fortes. Tentei afastá-las, esfregando as mãos no rosto, mas as lágrimas só vieram mais rápido.

– Por favor – supliquei. – *Por favor*. Só me deixem ficar com ele.

– Não cabe a nós – explicou Cacey. – É assim que a coisa funciona.

– Mas vocês têm poderes. Vocês devem poder fazer alguma coisa.

Uri se aproximou e colocou os braços em torno de mim, envolvendo-me em um abraço protetor. Virando-me para longe do grupo, ele sussurrou:

— Abbey, você não entende. Você não tem que morrer. Você tem que *viver*. Isso não significa nada para você? Significa alguma coisa?

Olhei para Caspian.

— Sem ele, não.

Uri deu um suspiro frustrado.

— Não contei antes, mas minha morte doeu. Foi dolorosa, e eu não desejo aquilo para ninguém.

Balancei minha cabeça obstinadamente.

— Eu não me importo. Não me importa se dói. Além disso, Nikolas me contou que a morte dele foi fácil.

— É diferente para cada um, é verdade, mas você não vê? Por que você iria querer desistir de tudo isso? Não entendo.

Envolvi minha mão na dele.

— Pense em Cacey. Acacia. Então me diga se você continua não entendendo. — Um meio sorriso esticou seus lábios e em seguida desapareceu. — Viu? Você entendeu.

Endireitei meus ombros, afastei-me dele e fui até Caspian.

— Amor — sussurrei. — Está tudo bem. Eu decidi.

Seus olhos estavam cheios de angústia, e ele colocou a mão perto do meu rosto.

— Você não pode, Abbey. Você não pode fazer isso. Você tem que me deixar ir. Simplesmente me deixe ir.

Ele se afastou de mim, virou as costas e foi, decidido, até perto de Sophie no outro lado do círculo.

– Vá em frente – disse ele, laconicamente. – Leve-me com você e a deixe ficar.

– Caspian! – Levantei a voz. – A escolha é *minha*. Não tire isso de mim.

– Você não pode pensar que eu estou...

Cacey ergueu a mão e nos interrompeu.

– Espere, espere, espere. Não há necessidade de nada disso. Isso ainda não muda o fato de que nós *não podemos fazer isso*. É trabalho de Vincent e Monty, lembram? – disse ela.

– Mas Monty quer tentar. Isso não significa nada? – perguntei.

Kame se inclinou e disse algo para Sophie. Ela negou com um aceno de cabeça e em seguida respondeu:

– Eu não sei. A corrente foi interrompida. Não podemos ter certeza.

O som de cascos veio trovejando por trás de nós e todos nos viramos para olhar. Nikolas estava montado em um cavalo cinza-escuro, com Katy na garupa.

– Procuramos do outro lado – disse ele –, e ainda nem sinal de...

Eles pararam assim que me viram.

– Abbey! – disse Katy, descendo do cavalo. – Estávamos tão preocupados! Estivemos procurando você por todo canto.

Ela veio em minha direção, e lhe dei um grande abraço.

– Eu estava com Vincent, mas estou bem.

– O que ele fez? – Ela virou meu rosto e olhou meu maxilar. – Pobrezinha.

– Estou bem – suspirei. – Tudo vai ficar bem agora.

– Abbey? – Alguém mais chamou meu nome, atrás de mim. A voz era estridente, mas soava como...

– Cyn?

Ela se aproximou hesitante, e pude ver que Vincent a mantinha junto de si com a mão no pescoço dela. Alguma coisa brilhou, e eu sabia que era uma faca.

Imediatamente, Caspian se aproximou de mim, e Nikolas trouxe seu cavalo para mais perto.

– Vocês começaram sem mim? – gritou Vincent. – Vocês sabiam que eu não poderia ficar de fora. Mas eu tenho minha apólice de seguro aqui. – Ele deu um empurrão em Cyn, e ela tropeçou.

– O que você está *fazendo*? – perguntou Cacey. – Você está louco?

Vincent olhou para ela.

– Tudo bem, tudo bem, não precisa responder – murmurou ela.

– Deixe que a menina venha até nós – pediu Kame, em tom gentil. – Podemos discutir isso.

– Não há nada para discutir. – Ele puxou a cabeça dela para trás. A borda da lâmina maligna brilhou contra seu pescoço pálido. – Eu *não* vou ser substituído.

– Ei, seu doido! – disse Cyn para Vincent. – Quer afrouxar um pouco o nó? Eu não vou lutar.

Vincent a ignorou.

– Por que não solta a Cyn? – perguntei. – Ela não tem nada a ver comigo e com Caspian sermos completados.

– Não posso! – respondeu ele. – Entenda: o que eu preciso é que você decida *não* completá-lo. E a única maneira de fazer isso acontecer agora é *mantendo-a* como refém, para que você não faça nenhuma estupidez.

– Por que você simplesmente não fica fora disso? – disse eu repentinamente. – Se você não queria fazer o serviço, por que apenas não foi para algum paraíso tropical e ficou o mais longe possível de mim e de Sleepy Hollow?

Ele deu um suspiro profundo.

– O lance do radar. É como um relógio com anabolizantes. Uma grande sacanagem.

– O que é o lance do radar?

– Um programa que é implantado nos nossos cérebros para garantir que vamos aparecer e fazer o nosso trabalho. – Ele afastou a faca de Cyn e apontou para a própria cabeça. – Olha, quando o tempo de um Sombra acaba, um apito começa a soar atrás das nossas cabeças. Quanto mais o ignoramos, mais alto ele fica, até se transformar num ruído alto e insuportável que deixa você louco, e tudo em que consegue pensar é encontrar seu Sombra. Você tem que cumprir dez por cento da sua missão para desligá-lo.

Ele fez uma careta, e eu poderia dizer que era óbvio que ele já tinha experimentado aquilo uma ou duas vezes.

– Algo mais que você queira saber? – disse ele. Olhou para o relógio. – Temos mais algum tempo para matar.

Vi um movimento com o canto do meu olho e percebi que eram Uri e Caspian se aproximando.

Vincent também viu.

– Vou destripá-la como um peixe aqui e agora *se vocês não se afastarem* – ameaçou Vincent, apontando a faca para a barriga de Cyn. – Não vou matá-la, mas vou fazê-la sangrar.

Eles pararam.

– Isto já está ficando chato! – gritou Cyn. – Algum de vocês quer me dizer qual é o problema dele? – Ela sibilou de dor enquanto Vincent cravou a ponta da faca mais fundo. – Ok, ok. Esquece.

– Não! Não faça isso! – gritei. – Você venceu, Vincent. Fim da história.

– Na verdade... – Ele inclinou a cabeça. – Este não é o fim da história. Eles contaram a outra parte? A *melhor* parte? Provavelmente, não. Porque são covardes.

– E por acaso você é melhor? – perguntou Caspian.

– Sou um monte de coisas, mas não sou covarde – respondeu Vincent. – Tenho muita *coragem*. – Em seguida, ele voltou sua atenção para mim. – Sabe aquela sua amiga? A morta? Deveria ter sido você.

Tentei manter meu rosto impassível.

– Você já me disse isso. Você pensou que ela fosse a outra metade de Caspian e quis tirá-la do caminho para que eles nunca pudessem se encontrar.

Ele sacudiu a cabeça, mas sorriu alegremente.

– Foi apenas um erro da minha parte me *envolver* com ela. Se eu tivesse sido mais paciente, poderia ter evitado. Quando ela morreu – ele olhou para o rio Crane –, bem aqui, acredito, *você* devia estar aqui. Era o dia da *sua* morte. Não o dia da morte dela. Antes que eu interferisse, você teria encontrado Caspian, e daí quem sabe onde todos nós estaríamos? Eu só fiquei cansado de não ter o que fazer, então decidi cuidar disso do meu jeito. Agora você está sem o seu dia marcado e nenhum de nós sabe quando vai acontecer.

O choque me atingiu. Olhei para Uri.

– Isso é verdade? – perguntei. – *Responda. Isso é verdade?*

Nikolas desceu do seu cavalo.

– Abbey – disse ele –, você teve uma chance...

– Tive uma *chance*! – exclamei histérica. – Eu não tive nenhuma chance! Minha vida foi poupada porque a da minha melhor amiga foi levada.

Vincent sorriu.

– Eu esperava que ela tivesse trazido você com ela. Teria levado duas pelo preço de uma.

Repentinamente, Cyn começou a sussurrar alguma coisa. Pensei ter ouvido a palavra "véu", mas ela estava falando cada vez mais rápido, e eu não conseguia ouvir o que ela estava dizendo. Seus olhos fecharam, e sua cabeça pendeu para a frente.

Ela sacudiu uma vez e em seguida ficou ereta. Quando seus olhos se abriram novamente, eles tinham mudado.

– Abbey – disse ela. – Está tudo bem.

Tentei enxergar melhor piscando rapidamente. Cyn estava fazendo o mesmo que na sessão espírita. Seu sorriso, seus olhos, sua expressão... Exceto pelo cabelo mais comprido, tudo nela era Kristen. *Ela realmente está aqui.*

— Kristen? – perguntei num sussurro.

Vincent também devia estar vendo, pois parecia atordoado.

Cyn colocou a mão no meu braço.

— Tenho sentido muito a sua falta. – Ela colocou a outra mão no meu rosto. – Lamento ter mentido para você. Desculpe-me por não ter contado sobre ele. Por quase um ano guardei o segredo porque estava muito envergonhada. Não queria cair no seu conceito. Eu só queria tirá-lo da minha vida sem que você descobrisse. Foi por isso que não pedi para você ir comigo à ponte.

Minha visão embaçou novamente. *Malditas lágrimas.*

— Você nunca cairia no meu conceito, Kris – disse eu. – Sinto *muita* saudade de você. Tem tantas coisas que eu quero contar.

Ela sorriu.

— Eu sei de tudo agora. Sei quando você vai me visitar no cemitério. Soube quando seu garoto estava monitorando você e cuidando do meu túmulo. – Ela olhou para Caspian. – Ele é bom para você. Muito bom para você. Você o ama?

— Amo – sussurrei. – Mais do que qualquer coisa.

Vincent nos interrompeu:

— Eu não sei o que está acontecendo, mas isto...

— Você sabe o que precisa fazer. – A voz que interrompeu veio de trás de Vincent. Monty estava parado ali. – Grifyth, você sabe o que precisa fazer. Deixe eles ficarem juntos. Deixe isso acabar.

– Meu nome é Vincent! – disse ele. Seu rosto ficou roxo de raiva, e Cyn/Kristen agarrou minha mão. – E *você* deveria saber disso!

Ele afastou a faca de Cyn por um segundo para apontá-la para Monty, e puxei a mão de Cyn o mais forte que pude para afastá-la dele. Ela deveria estar pensando a mesma coisa, pois se atirou na minha direção.

Vincent estendeu a mão para agarrá-la, mas só conseguiu pegar um punhado de cabelo, e ela escapou. Uri e Caspian se lançaram sobre ele, e os três caíram embolados no chão.

Eu podia ouvir socos e grunhidos de dor enquanto punhos atingiam corpos, mas não conseguia ver o que estava acontecendo.

Quando a poeira finalmente baixou, Uri estava sentado no peito de Vincent, prendendo seus braços no chão, com Caspian segurando seus pés. Monty parou ao lado, parecendo inseguro.

Ele olhou para mim, e eu pude ver a culpa estampada por todo o seu rosto. Culpa por não ter feito alguma coisa para impedir seu parceiro.

– Faça a coisa certa – disse eu a ele. – Você ainda pode fazer isso direito.

Ele assentiu.

Os outros Retornados, Nikolas e Katy ainda estavam esperando na margem do rio. Peguei a mão de Cyn e levantei minha voz.

— Vincent interferiu. Ele deveria fazer um serviço, e fez outro. Ele tirou uma vida que não era ele quem deveria tirar. Você precisa restabelecer o equilíbrio.

— Abbey, não podemos apenas... — começou Cacey a dizer.

Mas levantei a mão.

— Sim, vocês podem. Não me importa como vocês vão fazer, mas vocês precisam arrumar as coisas. Trazer Kristen de volta. E me levar. Restaurar o equilíbrio.

— Abbey! — implorou Caspian. — Não. Não faça isso por mim.

Eu me virei para encará-lo.

— Eu daria meu coração, minha respiração e minha alma por você. Com prazer. Mas isso é maior do que você. E maior do que eu. É meu destino ser sua outra metade, mas também é meu destino ser a melhor amiga que eu puder. Para Kristen. Ela teve seu futuro e seus sonhos roubados. Vincent tirou isso dela, e ele não tinha o direito de fazer isso.

— Não vou atrapalhar sua decisão — disse ele. — Vou apoiar você. Sempre.

Meu coração quase se partiu novamente diante do olhar de amor inabalável nos olhos dele.

Kame falou:

— Você percebe o que terá de acontecer se fizermos isso, não percebe, Abbey? O que você está pedindo? Vamos ter de mudar o tempo. Para mudar a ordem das coisas.

Pensei brevemente em mamãe e papai. Tio Bob e tia Marjorie. Não era justo que eu não tivesse a chance de lhes dar adeus.

Mas a vida era assim.

– Estou pedindo para que você restaure a ordem – disse eu. – Estou pronta.

Ele hesitou.

– Nós não podemos ter certeza sobre o que vai acontecer *depois*. Isso é uma verdadeira bagunça. É algo totalmente diferente de tudo o que já fizemos.

Olhei para Monty.

– Você está disposto a tentar me ajudar a atravessar?

Ele olhou para Vincent.

– Não ouse fazer uma sacanagem dessas, Monty! – gritou Vincent, debatendo-se contra Uri e tentando se livrar dele. – Não vai funcionar. E se você...

Uri tapou a boca de Vincent com a mão.

– Chega.

– Ele está queimado na parte de cima do ombro – avisei, apontando em mim onde eu tinha machucado Vincent. – Bem aqui.

Uri cutucou o peito de Vincent, e ele soltou um grito sufocado de raiva.

– Ele pode não estar disposto, mas ainda está aqui – disse Monty. – Posso tentar usar esse vínculo. – Então ele concordou. – Sim, estou disposto.

Suspirei profundamente.

Kame sorriu para mim.

– É agora ou nunca, menina.

Sorri de volta, e então fechei os olhos com Caspian.

– Agora. Definitivamente agora.

– Vamos precisar de Uri – disse Cacey. – E de Caspian.

Nikolas se aproximou.

– Eu posso ficar no lugar deles.

Cacey olhou para eles de soslaio.

– Você tem certeza disso?

Endireitando-se até chegar à sua altura máxima, Nikolas fez uma careta para ela.

– Você duvida de um germânico?

– Tudo bem, tudo bem.

Ela sacudiu a cabeça, e Nikolas foi até onde Vincent estava deitado. Ele trocou rapidamente de lugar com Caspian e Uri, e não teve qualquer problema em dominar Vincent sozinho.

Caspian veio se juntar a mim, e me virei para Cyn. Ela ainda parecia com Kristen.

– Tchau, Kris – sussurrei, erguendo a mão. – Eu amo você. Não se esqueça disso. Cuide de minha mãe e de meu pai.

Ela colocou a mão contra a minha, nossas palmas se tocando, e assentiu.

– Tchau, Abbey – disse ela com um sorriso triste. – Eu também amo você.

Em seguida, ela recuou.

Os Retornados se aproximaram, formando um círculo em torno de mim e de Caspian. Seus braços se tocaram. Uri ficou reto e disse:

– Acacia, eu apelo a você.

Cacey respondeu:

– Uriel, eu apelo a você.

– Sophie, eu apelo a você – disse Kame.

– Kame, eu apelo a você – respondeu ela.

– E eu apelo a mim mesmo – disse Monty – e a Grifyth.

Monty pegou minha mão e em seguida a de Caspian. Juntando-as, uma em cima da outra, ele colocou sua mão sobre a minha, diretamente sobre o anel que Caspian tinha me dado, e então apertou.

Com a mão de Monty tocando a minha, pude tocar a de Caspian. Olhei para baixo.

– Eu...

Quando olhei para cima de novo, Caspian estava sorrindo.

– Prometo para sempre – jurei para ele, olhando dentro dos seus olhos verdes. – Seja o que for. O que eu puder lhe dar. Você tem tudo isso. Tudo de mim.

– Prometo para sempre – respondeu ele. – Seja o que for. O que eu puder lhe dar. Você tem tudo isso. Tudo de mim.

– *Agora* – disse Monty.

Fechei meus olhos.

A sensação de água me arrebatou.

A cena piscou e mudou, e a cabana estava na minha frente. A cabana de Nikolas e Katy. Mas em vez de ver seus pertences reconheci o bloco de rascunhos de Caspian. Seu carvão de desenhar. Garrafas vazias estavam junto da janela, esperando para serem preenchidas com novos perfumes.

Uma tigela de folhas frescas de hortelã estava ao lado da minha prensa para flores e meu destilador de óleo, esperando... por mim e por Caspian. Os novos guardiões do cemitério.

Nikolas e Katy vieram caminhando em minha direção, puxando o cavalo de Nikolas atrás.

— *Funcionou?* — *perguntei.* — *Estou atravessando?*

Eles apenas sorriram.

— *Cuide bem de Stagmont* — *disse Nikolas, entregando-me as rédeas do cavalo.* — *Ele vai ficar com vocês agora. No cemitério.*

Concordei.

— *E vocês?*

— *Vamos para algo novo.*

Enquanto ele falava, seu rosto começou a mudar, as rugas diminuindo. Seu cabelo ficou mais escuro, assim como o de Katy. A cor desbotada de morango que tinha no cabelo louro se tornou uma rica e vibrante tonalidade de vermelho. A cor floresceu em seu rosto. Ela ria enquanto olhava para as próprias mãos. Em seguida, ela se virou para Nikolas.

Mas Nikolas não era mais o velho que uma vez conheci varrendo folhas. Agora ele era jovem. Não tinha mais de vinte anos. Katy estava jovem também. Talvez com dezessete.

Eles recuaram, afastando-se de mim. Katy ergueu a mão para acenar, e eu fiz o mesmo. Mas a cena já estava mudando novamente. Eles estavam se desvanecendo. Mudando. Tornando-se os novos Retornados.

Tudo começou a desvanecer...

E a última coisa da qual me lembro foi de sentir um sorriso em meus lábios.

Epílogo

A garota caminhou sozinha pela trilha do cemitério, seus pés se lembrando do caminho. Ela estivera aqui tantas vezes que nem precisava ver aonde ia. O rapaz ao seu lado balançava a mão dela na dele, em um ritmo que só eles podiam ouvir, seu cabelo cacheado castanho despenteado pelo vento.

Ela agarrou as flores que segurava firmemente. Vermelhas. *A sua cor favorita.*

Avistaram a lápide, a superfície lisa e polida. Ela se ajoelhou, tirando as sandálias sob o sol morno da tarde, e Kristen Maxwell deitou as rosas reverentemente próximas às palavras que resumiam a vida da sua melhor amiga.

Ela traçou o nome gravado em letras em negrito, ABIGAIL.

– Oi, Abbey! – disse ela, tirando o chapéu de formatura da cabeça e colocando-o em cima da pedra. – Hoje foi o grande dia. Queria que você estivesse lá.

O rapaz sentou-se ao lado dela.

— Acho que ela estava. Junto com a gente, em espírito.
— Eu sei, Ben. Mas ainda assim...
Ele tocou a sua mão, enlaçou os dedos dela nos dele e puxou-os para um rápido beijo.
— O que você quer fazer hoje? Para comemorar?
Kristen olhou para longe. Na direção de uma cabana que ela nunca saberia que estava lá.
— Vamos ficar aqui com ela um pouco mais. Depois, quero ir para o centro e olhar as lojas vazias. Tive um sonho na noite passada com uma linda lojinha com perfumes, loções e cremes. Isso era o que Abbey sempre quis fazer. Abrir uma loja de perfumes aqui em Hollow.
Kristen brincou distraidamente com a fita no seu cabelo. Ela se soltou e caiu.
Ela tentou pegá-la. Levantou-se, rindo, enquanto tentava agarrá-la. Mas a fita escorregou pelos seus dedos, e Kristen não conseguiu segurar. O vento a levou embora.

Eu olhava para eles do alto do cemitério. Kristen e Ben. Ela estava tão linda, com sua capa e chapéu de formatura. E Ben... Era óbvio que ele não poderia estar mais feliz.
Caspian veio por trás de mim e me envolveu em seus braços, beijando meu pescoço. Eu me inclinei contra ele.
— Estou tão feliz por ela estar feliz — disse eu.
— Eu também — respondeu ele. — Você está feliz?
Pensei em tudo o que eu tinha perdido. E em seguida pensei em tudo o que ganhara. Enredei meus dedos nos dele e vi meus amigos abraçados firmes um no outro.
— Sim — respondi. — Estou.

Algo tocou meus pés descalços, e olhei para baixo. Uma fita verde estava ali, caída.

Eu me inclinei para pegá-la e sorri.

Enfiei-a no meu bolso e me virei para Caspian. Seus lábios encontraram os meus, e o mundo desapareceu. As estrelas surgiram. E o sol brilhou mais forte do que a lua.

Agradecimentos

Agradecimentos especiais a Washington Irving, é claro. Espero que você não tenha se importado por eu ter acrescentado minha pitada de sal à sopa. À minha editora, Anica Rissi. Obrigada por todo o seu trabalho duro, entusiasmo e paciência, especialmente quando escrevi e rasguei, rasguei e escrevi, rasguei e rasguei e rasguei mais um pouco. O "FIM" parecia tão longe, mas finalmente o encontrei. Ao meu agente, Michael Bourret. Obrigada por trabalhar tanto em meu nome e defender este livro através das muitas etapas do processo editorial. À equipe Simon Pulse: sou muito grata a todos vocês!

Obrigada, Lee e Lucy Miller, pelo seu amor incondicional e apoio. Eu sei que o que eu digo não é suficiente, mas vocês realmente são papai e mamãe para mim. A todos os meus amigos e membros da família que foram aos lançamentos, postaram mensagens na minha página do Facebook e divulgaram: "Obrigada" parece tão inadequado, mas vou dizê-lo de qualquer maneira. Obrigada.

A Trilogia das Sombras começou com melhores amigos e terminou com melhores amigos, portanto eu gostaria de agradecer a todos os melhores amigos que têm sido parte da minha vida: Steph Batchelor, Rachel Hall, Nicole Sandt e Lee Miller. Com alguns de vocês eu falo com mais frequência do que com outros, mas amo todos vocês. Obrigada, amigos!

À sra. Vincenty, pelo seu estímulo; à sra. Carson, por sempre saber quando ler outro capítulo; e ao sr. Welch: não me tornei uma cientista de foguetes, mas pelo menos agora terei a oportunidade de escrever sobre eles! PS: Você foi um grande professor.

A Johnny Cash: a jornada quase terminou antes de começar, e você me ajudou a completá-la. Vejo você em setembro. Obrigada às pessoas, aos lugares e às coisas que me inspiraram ao longo do caminho, incluindo a destilaria Jack Daniels, a destilaria Buffalo Trace e a destilaria George Dickel. Não apenas pelos frutos do seu trabalho, mas por me ensinar que muitas vezes as melhores palavras vêm lenta e progressivamente, maturadas com o tempo.

Obrigada a Michelle Zink por ter sido uma confidente ao longo do caminho e por estar disposta a me aturar quando eu enviava e-mails para dizer "Então, que tal continuar esse *book tour* maluco que *nós mesmas* criamos?". Você é uma pessoa incrível, e sinto-me honrada por poder chamá-la de minha amiga. A todos os donos de livrarias, livreiros, bibliotecas, bibliotecários e funcionários de lojas que fizeram parte da turnê Fantasmas e Túmulos: obrigada pelo entusiasmo e graciosidade; obrigada por terem nos recebido. Não poderíamos ter feito isso sem vocês. Obrigada também a Jim Logan, do cemitério de Sleepy Hollow, pelo passeio a pé e por ter organizado o toque do sino na velha igreja holandesa! Melhor. Momento. De todos.

Para Erin e Keith: um futuro feliz e saudável para vocês dois, sempre. Amo vocês. A Ephraim: você me inspira com sua doçura e seu espírito inquebrantável. Sou *muito* orgulhosa de ser sua titia. Assim que mamãe deixar, vou comprar aquele cachorrinho para você. A Lauren, Matthew, Caitlin, Connor e Samantha: vocês fazem eu me sentir velha, mas tudo bem, porque estou completamente encantada pelo quanto vocês são lindos, talentosos, espertos e belos. (Ganho pontos extras por colocar vocês em um livro, não é?) E para tia Debbie e tio Albert, obrigada por me mostrarem como o negócio de lixo pode ser legal.

E agora, obrigada, caro leitor. Obrigada por investir seu tempo nesta história. Obrigada por vir me ver nas minhas sessões de autógrafos. Obrigada por me mandar e-mails para contar como vocês amaram a história e quanto vocês amaram Caspian, e quanto vocês querem ser os melhores amigos de Abbey. Obrigada por me contarem o que minhas palavras significaram para *vocês*.

Finalmente e igualmente importante, meus agradecimentos eternos vão para Lee. Eu poderia preencher uma página inteira, mas você já sabe de todos os agradecimentos que devem aparecer no seu caminho, do maior ao menor de todos. Montes e montes e *montes* deles. Vou continuar tentando. Talvez um dia eu chegue ao fim de todos eles.

Impresso na Gráfica JPA Ltda.
Rio de Janeiro – RJ